【린카】

【네아】

【블루링】

【우사토】

【아르크】

【아마코】

등장인물 소개

치유마법의 잘못된 사용법

~전장을 달리는 회복 요원~

Vol. **8**

저자 **쿠로카타**

일러스트 **KeG**

치유마법의 잘못된 사용법 8

~전장을 달리는 회복 요원~ Vol.

CONTENTS

구명단 수칙

~연회에서의 마음가짐~

하나, 다음 날까지 피로가 남지 않을 정도로 즐길 것

하나, 연대감을 높이는 대화에 힘쓸 것

하나, 너무 풀어지면 철퇴가 내려짐을 명심하라

제1화 강습! 노려진 우사토!

마왕군에 맞서 함께 싸우자는 서신을 각국에 전달하는 여행 중에 우리는 미아라크에서 용인으로 변한 기사, 카론 씨와 싸우게 되었다.

이성을 잃고 폭주한 카론 씨는 터무니없는 힘을 가지고 있었지만, 미아라크의 용사인 레오나 씨와 힘을 합쳐 누구 한 명 희생되는 일 없이 싸움을 끝낼 수 있었다.

싸움은 아슬아슬한 줄타기의 연속이었으나 얻은 것은 컸다.

내가 지금까지 잊고 있었던 치유마법사로서의 기본을 떠올리면서 치유마법의 계통 강화를 완성할 수 있었다.

계통 강화를 터득한 지금이라면 다음 목적지인 수인의 나라에 있는 아마코의 엄마를 고칠 수 있을지도 모른다.

미아라크를 출발한 우리는 얼어붙은 호수를 건너 수인의 나라가 있는 숲에 발을 들였다.

"역시 수인은 길을 안 만드는구나……"

숲에 들어온 지 며칠이 지났지만 여전히 우리는 숲에서 벗어나지 못한 상태였다.

이곳에는 길이라고 할 만한 것이 거의 없었다. 앞장서 걷고 있는 아마코가 없었다면 지금쯤 숲에서 길을 잃었을 것이다.

"응. 길이 있으면 노예 상인이나 도적에게 노려질 위험이 있으니까. 그래서 수인은 정해진 길을 만들지 않고 표식만 남겨 둬."

이 말을 듣지 않았다면 눈치채지 못했겠지만, 곳곳에 보이는 나무에 새겨진 흠집이나 쌓아 올린 돌이 아마코가 말하는 표식일 것이다.

아마코의 이야기를 내 어깨 위에서 듣고 있던 네아가 나른하게 입을 열었다.

"근데 수인도 참 귀찮은 종족이야. 듣자 하니 도달하기도 어려운 숲 안쪽에 살고 있다지? 게다가 길은 안 만들고, 있는 건 원시적인 표식뿐이라니……. 문화가 다른 걸 넘어서 시대마저 다른 것 같은데."

"부정하진 않겠어. 실제로 귀찮고."

"의, 의외로 간단히 인정하는구나? 자기 고향이면서……."

관심 없다는 듯 아마코가 대답하자 오히려 네아가 깜짝 놀랐다.

"우리 수인은 인간과는 다른 방향으로 발전을 이루려고 노력해 왔어. 그 과정에서 필요 없는 건 전부 버리고 독자적인 문화를 구축했지."

뭔가 인간과 엮이는 걸 피하고 있다는 말로도 들리는데.

확실히 이 세계에서의 수인에 대한 인식과 취급을 생각하면 그렇게 되더라도 이상하지는 않지만.

"정확히 말하자면 지금 있는 곳은 『수인의 나라』가 아니라 어디까지나 수인족이 사는 **영역**이야."

"그게 어떻게 다른 건데?"

"『수인의 나라』라고 불리는 곳 주변에도 수인이 사는 외딴 마을들이 있어. 그걸 전부 통튼 범위가 수인족의 영역이야."

"아마코네 엄마는 어디 있어?"

"『수인의 나라』에 있어."

그렇군. 지금까지 착각하고 있었지만, 지금 걷고 있는 곳은 아직 수인의 나라가 아니라는 뜻이구나.

당연히 이미 수인의 나라에 들어왔다고 생각했었다.

"흥미롭군요. 토지도 그렇지만, 우리 인간과는 다른 문화라니……가능하다면 제 눈으로 직접 보고 싶습니다."

"아르크 씨가 상상하는 그런 재미있는 문화는 아니야."

미아라크를 떠난 뒤로 아마코의 안색은 그다지 좋지 않았다.

그 이유는 아마 미아라크에서 파르가 님에게 들은 말과 관계가 있을 것이다.

『그곳에서 묘한 일이 일어나려 하고 있다.』

아마코에게도 뭔가 생각되는 바가 있을지도 모른다.

"우사토, 복잡한 표정이야."

"아, 미안. 잠깐 생각할 게 있었어."

고민하던 것이 얼굴에 드러났는지 오히려 아마코에게 걱정을 끼치고 말았다.

역시 나는 생각이 표정에 나타나는 걸까.

마도시 루크비스의 하르파 씨처럼 늘 웃고 있으면 되려나?

……아니, 그와 비슷한 방법을 쓰면 다들 다른 의미로 걱정할 테니 그만두자.

"아르크 씨, 미아라크를 떠난 뒤로 줄곧 생각했던 게 있는데요."

"뭔가요?"

"수인족은 우리 인간에게 어떤 반응을 보일지……."

지금까지 마도시 루크비스, 사마리알, 미아라크를 거쳤지만 마지막 목적지는 지금까지와 사정이 달랐다.

"역시…… 좋은 반응을 보이진 않겠죠?"

미아라크를 출발하기 전에 파르가 님이 말씀하셨던 것처럼 수인은 인간을 미워하고 있다. 그런 그들이 사는 영역에 발을 들인 우리를 환영하지는 않을 것이다.

"호의적으로 대응하지 않을 것임은 확실합니다."

"그렇겠죠……."

"하지만 가보지 않으면 모릅니다. 수인의 나라에 발을 들인 인간은 많지 않지만, 대부분이 좋지 않은 목적으로 들어간 자들이었습니다. 하지만 우사토 님은 다릅니다."

아르크 씨는 내 옆에 있는 아마코에게 시선을 보냈다.

"아마코 님의 모친을 위해 당신은 여기까지 오셨습니다. 그건 틀림없는 선의이자 성의입니다. 수인은 어디까지나 적의에 적의로 대응한 것에 불과합니다. 이쪽의 목적을 진지하게 호소하면 아마코 님의 모친과 만나는 것을 허락받을 수 있을 겁니다."

"……아르크 씨의 말대로, 얘기가 안 통하는 수인만 있는 건 아니야. 고지식한 사람이 많긴 하지만, 제대로 이야기하면 이해해 주는 사람도 있어."

서로 양보하고 다가가는 건가⋯⋯. 아마코와 처음 이야기했을 때가 떠오르네.

카즈키와 선배가 흑기사에게 당한다는 것을 예지하고 그 모습을 내게 보여 준 아마코와 만난 것에서부터 이 여정이 시작됐다고 할 수 있었다.

그로부터 반년도 지나지 않았건만, 이런저런 일이 너무 많이 일어나서 벌써 몇 년은 된 이야기 같았다.

그렇게 감상에 젖어 있는데, 어깨 위에서 네아가 어이없어하며 한숨을 쉬었다.

"넌 그냥 평소처럼 행동하면 될 거야. 나나 블루링 같은 마물과도 사이좋게 지내는 괴짜잖아? 새삼 수인과 만나는 걸 불안하게 여겨도 소름만 돋아."

"네아 너는 은근히 너무한 말을 한단 말이지⋯⋯. 난 진지하게 고민하고 있는데⋯⋯."

"호호호~. 네가 진지하게 고민이라니 웃긴다~. 맨날 계획 없이 행동하면서⋯⋯ 아, 죄송합니다! 그 손 내려 주세요!"

말없이 딱밤 자세를 취하자 날개로 얼굴을 가린 네아가 그 틈으로 내 얼굴을 엿봤다.

"솔직히 말씀드리면 저도 우사토 님이라면 괜찮을 거라고 생각합니다."

"괜찮을 거라니……."

드물게도 아르크 씨가 모호한 말투로 말해서 고개를 갸웃했다.

"지금까지의 여정은 결코 쉽지 않았습니다. 어딘가에서 마음이 꺾였어도 이상하지 않을 정도였죠……. 하지만 그 시련을 극복하여 지금의 우사토 님이 있습니다."

"하하……. 일부는 제가 멋대로 참견한 거였지만요. 정말로 아르크 씨에게는 폐만 끼쳤네요."

네아에게 조종당하고, 사마리알의 역사적인 종을 파괴해 달라고 부탁하고, 카론 씨라는 강적과 함께 싸우고, 정말로 호된 봉변을 당하게 했다.

"저는 우사토 님을 따라온 것을 전혀 후회하지 않습니다. 오히려 다행이라는 생각이 들 만큼 모험이 가득했습니다."

아르크 씨가 그렇게 산뜻하게 말해서 나는 아무 말도 할 수 없게 되었다.

이런, 감동했다……!

마음속 동요가 겉으로 드러나지 않도록 노력하며 화제를 바꾸기 위해 아르크 씨가 허리에 찬 검 두 자루를 보았다.

"그, 그리고 보니 아르크 씨, 검이 두 자루가 됐네요?"

"아아, 이거 말인가요."

그의 허리에는 늘 차고 있는 검 외에 약간 작은 검이 한 자루 더 있었다.

"일단 예비용으로 미아라크에서 레오나 님께 받았습니다. 지금까지 있었던 일을 생각하면 검 하나로는 도저히 부족할 것 같아서요."

"아…… 확실히 그러네요."

사룡과 싸웠을 때는 내가 그의 검을 부러뜨렸고, 미아라크에서도 카론 씨의 날개에 부러졌다. 그렇게 생각하면 예비용 검을 준비하는 것은 좋은 생각인 것 같았다.

"중요한 순간에 검이 부러져서 아무것도 못 하는 건 싫으니 말이죠."

크고 작은 두 자루의 검을 능숙하게 다루는 불꽃의 기사…… 더더욱 멋있어지겠는데.

만약 내가 치유마법이 아닌 다른 마법을 다뤘다면 어땠을까?

로즈와 만나지 않고 평범한 마법사로서 훈련하는 내 모습을 떠올려 봤지만 물이나 불 마법을 다루는 내 모습은 상상이 가지 않았다.

"—웃! 우사토!"

"응? 왜?"

그때, 아마코가 휙 뒤돌아 나를 보았다.

"오른쪽 위에서 뭔가가 날아와!"

"뭐?"

아마코의 말에 곧장 그 방향을 올려다보았다.

그 순간, 바람을 가르는 소리와 함께 화살 두 개가 내 몸통 쪽으로 날아오는 것이 시야에 포착되었다.

"흡!"

반사적으로 오른팔의 건틀릿을 전개하여 날아온 화살들을 잡았다.

"훗, 이 정도야 각성한 카론 씨의 주먹보다 느려."

솔직히 이렇게 간단히 잡을 수 있을 줄은 몰랐다. 그런데 왜 화살이 날아온 거지?

살짝 멋 부린 대사를 읊으며 화살이 날아온 쪽을 보았다.

"아마코. 네가 충고하지 않았으면 이 녀석은 화살에 맞는 거였어?"

"아니. 잡지는 못했지만 피했어."

"우와, 피하기는 하는 건가……."

"그 대신 네아가 땅에 떨어졌어."

"어째서?!"

나를 보며 질색하는 네아는 내버려 두기로 하자. 지금은 나를 노린 습격자가 더 중요하다.

나를 누군가와 착각해서 화살을 쏜 것이라면 평화롭게 매듭지을 수 있겠지만—.

"그렇게는 안 되는 건가……!"

재차 나를 노리고 날아온 화살을 잡아 부러뜨리고 땅에 던졌다.

명백하게 나만을 노리고 있었다. 사람을 착각한 것이 아니라면 나에 대한 명확한 적의가 있다는 뜻이었다.

이대로 당하고만 있는 것은 불리하기에 반격에 나서기로 했다.

"거기냐!"

오른손에 치유마법탄을 생성하여 화살이 날아온 방향으로 힘껏 던졌다. 똑바로 날아간 치유마법탄은 조금 떨어진 곳에 있던 잎이 무성한 나뭇가지와 격돌하고 흩어졌다.

"히이익?!"

그러자 굉장히 높고 한심한 목소리가 들렸다.

"칫, 빗맞혔나……!"

"우사토, 얼굴, 얼굴! 눈이 위험한 사람이 됐어!"

네아의 지적에 정신이 들었다. 갑작스러운 습격에 언동이 거칠어졌던 모양이다.

작게 심호흡하여 일단 진정한 나는 다른 화살이 날아오지 않는지 경계했다.

"우사토 님, 괜찮으십니까?!"

"네. 그나저나 느닷없이 화살을 쏘다니……. 알고 있었지만 이게 인간을 향한 평범한 대응인 거군요……! 큭……!"

"아무렇지도 않게 화살을 잡고 반격까지 했으면서 자신이 인간 취급을 받고 있다고 생각하는 것에 놀라움을 감출 수가 없는데…….."

네아의 말을 무시한 나는 화살이 날아온 방향을 강하게 노려보았다.

그러자 부스럭부스럭 큰 소리를 내며 수풀 속에서 누군가가 움직이는 기척이 났다.

"방금 그 목소리, 설마……. 우사토, 저 아이를 잡아 와줘."

"저 아이? 혹시 아마코가 아는 사람이야?"

"응. ……아마도."

아마도라니……. 아니지, 이대로 동료를 불러서 귀찮은 일이 벌어지는 것도 피하고 싶고, 아무튼 오해를 풀기 위해 붙잡기로 할까.

"아르크 씨, 짐을 부탁드릴게요! 가자, 네아!"

"하아, 알겠어……."

네아를 어깨에 얹은 채 그 자리에서 빠르게 달려 나갔다.

상대는 아마도 수인. 간단히 따라잡을 수 있을 만한 상대는 아닐 것이다.

그리고 이곳은 수인의 홈그라운드인 숲속. 내가 전력으로 달리기에는 나무들이 너무 많았다.

그래도 어떻게든 달려가자 화살통을 등에 멘 수인의 모습이 앞쪽에 보였다. 뒷모습을 보아하니 여자아이 같은데, 살짝 보인 회색 동물 귀와 꼬리를 보면 늑대 수인인가?

"찾았다!"

"어? 쪼, 쪼쪼, 쫓아왔어?!"

그 자리를 벗어나서 방심하고 있었던 걸까. 쫓아온 나를 보더니 엄청난 속도로 도망쳤다.

"빨라?! 하지만 그 정도로 따돌릴 수 있을 만큼 난 만만하지 않아!"

"수인을 상대로 왜 인간이 달리기 속도를 겨루고 있는 거야……."

거리는 좁혀지고 있었지만 조금씩이었다.

내 속도가 느린 것이 아니라 앞서 달리는 수인의 속도가 예상보다 더 빨랐다.

"훗, 나도 아직 멀었구나……."

좋아, 오늘부터 초심으로 돌아가서 달리기 훈련을 추가하자.

향후 훈련 방침을 정한 나는 자연스럽게 웃고 말았다.

"어, 어째서 쫓아올 수 있는 거야?! 사, 살려줘어어어!"

"있지, 지금 너는 저 수인에게 어떻게 보이고 있을까?"

"……."

어라? 목숨이 노려졌던 사람은 나였는데 말이지?

어째서 저쪽이 살려 달라고 하는 상황이 된 걸까.

……이 이상 공포가 심화되기 전에 손을 쓰기로 할까.

건틀릿을 장착한 오른손을 움켜쥐고 전방을 노려보았다.

"네아, 꽉 잡고 있어!"

"어……? 꺅!"

몸을 앞으로 숙이고 땅을 세차게 박차며 빠르게 튀어 나갔다.

맹렬한 속도로 돌진하는 나를 보고 얼굴이 파래진 수인 소녀는 붙잡기 위해 내뻗은 내 손을 놀라운 반사 신경으로 휙 피했다.

가속도가 붙어 멈출 수 없는 나는 그대로 소녀를 지나쳤으나—.

"아직이야!"

근처 나무를 주먹으로 쳐서 방향을 휙 바꾼 뒤 수인 소녀에게 시선을 보냈다.

"히익?!"

마침내 따라잡았다. 여기까지 접근했으니 말이 통하겠지!

무서워하지 않게 되도록 웃는 얼굴로 소녀에게 말을 걸었다.

"진정해! 난 인간이지만 네게 위해를 가하지 않아!"

"거, 거짓말! 인간이 어떻게 그렇게 움직여?! 네 정체가 뭔지 다 알거든? 인간으로 둔갑한 마물 녀석아!"

울먹이며 그렇게 외친 수인 소녀는 고양이처럼 가뿐한 몸놀림으로 나무를 오르더니 이번에는 원숭이처럼 날렵하게 움직여 나무 사이를 이동했다.

그런 소녀를 올려다본 나는 한숨을 쉬지 않을 수 없었다.

"네아, 저 아이는 네 정체를 알아챈 모양이야."

"아니, 어떻게 생각해도 너한테 한 말이잖아. 애초에 지금 나는 올빼미고."

그러고 보니 그랬지.

처음 보는 소녀에게 마물 취급을 당하는 건 대미지가 꽤 크구나.

이상하네. 되도록 상냥하게 웃었을 텐데.

"……이대로 도망치게 둘 순 없어. 네아, 구속 주술을 준비해 줘."

"치유구속탄을 날리려고? 이 거리여서야 아무리 네가 대단해도 못 맞힐걸."

"많이 던지면 한 개는 맞겠지."

"뭐?"

오른쪽 손바닥에 소형 치유마법탄을 여러 개 생성했다.

건틀릿이 마력 조작을 보조하는 지금, 내 치유마법탄은 강화된 상태였다.

원래 이 기술은 난전이 벌어졌을 때 여러 부상자들의 회복을 상정한 기술이지만, 여기에 네아의 구속 주술을 부여하여 치유구속탄으로 만들면 여러 적에게 구속 주술을 걸 수 있는 기술로 변한다.

이름하여—

"치유마법 난탄(亂彈)!"

마력탄 여러 개를 소녀가 있는 방향으로 힘껏 던졌다.

내 손에서 날아간 마력탄은 터지듯 분열하여 소녀가 이동한 나무 주변으로 흩어졌다.

소녀는 나뭇가지 위에 웅크려 비통하게 외쳤다.

"소, 손이, 아, 안 움직여?! 히이이이익?!"

"우와, 불쌍해라……."

네아는 질색했지만 치유마법 난탄은 기본적으로 무해한 기술이다.

치유마법탄과 마찬가지로 이 기술에는 상대를 살상하는 힘이 없었다. 존재하는 것은 몸에 좋은 치유마법과 몸이 한순간 움직이지 않는 수준의 구속 주술뿐이었다.

그리고 저 소녀는 그것을 오른팔에 맞아 일시적으로 구속된 것이다.

"거기서 내려와 줘야겠어!"

소녀가 있는 나무에 전속력으로 날아차기를 날렸다.

내가 나무에 오르는 사이에 도망칠지도 모르고, 그렇다고 설득할 수 있을 리도 없었다.

그렇다면 내키지는 않지만 강제로 내려오게 할 수밖에 없다.

"흥!"

"후려쳐서 떨어뜨릴 기세인데, 괜찮은 거야?!"

기세 좋게 작렬한 날아차기는 나무를 크게 흔들었다.

흔들리는 나무에서 떨어진 소녀가 땅으로 곤두박질쳤지만 내가 두 손으로 받아 냈다.

"웃차!"

"너, 미아라크에서 한층 더 괴물이 됐어……."

거참 시끄럽네.

아마코에게 데려가기 전에 소녀의 안부를 확인해야겠지. 일단 떨어지는 걸 받으면서 동시에 치유마법을 걸었지만, 혹시 다치기라도 했으면 큰일이다.

"괜찮아? 미안해. 너랑 얘기하려면 이렇게 할 수밖에…… 응?"

소녀는 눈을 까뒤집은 채 축 늘어져 있었다.

소녀의 상태를 알아차린 네아가 의아해하며 소녀의 얼굴을 들여다보더니 불쌍하다는 듯 내 쪽을 보았다.

"기절했어."

"……."

마왕군과의 전쟁 때 험상궂은 인간들이 데려왔던 다친 기사들의 증상과 비슷했다.

마치 무서운 것을 본 것처럼 공포에 질린 표정…… 그렇군.

"불쌍하게도…… 높은 곳에서 떨어지는 게 어지간히 무서웠나 보네."

"다 알고서 말하는 거지? 명백하게 너 때문이잖아!"

현실에서 도피하듯 네아의 말을 무시한 나는 수인 소녀를 안은 채 달려온 길을 되돌아갔다.

제2화 늑대 소녀와 외딴 마을!

수인 소녀를 붙잡은 우리는 잠시 그 자리에서 휴식하며 소녀가 일어나기를 기다렸다.

아마코의 이야기를 들어 보니 이 소녀는 역시 아마코가 아는 사람인 듯했다.

소녀의 이름은 린카.

회색 귀와 꼬리가 특징인 늑대 수인으로, 아마코가 수인의 나라에 있을 적에 사귄 친구라고 했다.

인간과 함께 있는 자신을 구하기 위해 우리를 공격한 것 같다는 것이 아마코의 생각이었다.

린카가 습격해 온 이유는 알았지만 한 가지 의문이 들었다.

"왜 나만 노린 거지?"

"아마 이 중에서 우사토가 제일 약해 보였기 때문 아닐까?"

"어?"

"내가 아는 린카는 사냥 목적이 아닌 이상 동물을 무의미하게 상처 입히지 않아. 그 점에서 우사토는 겉모습**만큼**은 평범하니까. 분위기가 강해 보이는 아르크 씨와 비교해 우사토를 노리는 편이 좋겠다고 판단했겠지."

"그렇구나. 우사토는 겉모습**만큼**은 약해 보이니까. 뚜껑을 열어

보니 날아오는 화살을 눈으로 보고 잡는 괴물이었지만."

"너희들, 그 부분을 강조하는 건 이상하잖아. 왜 나는 같은 편에게 이런 괴롭힘을 당해야 하는 거지?"

나도 울 때가 있다고.

아니, 물론 내 생김새가 약해 보인다는 것은 자각하고 있지만.

"나도 단장처럼 굴면 난데없이 화살을 맞지는 않으려나……."

향후를 위해 연습해 볼까.

머리카락을 쓸어 올리며 로즈를 흉내 내자 눈앞에 있는 세 사람의 얼굴이 하나같이 파래졌다.

"우사토, 미안해. 지금 그대로가 좋아."

"미안. 넌 바뀔 필요가 없어."

"우사토 님은 지금이 가장 좋습니다."

아르크 씨는 그렇다 쳐도, 아마코와 네아가 갑자기 다정해지니까 소름이 돋았다.

어? 나 그렇게까지 위험한 얼굴이었어? 전혀 자각이 없었는데.

"……린카가 일어날 거야."

그때, 아마코가 린카 쪽을 돌아봤다. 아무래도 예지로 그녀가 일어나는 모습을 본 듯했다.

아마코는 린카의 어깨를 다정하게 흔들었다.

"린카, 괜찮아?"

"으으, 으으…… 괴물이, 괴물이 쫓아와…… 으, 으응, 어라?"

신음하며 눈을 뜬 린카는 아마코의 얼굴을 보고서 순간 굳어졌다가, 벌떡 일어나 그녀를 끌어안았다.

린카에게 우리의 모습은 보이지 않는지, 그녀는 안도한 나머지 엉엉 울었다.

"아, 아마코! 오랜만이야!"

"응, 오랜만이야, 린카."

동갑이라고 들었지만, 아마코 쪽이 키가 작은지라 린카의 포옹에서 벗어나지 못하고 그냥 안겨 있었다.

"인간의 탈을 쓴 그 마물로부터 잘 도망쳤구나!"

이 아이, 입을 열자마자 너무한 말을 하는데.

"저기, 실은—."

"진짜, 그건 대체 뭐야! 수인 중에서 가장 발이 빠른 늑대족인 나를 따라잡은 데다 나를 속이려 드는 교활함까지 갖추고 있고, 상대를 저주하는 마법도 쓰고, 그래서, 그래서…… 나는 너무 무서워서, 정말…… 으으……."

"그렇지, 무서웠겠지. 이해해."

마, 말이 너무 심하잖아…….

그보다 아마코도 동의하지 마!

나는 멘탈을 난도질하는 린카의 말에 당황하며 옆에서 웃음을 참고 있는 네아에게 딱밤을 날렸다.

아무튼 린카가 진정될 때까지 기다리자.

마침내 린카가 울음을 그치자 아마코가 우리에 관해 말을 꺼냈다.

"린카, 나한테 이것저것 묻고 싶은 게 많겠지만 우선 먼저 할 말이 있어."

"응, 뭐든 말해."

"일단 뒤를 봐."

"어? 뒤에 뭐가 있어……?"

아마코의 말을 따라 린카가 뒤를 돌아보았다.

그리고 나와 그녀의 눈이 마주쳤다.

돌처럼 굳어 버린 린카에게 나는 어색하게 사과했다.

"아, 그게…… 아까는 미안."

"뭐, 뭐뭐뭐……."

"겁줄 생각은 없었는데…… 응?"

"……린카?"

아마코가 굳어버린 채 움직이지 않는 린카의 어깨를 툭툭 건드렸다. 여전히 반응하지 않는 린카를 보고 한숨을 쉰 아마코는 뚱한 눈으로 나를 보았다.

"또 기절했어……. 우사토, 린카한테 무슨 짓을 한 거야?"

"나, 나무에서 내려오게 했을 뿐인데……."

치유마법 난탄을 던져 동요시키고 나무를 걷어차 떨어뜨려서 잡았다고는 입이 찢어져도 말할 수 없었다.

"아니지. 구속 주술이 걸린 마력탄을 맞히고 나무를 걷어차서 떨어뜨려 잡았어."

하지만 속공으로 네아가 폭로해 버렸다.

"너무 과해……."

아마코의 말대로, 아무리 화살을 쏜 아이라지만 붙잡는 방식이 너무 과했다.

"아무튼 다시 깨울게. 이번에는 대면하기 전에 우사토에 관해 얘기해 줄 거니까, 우사토는 조금 떨어져 있어줘."

"알겠어."

완전히 나를 무시무시한 무언가처럼 취급하는 것에 시무룩해하며 아마코의 말을 따라 좀 떨어진 곳으로 이동했다.

몇 분 후 다시 깨어난 린카는 아까와 거의 똑같은 대화를 아마코와 나눴다.

「악몽을 꿨다」, 「또 속이려고 했다」라는 공포에 질린 말이 추가되었지만, 이유는 물어보지 않아도 이해할 수 있었다.

그 후, 우리에 관해 설명을 끝낸 아마코가 린카의 손을 잡고서 우리가 있는 곳으로 데려왔다.

"……저, 정말로 괜찮은 거야? 아마코."

"응, 괜찮아. 여기까지 함께 여행했으니까 믿어도 돼."

여전히 불안한지 린카는 아마코 뒤에 숨어 몸을 움츠리고 있었지만, 애석하게도 아마코의 키가 작아서 전혀 숨겨지지 않았다.

……아마코는 나이에 비해 키가 꽤 작으니 말이지. 도저히 뒤에 있는 아이와 동갑으로 안 보여.

그런 실례되는 생각을 하고 있는데 아르크 씨가 무서워하는 린카에게 다가가 눈높이를 맞췄다.

"처음 뵙겠습니다. 아마코 님과 함께 여행하고 있는 아르크라고 합니다."

"바, 반가워요. 린카입니다."

"나는 네아. 네가 말한 『인간으로 둔갑한 마물』은 나야."

"뭐?! 이쪽이?!"

"크앙~."

"꺅! 블루 그리즐리잖아?!"

각자 자기소개를 했으니 나도 하자.

지금까지의 이미지를 불식시킬 만한 100퍼센트 스마일로 좋은 인상을 주는 거다.

"나는 우사토야. 아마코의—."

"죄, 죄송합니다! 무서워하지 않을 테니까 화내지 마!"

아직 이름밖에 안 말했는데 바로 겁을 먹어 버렸다.

이, 이상하네. 아마코는 나에 관해 제대로 설명했다고 했는데.

"아마코. 어떻게 설명했길래 이런 반응을 보이는 거야? 화 안 낼 테니까 솔직히 말해."

"지금까지 어떤 여행을 했는지 대략 얘기했어."

아마코의 말에 네아가 고개를 끄덕였다.

"아~ 납득. 자기가 싸움을 건 상대가 비정상적인 여행을 한 인간 이라는 걸 알면 이런 반응을 보이겠지."

으음, 나 혼자 해결한 건 아닌데…….

역시 첫인상 때문에 나쁜 방향으로 생각하게 된 걸까.

"아, 분명하게 인간이라고 말해 뒀어."

29

"전부터 생각했는데 너도 우사토한테 상당히 물들었어……."

어째선지 자신만만하게 말하는 아마코를 보고 네아가 어이없어 했다.

나로서는 일단 정말로 인간이라는 것부터 증명해야만 한다는 사실에 의문을 가졌으면 좋겠다만.

***

늑대 수인 린카는 수인의 나라에 있을 적에 사귄 내 친구다.

2년 만에 재회한 계기는 린카가 우사토에게 쏜 화살이었다.

살의가 없다는 것은 한눈에 알 수 있었다. 어디까지나 상처를 입혀서 교란시키기 위한 공격으로, 우사토가 당황하고 다른 동료들이 혼란스러워하는 사이에 늑대 수인 특유의 빠른 발로 나를 데리고 도망치려 했을 것이다.

그러나 불행하게도 린카가 노린 상대는 평범하지 않았다.

내가 예지 내용을 전하지 않았더라도 직전에 눈치채고 화살을 피했을 만큼 뛰어난 반사 신경을 가진 우사토였다. 화살을 잡는 기예 정도는 간단히 해냈다.

우사토를 아는 내가 봐도 「아아, 마침내 여기까지 와 버렸구나……」 하고 놀라기보다는 기막힌 심정이 드는데, 아무것도 모르는 린카 입장에서는 정말 영문을 알 수 없었을 것이다.

우사토가 치유마법탄으로 반격했을 때 지른 비명을 듣고 습격자가 린카임을 눈치챈 나는 우사토를 공격한 것이 나를 구하기 위한 행동임을 이해했다.

바로 그녀와 이야기해서 오해를 풀어야 한다고 생각해 가장 발이 빠른 우사토에게 린카를 붙잡아 달라고 부탁했지만, 우사토는 내 생각보다 더 과하게 분발해 버린 듯했다.

자기소개가 끝난 뒤, 우리는 린카가 살고 있다는 외딴 마을로 향했다.

사실은 엄마가 있는 수인의 나라에 바로 가도 좋았지만, 우선 마을에 가서 정보를 모은 뒤에 가는 편이 좋겠다고 판단했다.

"있지, 아마코. 날 속이고 있는 건 아니지······?"

"정말로 우사토는 인간이야. 그리고 치유마법사야. 신체 능력은 차치하고 위험한 능력은 갖고 있지 않아."

"치유마법사가 마력탄을 던진단 말이야?! 시, 심지어 그게 셀 수 없이 많이 날아오고, 몸을 굳게 하고······ 애초에 수인인 나를 따라잡는 것부터가 마법 같은 일인데······."

"······."

우사토라면 숲을 달리는 수인도 붙잡을 수 있으리라고 믿고서 부탁했지만, 설마 이렇게까지 트라우마를 심어 줄 줄은 몰랐다.

하지만 이번 일은 린카에게도 잘못이 있었다.

"하지만 린카도 난데없이 공격한 건 너무했어. 내가 붙잡혀 있는 것처럼 보이진 않았을 것 같은데."

"그, 그치만, 수인이 인간과 함께 행동하는 건 붙잡혔거나 속고 있는 경우 말고는 생각할 수 없어서……."

확실히 인간과 수인이 행동을 함께하는 이유라고 하면 나쁜 상황밖에 떠오르지 않는다.

더군다나 이곳은 수인의 영역. 린카의 눈에는 내가 억지로 길 안내 역할을 맡은 것처럼 보였을지도 모른다.

"하지만……."

나는 뒤쪽으로 힐끗 시선을 돌려 우리를 따라오고 있는 동료들을 보았다.

아르크 씨는 변함없이 말을 끌며 걷고 있었고, 우사토는 어깨에 네아를 얹고서 블루링에게 말을 걸고 있었다.

"있지, 블루링. 나는 좀 더 상냥함을 어필하는 편이 좋을까?"

"크릉~."

"하하하, 너는 재미있는 말을 하는구나."

"크흥!"

"미안, 최근에 신경을 못 써 줬지?"

블루링과 자연스럽게 대화할 만큼 낙심한 우사토를 보니 조금 불쌍했다.

블루링도 약간 귀찮아하는 것 같았지만 기뻐 보이기는 했다.

"브, 블루 그리즐리와 대화하고 있어?!"

하지만 그것이 오히려 린카의 공포를 부채질하게 됐으니 이걸 뭐라고 해야 할지…….

아니, 우사토가 오해받은 채로 있는 건 나도 싫다. 어떻게든 오해를 풀어 보자.

"나는 수인의 나라를 나간 뒤로 줄곧 엄마를 살릴 수 있는 치유마법사를 찾아다녔어."

"그랬구나……."

"너한테 아무 말도 안 하고 떠난 건 미안하게 생각해. 하지만 느긋하게 있을 시간은 없었어."

엄마가 쓰러진 후, 나를 둘러싼 상황이 바뀌려 하고 있었다.

이상한 기운을 감지한 나는 수인의 나라를 뛰쳐나왔다. 엄마를 살릴 수 있는 치유마법사를 찾겠다는 목적도 있었지만, 내 몸을 지키기 위한 일이기도 했다.

"당시에 나는 무슨 일이 일어나고 있는지 몰랐지만, 확실히 그때 어른들은 조금 무서웠어. 아마코가 없어져서 당황했던 건 아는데, 실제로 나도 엄청 허둥거렸고……."

엄마가 쓰러졌을 때, 뭔가가 일어나려고 했을지도 모른다.

그것에 휩쓸릴 뻔했지만 어떻게든 그 일을 피했다. 그런 의미에서 내가 수인의 나라를 떠난 것은 정답이었을지도 모른다.

"수인의 나라를 나온 뒤로는 이곳저곳을 돌아다녔어. 즐거운 일만 있지는 않았지만 다른 나라에서 수인 친구도 생겼어. 그리고 마지막으로 찾아갔던 링글 왕국은 수인인 내게도 친절한 사람이 잔뜩 있었어."

루크비스에서 친해진 키리하와 쿄우 남매.

링글 왕국에서 친절하게 대해 준 사람들.

수인의 나라를 떠난 후의 여행길은 괴로움의 연속이었지만, 링글 왕국에 도착한 이후의 만남은 내게 무엇보다도 소중한 추억이 되었다.

"거기서 우사토와 만났어."

"저 녀석과?"

"우사토와 만난 뒤로 이런저런 일이 있었고…… 이렇게 엄마가 있는 고향으로 돌아올 수 있었어."

우사토가 있으면 엄마를 고칠 수 있을지도 모른다.

게다가 미아라크에서의 싸움으로 완성된 치유마법의 계통 강화는 상처나 질병이라면 거의 확실하게 고칠 수 있는 모양이지만…….

"저, 린카."

"응?"

"엄마는, 괜찮지? ……살아, 있는 거지?"

2년이라는 세월은 긴 것 같으면서도 짧다.

수인들의 보호하에 있으면 괜찮으리라고 확신하지만, 예측하지 못한 사태가 일어나지 않으리라는 보장도 없었다.

엄마의 신변에 무슨 일이 일어났다면…… 내가 이곳에 온 이유가 없어져 버린다.

무의식적으로 묻기를 피했던 화제였다.

스스로도 알 수 있을 만큼 불안한 표정을 지은 나를 안심시키려는 듯 린카는 미소를 지어 보였다.

"괜찮아! 아마코네 엄마는 살아 있어! 아직 깨어나진 않은 것 같지만……."

"살아 있다는 걸 알았으니 충분해. 다행이다. 정말로 다행이야……."

내가 해 온 일도, 우사토와의 여행도 무의미하지 않았다.

"아마코도 파란만장한 2년을 보냈구나."

"린카는 어땠어?"

이야기가 조금 어두워졌으니 화제를 바꾸자.

내가 없는 동안 린카는 뭘 했을까?

"응? 나는 아빠가 외딴 마을로 이주하라고 해서 본격적으로 사냥 연습을 하며 지냈어. 역시 본국은 주변 사람들이 시끄러우니 말이지~. 예의 바르게 행동하라느니, 여자라면 화사해야 한다느니…… 특히 기모노를 입는 게 싫었어."

아아, 그래서 사냥꾼 같은 복장이구나.

린카가 얌전히 기모노를 입은 모습을 상상하자 웃음이 났다.

"린카에게 화사함이라니, 너무 안 어울려."

"시, 시끄러워! 나도 알고 있다고!"

린카의 얼굴이 새빨개졌다.

"그러는 아마코야말로 키가 전혀 크질 않았잖아!"

"뭐?"

"죄, 죄송합니다……."

내 콤플렉스를 건드려서 무심코 노려보고 말았다.

2년 전에는 키가 거의 비슷했는데, 못 본 사이에 이 아이는 나보다 훨씬 커졌다.

나는 키가 거의 안 자랐는데, 이 부조리함은 뭐지?

내 성장기는 어디로 간 걸까.

"아마코, 엄청 무서운 눈을 하게 됐구나. 번뜩거렸어……."

"아마 우사토의 영향일 거야."

"그거 악영향 아니야……?"

린카가 겁먹은 눈으로 우사토를 바라보았다.

그 시선을 받은 우사토는 어깨를 떨궜다.

미안, 우사토. 오해를 풀기는커녕 악화시켜 버렸어.

"아, 슬슬 마을에 도착할 거야. 일단 내가 가서 얘기를 할 테니까 그때까지 기다려줘!"

고개를 드니 집중해서 보지 않으면 모를 만큼 좁은 덤불길이 눈 앞에 있었다.

아무래도 이야기하는 사이에 린카가 사는 마을 근처까지 온 듯 했다.

우사토의 인상도 중요하지만, 마을에 사는 수인들이 우사토와 아르크 씨를 받아들여 줄지가 문제였다.

***

린카가 우리를 안내하여 데려온 곳은 나무들이 한층 더 우거진 장소였다.

취락이 있을 것 같지는 않아 보였는데 린카는 우리에게 여기서 기다리라고 지시한 후, 혼자서 안쪽으로 들어가 버렸다.

"외딴 마을…… 그러고 보니 키리하 남매도 외딴 마을 출신이라고 했지."

"응, 맞아. 하지만 여기 살지는 않았을 거야. 외딴 마을은 많이 있는 모양이니까."

루크비스에서 신세 졌던 수인 남매. 그 두 사람은 잘 지내고 있을까.

"키리하? 그게 누구야?"

"너랑 만나기 전에 들렀던 루크비스에서 신세 졌던 수인들이야."

"흐응~, 마도학원에 수인이라……."

처음 만났을 때는 나를 경계했었지만 마지막에는 허물없는 사이가 됐다고 생각한다. 링글 왕국에 돌아가 상황이 대충 정리되면 한 번 더 만나러 가볼까?

"아마코, 오랜만에 만난 친구와의 대화는 어땠어?"

"변함없이 씩씩했어."

여기까지 오면서 아마코는 줄곧 린카와 이야기했는데 무척 정다워 보였다.

……그러면서 어째선지 나에 대한 인상이 더욱 나빠진 것 같기도 하지만.

"뒤에서 보니 자매 같았어."

"……내가 더 작았다고 말하고 싶은 거야?"

아차, 뭔가 지뢰를 밟았다.

자매로 보일 만큼 사이좋아 보였다는 뜻이었는데…….

불퉁한 눈으로 나를 보는 아마코의 모습에 어색해하고 있으니 내 어깨 위에 있던 네아가 아마코를 날개로 가리키며 웃기 시작했다.

"푸풉~! 그러고 보니 너는 열네 살이었지~. 그런 것치고는 꼬맹이야."

"……."

"전부터 생각했는데 역시 수인족 안에서도 작은 거였구나! 뭐, 조금만 더 기다리면 성장기가 오지 않을까? 성장한다는 보장은 없지만!"

"……."

아마코의 눈이 싸늘해졌는데 괜찮을까? 물론 내가 걱정하는 쪽은 네아다.

내게 향하려던 분노의 화살을 훌륭하게 자신에게 돌린 네아는 아마코가 도약과 함께 뻗은 손에 날개를 붙잡혔다.

"꺄후?!"

"절대, 절대 용서 못 해."

"힉! 아, 우사토, 살려, 꺄아아아아아?!"

아마코가 무표정으로 네아를 붕붕 돌리기 시작했다.

네아가 나에게 도움을 구했지만 방금 그건 어떻게 생각해도 놀려 댄 네아의 잘못이기에 내버려 두기로 했다.

두 사람이 야단을 떠는 동안 향후에 관해 아르크 씨와 이야기해 두기로 하자.

"아르크 씨. 마을에 못 들어가면 저희는 밖에서 노숙해야 할까요?"

"그렇게 되겠죠. 수인과 인간의 관계를 고려하면 그렇게 돼도 어쩔 수 없긴 합니다."

그렇다면 최악의 상황에서는 아마코만이라도 마을에 들여보내 달라고 해야겠다.

네아가 같이 가 준다면 더 좋고.

……눈앞에서 펼쳐지고 있는 이런 싸움을 일으키진 않을지 불안하지만, 나와 아르크 씨는 못 들어갈 가능성이 있으므로 참으라고 할 수밖에 없다.

"……여기서는 아마코와 저희의 입장이 반대가 되네요."

"그렇죠."

인간이 사는 영역에서 수인이 기를 펴지 못하는 것처럼 수인이 사는 영역에서는 인간이 똑같은 기분을 느끼게 된다.

아직 이곳에 사는 수인들과 본격적으로 만난 것은 아니지만, 나는 불편한 느낌을 받고 있었다.

"……아마코의 기분을 조금 알 것 같네."

홀로 인간의 영역을 헤쳐 온 그녀가 얼마나 외롭고 힘든 경험을 했을지.

아직 모든 것을 이해하진 못했지만 그 괴로움을 조금 알 것 같았다.

"우사토."

신묘한 기분을 느끼고 있는데 네아를 빙빙 돌리던 아마코가 나를 불렀다.

그 목소리에 정신을 차린 나는 주위의 이변을 감지했다.

"아르크 씨. 이건…… 포위당한 건가요?"

"예, 상당한 숫자지만 저희 쪽에서 적의를 보내지 않도록 부탁드립니다."

어느새 많은 인기척이 우리를 에워싸고 있었다.

화살을 겨누고 있는 것 같지만 일정 거리를 유지한 채 다가오지는 않았다.

이대로 가차 없이 습격해 올 가능성도 있는데 어쩔까?

화살 정도라면 나와 아르크 씨가 요격할 수 있지만 그 후에 어떻게 행동해야 할지…….

"어쩔 거야? 우사토. 이대로 있다가는 일방적으로 공격당할 거야."

"알고 있지만, 일단은 상대가 어떻게 나올지 기다리자."

어느새 내 어깨로 돌아온 네아가 은근슬쩍 구속 주술을 주먹에 휘감아 주었다.

요격 태세를 갖춘 그때, 덤불길 안쪽에서 두 사람이 나타났다.

한 명은 아까 마을로 갔던 린카였고, 다른 한 명은 수염을 기른 노령의 수인이었다.

"거칠게 응대해서 미안하구먼. 아무튼 전례가 없는 사태인지라. 일단 조심하는 의미에서 무기를 가지고 나왔다네."

노인은 경계를 풀지 않는 우리에게 한 명씩 시선을 보냈고, 마지막으로 아마코를 보더니 눈을 동그랗게 떴다.

"아무래도 린카의 말이 사실이었던 모양이군. 쉽사리 믿을 수 없지만……."

"안 믿었던 거야?!"

노인의 말에 콰광 하는 효과음이 들릴 듯한 기세로 린카가 충격을 받았다.

"난데없이 아마코가 인간과 블루 그리즐리와 함께 돌아왔다고 하는데 바로 믿을 녀석이 어디 있겠느냐. 또 장난치는 줄 알았지."

"이번에는 아니라고 했잖아!"

"그 말에 내가 몇 번을 속았는데! 귀여운 손녀 때문에 심장이 멎으면 웃음거리도 안 될 거다!"

어, 으음…… 즉, 린카는 늑대가 나타났다고 외치는 늑대 소녀였다는 건가?

다시 이쪽으로 얼굴을 돌린 노인은 주위를 에워싼 수인들에게 무기를 거두라고 지시했다.

"어릴 때 만난 이후로 처음 보는구나, 아마코. 나는 이 마을의 촌장이자 이 자유분방한 아가씨의 할아비인 카가리란다."

린카의 할아버지…… 자세히 보니 그의 귀와 꼬리도 린카와 마찬가지로 늑대와 비슷했다.

"이것저것 묻고 싶은 게 많지만 일단은 우리가 사는 거처로 안내하지."

"저기, 다른 동료들은……."

"물론 그쪽에 있는 인간들이 들어오는 것도 허락하마."

불안한 표정인 아마코를 안심시키듯 카가리 씨는 온화하게 웃었다.

아무튼 쓸데없는 싸움을 피하게 돼서 다행이었다.

"그럼 따라오게."

등을 돌리고 좁은 덤불길을 나아가는 카가리 씨의 뒤를 따랐다.

몇 분쯤 어둑한 곳을 걸어가자 민가로 보이는 건물이 드문드문 세워진 모습이 시야를 채웠다.

"이곳이 외딴 마을인가……."

수인들이 사는 외딴 마을은 의외로 널찍한 곳에 존재했다.

깊은 숲에 둘러싸인 취락이지만 그저 나무들만 우거져 있는 것이 아니라 밭도 있고 제대로 된 가옥도 지어져 있어서 상상했던 것보다 더 쾌적한 생활을 보내고 있는 듯했다.

"하지만……."

그래도 마을에 사는 수인들의 시선이 신경 쓰였다.

인간에 대한 두려움과 호기심이 섞인 듯한 시선.

하지만 이상하게도 적의는 별로 없는 것 같았다.

"여기 있는 사람 대부분은 인간을 처음 보거든. 기이하게 보는 시선이 많은 건 어쩔 수 없네."

익숙하지 않은 시선에 노출되어 행동이 어색해졌는지 앞서 걷던 카가리 씨가 내게 말했다.

수인이 사는 영역에 들어오는 인간은 거의 없는 모양이니 인간을 처음 보는 것도 무리는 아니었다. 루크비스에서 마법을 배우고 있는 키리하 남매처럼 스스로 인간이 사는 곳에 들어오는 수인 쪽이 드물 것이다.

"저는 전혀 신경 쓰지 않아요. 오히려 이 정도는 익숙해요."

"……그런가. 평범한 인간이 여기 오리라고 생각하지는 않았지만…… 자네도 고생하고 있나 보군."

응? 뭔가 굉장히 가엾다는 눈빛을 받고 말았다.

어라? 설마 나를 주위 사람들에게 기피당하는 인간이라고 생각하는 건가?

린카는 믿을 수 없다는 시선을 보내고 있지만……. 아니, 익숙하다는 말은 시선이 모이는 것에 익숙하다는 것일 뿐, 악의 어린 시선에 익숙하다는 뜻이 아닌데요.

"완전히 틀린 말은 아니지 않아? 여기까지 오는 동안 엄청나게 고생했잖아."

"그 고생의 일부에 네가 관여되어 있다는 걸 잊었어?"

네아의 말에 그렇게 대답하자 네아는 노골적으로 시선을 피했다.

위험도로 따지자면 사마리알과 미아라크에서 일어났던 소동과 비교해도 손색이 없을 사건이었다고, 그거.

모르는 척하는 네아를 보며 한숨을 쉬고서 다시 고개를 앞으로 돌렸다.

그러자 시선 끝자락에 조각상 같은 것이 보였다.

"응? 저건 뭐지?"

자세히 보니 작은 광장의 중심에 사람 형태의 조각상이 세워져 있었다.

수인 여성…… 아니, 소녀 같았다.

오래된 조각상인지 흠이 간 부분이 많이 보였지만 칼 같은 무기를 허리에 차고 있다는 것은 알 수 있었다.

"우사토 님, 왜 그러십니까?"

"아, 저쪽에 조각상이……."

발을 멈춘 내게 아르크 씨가 말을 걸어와서 조각상이 있다고 알려 주었다.

그러자 카가리 씨가 조각상이 있는 방향으로 고개를 돌렸다.

"저건 우리 수인들의 영웅, 칸나기 님의 조각상이라네."

"영웅…… 무슨 일을 한 사람인가요?"

내 질문에 카가리 씨는 자애롭게 조각상을 보았다.

그 시선에는 존경하는 마음이 깊이 담겨 있는 것 같았다.

"용사님과 수인족이 만날 수 있게 이끈 유일한 수인이지. 저분 덕분에 우리가 오늘날까지 살아남았다고 해도 과언이 아니야."

조각상에서 시선을 뗀 카가리 씨가 다시 걷기 시작했다.

"수백 년 전, 수인족은 지금보다 더 인간에게 핍박받았다네. 힘 있는 자는 마왕군과의 싸움에 동원되고, 힘없는 자는 버리는 말로 쓰이며 전쟁 중에 많은 목숨이 스러졌지."

"……."

당시 인간들은 정말로 지독한 짓을 했구나.

수인들을 억지로 전장에 보내고 자신들은 되도록 피해를 보지 않도록 싸웠다.

아르크 씨도 얼굴을 찌푸리고 있었다. 분명 나와 똑같은 심경일 것이다.

"이건 먼 과거의 일이고, 현재를 살아가는 자네들과는 아무런 관계도 없는 이야기야. 적어도 나는 자네들을 미워하지 않는다네."

나와 아르크 씨의 심정을 헤아렸는지 카가리 씨가 그렇게 말해 주었다.

"……이야기를 되돌리지. 인간에게 핍박받아 수인족의 존망이 위험해진 그때, 칸나기 님께서 수인족 곁으로 용사님을 데려오셨다네. 터무니없이 강했던 용사님은 우리가 헛되이 죽지 않도록 홀로 마왕의 군세와 싸워 주셨지."

여기서도 용사인가.

용사와 관련된 일화는 정말 온 대륙에 퍼져 있구나.

카가리 씨의 이야기에 네아가 고개를 갸웃했다.

"싸웠다고? 아무 보상도 바라지 않고?"

"그것까지는 나도 모르네. 하지만 용사님은 싸움 외에도 문명이 미개했던 수인족에게 지식을 전해 주셨다고 하지."

"싸워 줬을 뿐만 아니라 지식도 줬다니……. 우리가 아는 용사와는 다르다고 할까, 새로운 측면이네."

확실히 지금까지 생각했던 용사의 이미지는 『계속 배신당한 영웅』이었다.

하지만 카가리 씨의 이야기에서는 『자애로운 영웅』의 이미지가 느껴졌다.

사마리알에서 받은 처사를 생각하면 인간을 증오했어도 이상하지 않은데…….

결국 인간의 적인 마왕을 쓰러뜨린 용사는 무엇을 위해 싸웠던 걸까.

"칸나기라는 사람은 어떤 분이었나요?"

"자상한 분이었다고도 하고 냉혹한 분이었다고도 하지. 확실히 말할 수 있는 건 칸나기 님은 무척 강력한 분이셨다고 한다."

"강력? 지위가 높은 사람이었다는 뜻인가요?"

"아니, 완력을 말한 걸세. 전해 내려오는 이야기에 따르면 적을 척척 쓸어 넘기면서 베고 때리며 나아가는 여성이었다고 하지. 뭐, 과장도 들어가 있겠지만."

"베고 때리며 나아가는 여성……."

전속력 전진, 정면 돌파를 그대로 구현한 듯한 사람이네…….

이미지가 완전히 동물 귀가 달린 로즈로 고정됐는데요.

아, 상상해 보니까…… 안 되겠어, 전혀 귀엽지 않아! 오히려 심장에 새겨진 로즈에 대한 공포심이 나를 괴롭혀!

"도착했네."

내 풍부한 상상력에 정신적 대미지를 입었을 때, 앞서 걷던 카가리 씨가 발을 멈췄다.

전방을 보자 나무로 만들어진 2층 가옥이 있었다. 아마 이곳이 카가리 씨와 린카가 사는 집이겠지.

이쪽을 돌아본 카가리 씨는 우리 뒤에 있는 블루링에게 시선을 보냈다.

"마물은 역시 집에 들일 수는 없다네. 거기 있는 말과 함께 밖에 둬야 할 텐데 괜찮겠나?"

"알겠습니다. 블루링, 잠깐 여기 있어 줄래?"

블루링 앞에 쭈그려 앉아 그렇게 말하자 블루링은 고개를 끄덕이더니 그대로 그 자리에 철퍼덕 주저앉았다.

그 모습을 보고 카가리 씨의 눈이 휘둥그레졌다.

"설마설마했는데 자네는 사역마 계약도 없이 그 마물과 신뢰 관계를 구축하고 있는 모양이군."

"아시는 건가요?"

"그래. 블루 그리즐리에게서 기뻐하는 감정이 전해진다네."

사람 말을 모르는 동물의 감정을 이해할 수 있다니 대단하다. 수인만의 특성인 걸까?

나도 블루링이 무슨 생각을 하는지 대충 알 수 있지만…… 조금 부럽다는 생각이 들고 말았다.

"사역마 계약을 맺은 건 여기 있는 올빼미예요. 정확히는 이 녀석이 억지로 계약을 맺은 거지만요."

"자네는 뭐랄까, 내가 아는 인간과는 매우 다른…… 기상천외한 성격인 것 같아."

그거 칭찬인가요?

미묘한 표정으로 말하는 카가리 씨를 보고 조금 석연치 않은 기분을 느끼며 우리는 그의 집에 발을 들였다.

***

안내받은 응접실에서 우리가 이 땅을 방문한 이유를 카가리 씨에게 설명했다. 우리의 이야기를 다 들은 카가리 씨는 천천히 어깨에서 힘을 뺐다.

"그런 사정이었구먼. 네가 고향을 뛰쳐나간 지 2년……. 오랜 여정이었구나, 아마코."

"……응. 하지만 마침내 여기까지 왔어. 이 사람들 덕분이야."

아마코가 그렇게 말하자 카가리 씨의 시선이 내게 이동했다.

"우사토, 라고 했는가."

"네."

"자네가 이 아이의 부탁을 받은 치유마법사란 말이지?"

카가리 씨의 말에 확실하게 고개를 끄덕였다.

내가 시선을 피하지 않자 카가리 씨는 감탄하며 말했다.

"수인을 위해 여기까지 오다니, 별난 인간이로군."

"안 그랬다면 여기까지 와 주지 않았을 거야. 그렇지? 우사토."

「그렇지?」는 무슨. 왜 자신이 별난 사람이라고 긍정해야 하는데.

어째선지 아마코가 기뻐 보여서 어색한 웃음이 났다.

"본국에 있는 아들에게 편지를 보내지. 그 녀석이라면 무사히 아마코의 모친과 대면시켜 줄 게야."

카가리 씨의 아들이라면 린카의 부친에게 부탁하는 건가?

수인의 나라에 들여보내 줄 권한이 있는 사람이라면 지위가 상당한 사람인 걸까? 만약 그렇다면 가장 먼저 린카와 만난 것은 행운이었을지도 모르겠네.

"지금 바로 편지를 보내도 답장이 오려면 이틀쯤 걸릴 걸세. 그동안은 여기 있어야 할 텐데 그래도 상관없나?"

"다들 괜찮지?"

"그래, 문제없어."

아르크 씨에게 확인하고서 아마코에게 그렇게 대답하자 카가리 씨옆에 앉아 있던 린카가 상체를 앞으로 쭉 빼며 아마코에게 말했다.

"그럼! 아마코는 잠시 여기 있는 거지?!"

"응. 그렇지."

"앗싸! 하고 싶은 얘기가 잔뜩 있어!"

아마코와 함께 있을 수 있는 것이 어지간히 기뻤는지 린카가 활짝 웃었다.

그런 그녀를 곁눈질한 카가리 씨는 어이없어하면서도 흐뭇한 표정을 지었다.

"자네들도 여기 묵게."

"아, 저희까지 묵어도 괜찮나요……?"

"상관없네. 방은 남으니까."

사실 여기 묵을 생각은 하지 않았었는데 카가리 씨가 친절한 사람이라 다행이었다.

이번에는 그의 호의를 감사히 받아들이기로 하자.

"2층에 빈방이 두 개 있으니 마음대로 쓰게나."

"감사합니다. 공짜로 묵는 건 죄송하니까 제가 할 수 있는 일이 있다면 뭐든 말씀해 주세요."

"음……. 그럼 집 뒤편에서 장작을 패 주겠나? 보다시피 나이를 먹은지라 장작을 패느라 고생하고 있다네."

"그 정도 일이라면 맡겨 주세요."

"우사토 님, 저도 돕겠습니다."

그럼 방에 짐을 둔 다음에 아르크 씨와 함께 장작을 패야겠다.

장작 패기는 구명단에 있을 때도 했었지. 통 녀석과 경쟁하느라 필요 이상으로 장작을 패서 로즈에게 혼났던가.

지금은 나크와 페름이 하고 있겠지?

"그럼 짐을 두러 갈까."

카가리 씨에게 인사한 뒤, 짐을 들고서 2층으로 향했다.

어째선지 린카도 함께 일어나 우리를 따라오려고 했지만 크게 신경 쓰지 않고 문을 열었는데—

"잠깐 기다려라, 린카. 너는 지금부터 설교다."

"이익?! 왜?!"

카가리 씨가 린카의 머리를 꽉 붙잡았다.

린카의 낯빛이 파래졌지만 카가리 씨는 상관하지 않고 험악한 표정을 지었다.

"느닷없이 상대에게 화살을 쏘는 녀석이 어디 있느냐. 상대가 온

후했으니 망정이지…… 만약 위험한 인간이었다면 네가 위험했을 거다."

"지, 지금 그 얘기를 꺼내는 거야?! 나중에 혼내도 되잖아!"

아무래도 카가리 씨는 아까 그 습격 때문에 화가 난 듯했다.

"어허, 그 입 다물지 못할까! 나는 너를 그런 난폭한 아이로 키운 적 없다!"

"우, 우사토는 평범한 인간이 아니야! 저 녀석은 날아오는 화살을 맨손으로 잡고, 발도 나보다 빠르다고!"

"손님에게 어찌 그런 실례되는 소리를! 인간이 그렇게 괴물 같은 능력을 발휘할 리가 없지 않으냐!"

"이, 이번에는 진짜란 말이야!"

"그런 알기 쉬운 거짓말에 속을 만큼 나는 노망이 들지 않았다!"

"으아아아앙! 도와줘, 아마―."

카가리 씨와 린카의 실랑이를 본 아마코는 조용히 문을 닫았다.

잠시 침묵한 후, 아무 일도 없었다는 듯 나를 올려다본 아마코는 2층을 가리켰다.

"우사토, 가자."

"그, 그래……."

기분 탓인가, 아마코가 린카를 대하는 방식이 익숙해 보이는데…….

왠지 린카가 불쌍해진 나는 닫힌 문 너머에서 들려오는 카가리 씨의 호통과 린카의 울음소리에 합장한 후, 짐을 고쳐 들고 방이 있는 2층으로 올라갔다.

＊＊＊

짐을 놓아둔 후, 나와 아르크 씨는 집 뒤편에서 카가리 씨에게 부탁받은 대로 장작을 패기로 했다.

아마코는 카가리 씨에게 야단맞아 흐느끼는 린카 곁으로 갔는지, 여기 있는 사람은 나와 아르크 씨와 네아뿐이었다.

"흥!"

가볍게 쥔 도끼를 내리쳐 세워 둔 장작을 둘로 쪼갰다.

탕, 시원한 소리를 내며 쪼개지는 장작을 보니 기분이 좋아졌다.

"이야~, 장작 패기는 오랜만이네요."

"저도, 그렇습니다!"

아르크 씨도 그루터기 받침대에 올린 장작을 하나 더 쪼갰다.

이마에 맺힌 땀을 닦은 아르크 씨는 상쾌한 웃음을 짓더니 쪼갠 장작을 쌓아 두고 나를 돌아보았다.

"숙소에서 생활하는 기사는 기본적으로 직접 밥을 지어 먹기에 장작도 꽤 많이 팼습니다."

"흐응, 그런가요. 구명단도 비슷한 느낌이었어요."

실없는 이야기를 하며 차례차례 장작을 패 나갔다.

아무튼 카가리 씨가 지시한 만큼 장작을 팰 생각이지만, 이 페이스라면 시간도 별로 걸리지 않을 것이다.

그렇게 생각하면서 다시 한 번 도끼를 내리치자 근처 공터에 앉아 있던 네아가 심심해하며 뺨을 부풀렸다.

"……뭔가 너무 평범해서 재미없어~."

"응? 뭐가 평범해?"

"너 말이야, 너. 장작을 팬다길래 평소처럼 이상한 짓을 할 줄 알고 보러 왔더니 왜 평범하게 하고 있는 거야."

"장작 패기에 이상한 짓을 요구해도 말이지……."

내가 미묘한 표정을 짓자 네아는 팔짱을 끼더니 이내 환하게 밝아진 표정으로 검지를 들었다.

"그래. 완력만으로 장작을 둘로 쪼개는 건 어때? 아니면 손날로 두 동강을 낸다든가. 아, 주먹으로 분쇄하는 것도 재밌겠다."

"불가능하진 않지만. 네가 대신 장작 역할을 하겠다면 그렇게 해 줄게."

"까불어서 죄송합니다!"

활짝 웃으며 대답하자 얼굴이 새파래진 네아가 사과했다.

실제로 하고자 한다면 가능하겠지만 너무나도 의미 없는 짓이라서 할 생각은 없었다.

이왕 할 거면 훈련으로 직결되는 일이 바람직…… 응?

"아, 그래. 네아, 심심하면 내 훈련을 도와줘."

"……일단 묻겠는데, 뭐하려고?"

의심스러운 눈으로 나를 보는 네아에게 나는 예전부터 생각했던 트레이닝법을 의기양양하게 설명했다.

"네가 나한테 구속 주술을 거는 거야."

"응."

"나는 움직이려고 하고."

"……응."

"하지만 마술이 몸을 구속하고 있어서 움직이기 어렵지."

"……그 일에 무슨 의미가 있어?"

"몸이 단련돼."

"바보 아니야?"

지극히 간결하게 설명했는데 네아에게 매도당하고 말았다.

대체 뭐가 이상했던 걸까.

내가 고개를 갸우뚱하자 네아가 입꼬리를 실룩거렸다.

"너의 마술로 몸이 단련돼. 그게 뭐가 이상한데?"

"전부 이상해! 애초에 마술은 몸을 단련하기 위해 쓰는 게 아니야!"

내가 생각하는 이미지는 깁스 같은 것을 전신에 장착한 상태로 장작을 패는 것이었다.

이제 장작 패기 정도는 평범하게 소화할 수 있게 되고 말았지만, 몸에 큰 부하를 주면 더욱 몸을 단련할 수 있을 터다.

"자, 해보자."

"하아, 왜 이런 상황이 되어 버린 거야……."

네아는 떨떠름하게 올빼미 모습으로 변신하여 내 어깨로 이동했다.

"뭔가 짜증 나니까 상반신에 집중적으로 구속 주술을 쏟아 부어 주겠어."

"훗, 바라는 바야."

네아로부터 나에게 구속 주술이 흘러들었다.

보라색 문양이 상반신을 뒤덮자 내 몸은 칭칭 묶인 것처럼 움직임이 제한되었다.

완만한 움직임으로 손바닥을 내려본 나는 내 몸에 걸린 부하를 느끼며 씩 웃었다.

"……! 좋아, 네아……!"

"어, 어라? 이상하네. 전보다도 마술 구사에 능숙해져서 구속력도 올라갔을 텐데 어째서 움직일 수 있는 거지……?"

"후, 후후후……."

"어, 얼굴도 무서워졌어! 괘, 괜찮아? 너무 움직이기 힘들면 그만둘게."

"필요 없어. 이대로 계속한다……!"

역시 내 생각은 옳았다. 이 훈련을 이용하면 나는 한 걸음 더 앞으로 나아갈 수 있다.

고양되는 정신에 몸을 맡기고서 단단히 움켜쥔 도끼를 들었다.

상반신이 삐걱거리며 비명을 질렀지만 치유마법을 얇게 둘러서 치료했다.

팔뿐만이 아니라 전신에 힘을 준 나는 아래쪽에 세워진 장작을 노려보며 도끼를 치켜들었고—.

"흥!"

힘껏 내리쳤다.

그 순간, 상반신에 휘감긴 구속 주술이 날아감과 동시에 도끼가 장작을 분쇄했다.

　도끼의 위력은 거기서 그치지 않고 굉음과 함께 그루터기 받침대에 깊숙이 박히며 지면에까지 큰 균열을 만들었다.

　그리고 마지막에는 도끼 손잡이가 버티지 못하고 중간에서 부러졌다.

　침묵이 공간을 지배했다.

　두 동강이 난 도끼 손잡이를 본 나는 어깨에 있는 네아를 진지한 얼굴로 바라보았다.

　"네아, 이 훈련법으로 장작을 패는 건 무리일 듯해."

　"그런 건 시도하기 전에 깨달으란 말이야! 진짜, 아르크! 이 근육 뇌에게 뭐라고 말 좀 해줘!"

　네아가 아르크 씨를 홱 돌아봤는데 그는 우리가 아닌 다른 곳을 보며 어색한 표정을 짓고 있었다.

　불길한 예감을 느끼며 아르크 씨가 보고 있는 쪽으로 시선을 돌리니······.

　""""······.""""

　어린 수인 다섯 아이가 수풀 밖으로 얼굴을 내민 채 경악한 표정으로 나를 보고 있었다.

　나는 다시금 내가 만들어 낸 참상으로 시선을 옮겼다.

　분쇄된 장작.

　두 동강이 난 도끼.

　쩍쩍 금이 간 지면.

……크, 큰일이다!

황급히 아이들에게 사정을 설명하지 않으면 내 인상이 괴물로 고정될 거야!

"난 무서운 인간이 아니란다!"

나는 활짝 웃으며 접촉을 꾀해 보았다.

하지만 그것이 역효과였는지 아이들은 비명을 질렀다.

"히익?! 잡아먹지 말아 줘!"

"다, 다들 도망쳐!"

"나, 나만 두고 가지 마!"

"인간은 저런 괴물인 거야?!"

"으앙~!"

달아나는 수인 아이들.

순식간에 아이들의 모습이 사라져서 멍하니 있던 나는 한숨을 푹 쉬고 어깨를 으쓱였다.

"정말이지, 앞날이 불안하네. 그렇지? 네아."

"너 때문에 인간의 인상이 잘못된 방향으로 고정된 거 아니야? 이거."

"하하하. 내가 아는 사람들 중에 이 정도 일이 가능한 사람은 잔뜩 있어."

"내가 아는 인간은 이런 일 못 하는데……."

나는 「허, 이것 참」 하는 분위기를 유지하려고 노력했지만 상황은 최악이었다.

현실 도피가 특기인 나도 몹시 좋지 않은 상황임은 이해할 수 있었다.

"그리고 여길 부숴 버렸다는 사실을 카가리 씨에게 전해야 해……."

크게 금이 간 지면과 두 동강이 난 도끼.

대체 어떤 반응을 보일지 상상하기도 무섭지만 제대로 솔직하게 이야기할 수밖에 없겠지.

***

내가 수인 아이들에게 『무서운 인간』이라고 인식된 그날 밤, 수인들이 연회를 열었다.

아마코의 무사 귀환을 축하하는 연회인 것 같았는데 인간인 나와 아르크 씨도 흔쾌히 초대해 주었다.

남녀노소 관계없이 모두가 연회를 즐기는 광경을 보니 수인은 연회를 정말 좋아하는구나 하는 생각이 들었다.

아마코와 린카가 둘이서 연회 자리를 도는 동안 심심해진 나는 수인 남자들의 팔씨름 대회에 깜짝 참가했고, 연달아 승리를 거머쥐고 말았다.

그러나 수인 남자들은 포기하기는커녕 오히려 투지를 불태우며 내게 도전했다.

쓰러뜨려도 계속해서 도전자가 나타났다.

그 자리의 분위기에 휩쓸려 도전을 전부 받아들이고 모조리 이겨 버린 내가 정신을 차렸을 때, 이미 수인 아이들과 여성들은 나를 공공연하게 괴물로 인식하고 있었다.

……어쨌든 수인 아저씨들과 친해진 것은 확실했다.

다음날 아침, 카가리 씨의 집 거실에서 어젯밤의 실태를 후회하는 나를 옆에 앉은 아마코가 위로해 주었다.

"뭐, 어때. 눈총받는 것보다 훨씬 낫잖아?"

"그렇긴 하지만……."

나랑 아마코 외에도 아르크 씨와 네아, 그리고 린카가 테이블을 둘러싸고 있었다.

어젯밤에는 너무 되는대로 막 행동했다. 자업자득이지만.

연회 막바지 즈음에는 수인족 남자들을 구명단의 험상궂은 인간들처럼 대했고……. 뭐지? 술 냄새에 취했었나?

"하하하, 제가 눈치챘을 때는 호전적으로 웃으며 팔씨름에 임하고 계셨으니까요."

"제가 그런 얼굴을 하고 있었어요?"

"예, 무척 즐거워 보이셨습니다."

확실히 팔씨름 자체는 즐거웠지만, 확연하게 질겁한 아이들과 여성들의 시선은 보통 따가운 게 아니었다.

"네아는 아이들에게 자신이 무해하다고 어필했었지……. 비겁해! 가장 사악한 주제에, 정말이지 요망한 흡혈귀야!"

"가장 사악하다니 그게 무슨 말이야?! 네가 멋대로 폭주한 결과잖아!"

내 푸념을 심드렁하게 듣고 있던 네아가 반응했다.

이 흡혈귀는 내가 팔씨름을 벌이는 동안 올빼미 모습으로 자신은 무해하다고 아이들에게 어필했고, 심지어 작은 동물 특유의 귀여운 동작으로 인기를 끌었다.

"그러는 너도 화난 얼굴은 사악함을 넘어 흉악하거든?!"

"무섭다는 건 자각하고 있지만 흉악하지는 않아!"

"본인만 모르지 다 그렇게 생각해!"

네아가 굉장히 의기양양하게 말해서 아무런 대꾸도 할 수 없었다.

그런 내 어깨에 아마코가 손을 얹었다.

"괜찮아, 우사토. 얼굴이 무서워도 우사토는 우사토니까."

위로해 주는 줄 알았는데 얼굴이 흉악하다는 점은 부정해 주지 않았다.

앞으로 어떤 얼굴로 화내면 좋을지 모르겠는데요.

어깨를 떨구며 침울해하자 줄곧 말없이 아마코 옆에 앉아 있던 린카가 웃음을 터뜨렸다.

"바보같이 괜히 무서워한 것 같아."

"린카?"

"어젯밤부터 계속 생각했는데, 역시 아마코의 말이 맞았어. 아마코가 믿은 인간은 나쁜 사람들이 아니었어."

린카의 말에 아마코가 눈을 동그랗게 떴다.

아마코와 마찬가지로 깜짝 놀란 내게 린카가 시선을 보냈다.

"확실히 우사토는 마을 어른들을 전부 이길 만큼 힘도 세고, 늑대 수인인 나보다 발도 빨라. 솔직히 괴물이지만, 제대로 보니 나쁜 인간이 아니란 것도 알 수 있었어."

그렇게 말하며 자리에서 일어난 린카는 내 쪽으로 걸어와 고개를 푹 숙였다.

"어제는 미안! 아무것도 모르면서 화살을 쏴 버렸어!"

내 쪽에서 겁을 준 것이었기에 사과를 받으리라고는 생각지 않았다.

갑작스러운 사과에 곤혹스러워하면서도 나는 되도록 안심이 되도록 웃으며 대답했다.

"아마코를 구하려고 그런 거였잖아? 그리고 나도 너한테 겁을 줬으니까 똑같지."

"어? 그래? 그렇게 말해 주면 나도 마음이 편하—."

"흥!"

"꺄웅?!"

웃으려던 린카의 뒤에서 아마코가 손날을 딱 내리쳤다.

가볍게 툭 친 수준이었지만 린카는 귀여운 비명과 함께 펄쩍 뛰었다.

"무, 무슨 짓이야?! 깜짝 놀랐잖아!"

"사과하고 바로 그러는 건 아닌 것 같아."

"뭐, 뭐 어때! 우사토가 용서해 주겠다잖아!"

"뭐?"

"히익! 그, 그렇게 살벌한 눈으로 쳐다본다고 누가 무서워할까 봐?!"

아마코는 울먹이는 린카를 무표정으로 상대했다.

안 무섭다고 하면서도 린카가 내 뒤에 숨자 아마코의 시선이 더욱 날카로워졌다.

사이좋구나.

그렇게 두 사람을 지켜보고 있는데 카가리 씨가 거실에 들어왔다.

"어제 보낸 후버드가 돌아왔다네. 아들이 보낸 편지도 가지고 있었어."

빠르네. 벌써 답장이 온 건가.

카가리 씨에게 편지를 받은 아마코는 깔끔하게 접힌 편지를 펼쳐 훑어보았다.

"……카가리 씨. 이거 믿어도 돼?"

"우리 아들은 너희 엄마와 소꿉친구란다. 그리고 누군가를 약삭빠르게 속일 수 있을 만한 녀석도 아니야."

"……그렇구나. 알겠어."

"아마코, 뭐라고 적혀 있었어?"

편지를 보고 동요하는 아마코에게 물었다.

"우리가 뒷문으로 수인의 나라에 들어갈 수 있게 준비하겠대."

"나랑 아르크 씨도?"

"응. 그렇게 적혀 있어."

확실히 아마코가 의심스러워하는 것도 이해가 갔다.

아마코뿐만 아니라 인간인 나와 아르크 씨의 입국까지 허가하다

63

니, 평범하게 생각하면 함정이라고 의심해도 어쩔 수 없는 일이었다.

"괜찮아, 아마코. 우리 아빠는 늘 생글생글 웃고 있는 완전무해한 사람이니까."

"그렇긴 한데……."

린카의 말에 아마코가 말을 우물거렸다.

불안하겠지.

아마코네 엄마를 구하려면 내 치유마법이 필요하다. 하지만 엄마를 구하기 전에 내가 붙잡혀 버리면 말짱 도루묵이 되어 버린다.

"아르크 씨, 어떻게 할까요?"

"저는 가야 한다고 생각합니다. 현재 저희가 수인의 나라에 들어갈 방법이 인간임을 숨기고 잠입하거나 눈에 띄지 않게 들어가는 것밖에 없는 이상, 저희에게 나쁜 이야기는 아닙니다."

원래는 인간이라는 이유로 들어가는 것조차 힘든 장소이기에, 저쪽에서 들여보내 준다면 이보다 더 좋은 이야기는 없을 것이다.

"이제 와서 고민해 봤자 별수 없잖아? 어차피 아마코네 엄마를 살리려면 수인의 나라에 들어갈 수밖에 없고."

"……그렇지."

네아의 말에 고개를 끄덕였다.

우리는 본래 목적인 아마코의 엄마를 구하기만 하면 된다.

"아마코, 어쨌든 가보자."

"……응."

아마코는 불안한 표정을 지었지만 고개를 끄덕여 주었다.

"카가리 씨, 수인의 나라까지는 여기서 얼마나 더 가야 하나요?"

"걸어서 몇 시간 거리라네."

그렇게 멀지 않은 곳에 있구나. 그렇다면 오늘 중에 갈 수 있겠다.

아르크 씨의 확인을 받고서 카가리 씨에게 이곳을 출발하겠다는 취지를 전했다.

"그럼 저희는 바로 수인의 나라로 출발할게요. 수인의 나라에 언제쯤 도착할지 예정 시각을 편지에 적어서 후버드로 보내 주시겠어요?"

"벌써 가는가? 뭐, 그럴 만도 하지만…… 린카."

"응? 왜? 할아버지."

"이들을 수인의 나라에 안내해 주려무나. 가는 김에 아빠한테 얼굴도 보여 주고."

"안내하는 건 좋지만 아빠랑 얼굴을 맞대는 건 좀……."

린카가 「으엑」 하는 표정을 지었다.

아빠가 불편한 걸까? 하지만 싫어한다기보다 귀찮다는 반응이었다.

"카가리 씨, 아드님의 성함을 여쭤봐도 될까요?"

"아아, 그러고 보니 말을 안 했군. 아들의 이름은 하야테. 본국에 있는 족장의 보좌를 맡고 있다네."

족장이라면 수인족의 우두머리인가? 그런 사람의 보좌라니, 꽤 굉장한 거 아니야?

린카의 아빠는 내가 생각하는 것보다 훨씬 지위가 높은 사람일지도 모르겠다.

살짝 주눅이 들었지만 그래도 뒤로 물러날 수는 없었다.

설령 어떤 상대가 기다리고 있더라도 아마코의 엄마를 살린다는 목적을 수행하기 위해서는 피할 수는 없는 길이니까.

***

카가리 씨와 헤어진 우리는 수인의 나라를 향해 출발했다.

현재는 린카의 안내를 받아 나무들이 우거진 길도 나지 않은 곳을 나아가고 있는데, 역시 걸어갈 길이 없으니 불안했다.

만약 일행을 놓치면 이곳 지리를 모르는 나는 확실하게 길을 헤맬 것이다.

"우사토."

그런 생각을 하고 있는데 어깨에 있는 네아가 목소리를 낮춰 말을 걸어왔다.

"응? 왜?"

"아마코는 귀가 좋아서."

……아마코에게 들려주고 싶지 않은 이야기라도 있는 건가? 수인의 나라에 도착하기 전에 말을 꺼낸 것을 보면 중요한 일일지도 모른다.

나는 은근슬쩍 걸음을 늦춰서 린카와 담소 중인 아마코와 거리를 벌렸다.

"그래서, 뭔데?"

"향후에 관해 물어보고 싶은 게 있어."

"향후?"

"수인의 나라에 들어간 후를 말하는 거야."

뭐, 네아가 지금 할 이야기라면 이것밖에 없겠지.

"알고 있겠지만 아마코는 수인의 나라에서도 특별한 존재야."

"그래."

로즈는 아마코를 『때를 읽는 공주』라고 했었다.

때를 읽는, 예지마법 사용자.

물리적인 공격력은 없지만 내가 아는 한 가장 유효한 마법이었다.

수인들도 그런 마법을 가진 아마코를 당연히 특별하게 볼 것이다.

"나는 좀 수상쩍다고 생각해. 기묘한 점이 너무 많은걸. 원인 불명의 혼수상태에 빠진 아마코네 엄마. 아마코를 찾는 수인들. 그리고 인간인 우사토와 아르크의 입국 허가……."

네아의 말대로 확실히 묘하기는 했다.

애초에 아마코의 엄마는 어째서 깨어나지 않게 된 걸까.

사마리알의 에바처럼 뭔가 저주를 받은 건지, 아니면 병으로 앓아누운 건지.

어쩌면 제삼자가 깨어나지 못하게 만들었을 가능성도 있었다.

"아마 저 아이도 알고 있을 거야."

"……그렇겠지. 아무 일 없이 끝났으면 좋겠지만, 그게 무리라면…… 아마코와 아마코네 엄마만이라도 구할 생각이야."

"……변함없이 생각이 안일하지만 지금은 그걸로 좋아. 마음가짐이 있느냐 없느냐는 전혀 다르니까."

내 말에 어이없어하면서도 네아는 그렇게 대답했다.

내가 일부러 말을 골랐음을 알고 있을 것이다.

최악의 경우, 아마코나 그녀의 엄마 중 한 사람을 택해야만 하는 상황이 올지도 모른다.

그런 선택을 해야만 하는 상황은 상상하고 싶지 않고, 그런 상황을 만들 생각도 없지만.

"뭐, 나는 어떤 상황에서도 네 결정에 따를 거야. 그런대로 신뢰하고 있으니까."

신뢰……인가.

그 말을 곱씹은 나는 앞서 걷는 아마코를 다시금 보았다.

나도 지금까지 함께 여행한 동료를 신뢰한다.

그렇기에 지금까지 고난을 극복할 수 있었다.

그것을 생각하니 이 앞에서 기다리고 있을지도 모르는 벽 따위는 대단치 않게 여겨졌다.

❀제3화 도달! 수인의 나라 『히노모토』!

외딴 마을을 출발한 지 몇 시간이 지났다.

숲속의 길도 나지 않은 곳을 걷던 우리는 거목이 한층 우거진 장소에 도착했다.

그곳은 햇빛조차 차단되어 어두컴컴하고 섬뜩한 기운에 휩싸여 있었다.

"이곳이 입구야."

"오오……."

주춤하는 나를 보며 린카는 가볍게 웃었다.

"섬뜩한 건 이해하지만 금방 밝아질 거야."

"그래?"

"응, 그렇게 만들어졌으니까."

만들어졌다라…….

뭔가 마도구나 그에 가까운 것이 있는 걸까?

수인은 인간과 다른 문화를 가지고 있는 모양이니 그럴지도 모른다.

"앞으로 가자. 이쯤에서 들어가면 뒷문에 도달할 거야."

우리는 린카를 따라가는 형태로 안에 들어갔다.

뒤에서 비쳐 드는 빛만을 의지하며 나아가는데, 나무에 부딪힐 뻔하거나 뿌리에 발이 걸리는 등 꽤 고생했다.

이곳을 지나면 수인의 나라의 뒷문에 도착한다.

……일단 조심해 두기로 할까.

"네아."

"응?"

"수인의 나라에 있는 동안에는 올빼미 모습으로 있어줘."

"……그래, 알겠어."

"눈치가 빨라서 좋네."

이럴 때 사역마라는 네아의 입장을 잘 써먹기로 했다.

인간형 마물은 매우 드문 데다 사역마가 되는 일도 거의 없으므로, 네아를 경계하지 않게 올빼미 사역마로 수인의 나라에 같이 들어가 여차할 때 비장의 카드로 쓸 생각이었다.

앞서 걷는 린카를 의지하여 어둠 속을 걸어가는데 아마코가 내 단복 자락을 잡았다.

"응?"

"……길 잃으면 안 되니까."

확실히 일행을 놓치면 귀찮겠지.

그런데 이러고 있으니…….

"아이를 데리고 있는 아빠 같은 심경이 들어. 네아도 비슷하다고 볼 수 있고오옥?!"

종아리와 측두부에 충격이 울렸다. 아프지는 않았지만 갑작스러워서 깜짝 놀라고 말았다.

아무래도 아마코가 발로 차고 네아가 내 머리를 날개로 때린 듯했다.

아마코는 그렇다 쳐도 네아까지…….

"난 어린애가 아니야."

"미안, 미안."

부루퉁한 목소리를 내는 아마코에게 사과했다.

어린애 같은 구석이 있지만 행동력은 어른 뺨쳤다.

"……우사토, 이 틈에 해 둘 말이 있어."

"느닷없이 무슨 말?"

"난 무슨 일이 있어도 우사토를 믿어."

아마코도 네아와 비슷한 말을 하는구나.

"우사토의 훈련바보인 점도, 근육뇌인 점도, 둔감한 점도, 착해 빠진 점도, 좋은 점도 나쁜 점도 전부 포함해서 신뢰하고 있어…… 네아보다 더."

"으헝?!"

어디서 나왔는지 알 수 없는 목소리가 어깨에서 들렸다.

네아와 한 이야기를 들었나……. 아마코의 청력을 조금 얕봤구나.

근데 일부 신뢰하지 않았으면 하는 부분도 있다만. 근육뇌를 신뢰한다니 그게 뭐야. 아무렇지도 않게 말해서 평범하게 넘길 뻔했잖아.

"이 말을 하고 싶었을 뿐이야."

"나도 널 신뢰해. 함께 여행한 동료니까."

아르크 씨도, 네아도, 블루링도 마찬가지다.

누구 한 명이라도 없었다면 나는 이곳에 없었다고 단언할 수 있을 만한 여행을 했다.

하지만 그 여행도 언젠가는 끝난다.

수인의 나라를 마지막으로 우리는 링글 왕국으로 돌아가야 한다.

"아마코는, 엄마가 깨어나면…… 어쩔 거야?"

"……가능하다면 엄마와 함께 링글 왕국으로 가고 싶어. 이곳은 내가 살기에 너무 숨 막히니까."

잠시 침묵한 후, 쥐어짜듯 나온 아마코의 목소리는 어딘가 불안해하는 것처럼 들렸다.

"……네가 그러고 싶다면 나는 얼마든지 힘을 빌려줄게."

"응."

자신의 고향이 숨 막히다니, 그 정도로 아마코를 둘러싼 상황이 어렵고, 그녀가 평범하게 생활할 수 없는 것일까.

생각에 잠긴 표정으로 걸어가다 보니 이윽고 눈앞이 밝아졌다.

"웃, 눈부셔……."

갑작스러운 빛에 아찔했다.

다시금 눈앞을 보자 거대한 나무 문과 석조 벽이 시야 가득 들어왔다.

지금까지 걸어온 숲속에는 없었던 인공물이었다.

"마침내 돌아와 버렸구나."

"……아마코?"

아마코가 무겁게 중얼거렸다.

그녀는 내 단복 자락을 잡은 채 쥐어짜듯 이야기하기 시작했다.

"인간에게 그 이름을 밝힐 수 없었던 수인의 나라, 『히노모토』. 이곳에 우리 엄마가 있어."

지금까지 나는 수인의 나라에 이름이 없는 줄 알았다. 링글 왕국 사람들도 『수인의 나라』라고 불렀고, 다름 아닌 아마코도 그렇게 불렀다.

그러나 지금 아마코의 입을 통해 밝혀진 그 이름은 내게…… 아니, 이누카미 선배와 카즈키에게도 결코 무시할 수 없는 것이었다.

"히노모토[#1]…… 해의 본원, 일본(日本)인가……?"

선대 용사의 무기는 카타나, 수인족들의 일본풍 이름, 그리고 『히노모토』라는 국명.

어쩌면 선배와 카즈키 이전에 소환됐던 용사는 우리와 같은 일본인이고, 우리가 살던 시대보다 훨씬 옛날…… 카타나가 쓰이던 시절에 이 세계에 온 것일지도 모른다.

"있지, 아마코. 뒷문에 도착했는데 마중은 나오는 거지? 아무도 없는데……."

문 주위에 아무도 없음을 의문스럽게 여긴 린카가 고개를 갸웃했다.

그때, 커다란 문이 묵직한 소리를 내며 천천히 열리기 시작했다.

"……읏?!"

갑자기 문이 열린 것에 깜짝 놀라서 순간적으로 아마코 앞으로

#1 히노모토(ヒノモト) 가타카나를 히라가나로 쓰면 「ひのもと」, 즉, 「日の本」로 일본이라는 뜻이 된다.

이동해 몸을 긴장시켰다.

문에서 나온 이는 린카와 똑같이 늑대 귀가 난 30대쯤으로 보이는 남성이었다. 그 외에도 창을 든 수인 여성 두 명이 몸을 긴장시킨 나와 아르크 씨를 경계하며 노려보고 있었다.

우리를 둘러본 남자는 마지막으로 내 뒤에 있는 아마코에게 시선을 보내더니 안도하며 어깨에서 힘을 빼고 부드럽게 미소 지었다.

"너희를 기다리고 있었다. 내 이름은 하야테. 족장을 보좌하고 있지."

"……아, 으음. 우사토 켄이라고 합니다. 이번에 저희의 입국까지 인정해 주셔서 감사합니다."

일단 내가 여행의 리더라서 자기소개를 했다.

변함없이 어색한 높임말로 자기소개를 해 부끄러웠지만, 하야테 씨는 내 말에 깜짝 놀라면서도 금세 다시 미소 지으며 옆에 있는 부하에게 지시했다.

"둘 다 창을 내려도 돼."

"그러나 상대는 인간입니다. 그리고 블루 그리즐리도……."

"적의도 없고, 아마코도 그들을 친숙하게 여기고 있어. 블루 그리즐리도 해는 없겠지."

"……알겠습니다."

납득할 수 없다는 표정으로 두 수인이 창을 내렸다.

팽팽하던 공기가 느슨해지자 하야테 씨는 아마코와 내 쪽으로 걸어왔다.

나는 경계하면서도 일단 한 걸음 물러나 아마코와 하야테 씨가 이야기하기 쉽게 아마코의 뒤로 이동했다.

"마지막으로 얼굴을 본 건 네가 네 살쯤이었을 때인가…… 나를 기억하니?"

"죄송해요…… 기억이 안 나요."

미안해하며 사과하는 아마코를 보고 하야테 씨는 황급히 손을 가로저었다.

"아냐, 아냐, 사과하지 않아도 돼. 기억 못 하는 게 당연한 나이였으니까."

하야테 씨는 몸을 굽혀 아마코와 눈높이를 맞췄다.

"응, 잘 돌아왔단다. 마지막으로 봤던 모습과 똑같아서 안심했어. 응, 2년 전과 전혀 다르지 않구나. 그 무렵의 너와 똑같아."

"……우사토."

"참아 줘, 나쁜 뜻은 없을 테니까……"

아마도 이 사람은 아마코가 돌아온 것을 정말로 기뻐하고 있을 것이다.

아마코의 머리 높이로 손을 들고서 감개에 잠긴 하야테 씨를 보며 나는 내심 전율했다. 지뢰를 마구 밟았으면서도 눈치채지 못하고 계속 미소 지을 수 있는 배짱은 존경할 만했다.

험악한 눈으로 나를 올려다보는 아마코를 달래고 있으니 옆에서 하야테 씨를 보던 린카가 그의 정강이를 걷어찼다.

「크헉?!」 하는 굵직한 목소리와 함께 쓰러진 하야테 씨는 정강이를 부여잡고 울먹이며 린카에게 시선을 옮겼다.

"리, 린카! 오랜만에 만나는 아빠한테 무슨 짓이니!"

"아빠는 진~짜 세심하질 못해! 아마코는 키를 신경 쓰고 있단 말이야! 그런데 키 얘기만 하고! 알겠어? 아빠, 아마코는 **지금부터야!**"

"우사토, 화가 폭발할 것 같아."

"아, 안 된다니까……."

아마코의 머리에 손을 얹으며 그렇게 말하는 린카가 가장 세심하지 못한 말을 하고 있지만, 일단 아마코를 위해 화내 주고 있는 것이었다.

그나저나 이 아빠와 딸은 생김새는 안 닮았는데 성격은 닮았구나.

하야테 씨와 린카의 대화에 어쩔 줄 모르던 부하 중 한 명이 헛기침을 했다.

"크흠, 하야테 님……."

"어? 아, 미안, 미안. 본론으로 들어갈게."

일어나서 모래를 턴 하야테 씨는 문 쪽을 가리켰다.

"되도록 사람들의 눈을 피하고 싶으니 얘기는 가면서 하지. 우사토와 아르크는 인간인 걸 들키지 않게 머리를 가려줘."

"알겠습니다."

나는 단복의 후드를 썼고, 아르크 씨는 말의 등짐에서 흰 외투를 꺼내 걸친 뒤 후드를 썼다.

남들 눈에는 참으로 수상쩍게 보일 테지만, 우리가 인간임이 알려지면 더 일이 커질 테니 참자.

아, 매번 그렇듯 블루링이 들어갈 수 있는지 물어봐야지.

"저기, 블루 그리즐리도 안에 들어가도 상관없을까요?"

"그래. 날뛰지 않게 해준다면야."

그 걱정은 거의 할 필요가 없기에 나는 블루링을 쓰다듬으며 히노모토에 발을 들였다.

***

"⋯⋯일본 가옥?"

문 너머에는 마치 옛날 일본으로 되돌아간 듯한 목조 건축물이 늘어서 있었다.

뒷문으로 들어왔기 때문인지 상당히 건물이 밀집되어 있었지만, 그래도 지금까지 방문했던 나라의 건물들과는 근본적으로 조형이 다름을 나도 알 수 있었다.

주위를 둘러보는 우리를 본 하야테 씨는 자랑스럽게 말했다.

"너희가 아는 건물과 구조가 다르지?"

"예, 깜짝 놀랐어요."

"수인족이 사는 건물은 나무로 만들어. 나라를 에워싼 거목으로 만든 건물은 아주 튼튼하지."

"그렇군요⋯⋯."

나로서는 원래 세계에서 많이 봐 익숙한 모습이었다.

늘어선 건물들은 일본의 시골에서 볼 수 있는 목조 민가와 비슷했고, 커다란 건물은 저택이라고 표현해도 될 만큼 훌륭했다.

선대 용사가 수인에게 지식을 줬다고 카가리 씨가 말했었는데, 이것도 그가 준 지식인 걸까?

"그리고……."

아니나 다를까, 우리를 감시하는 사람은 두 명이 전부가 아닌 듯했다.

위치는 알 수 없지만 여러 시선이 느껴졌다. 혹시 몰라서 아르크 씨에게 가볍게 시선을 보내자, 그도 눈치챘는지 작게 고개를 끄덕였다.

우리가 어떻게 행동하느냐에 따라 즉시 적대 행위로 간주될지도 모르니 섣부른 짓은 할 수 없겠어.

……만일에 대비해 하야테 씨에게 몇 가지 질문해 둘까.

"하야테 씨. 이곳 사람들은 저희가 오는 걸 알고 있나요?"

"그래. 아마코와 인간인 자네들이 들어온다는 건 아침 일찍 백성들에게 알렸어. 하지만 백성들 대다수는 인간에게 별로 좋은 감정을 갖고 있지 않은지라 이런 형태로 맞이하게 된 거야."

"경계할 건 알고 있었기에 신경 쓰지 않아요. 족장님은 저희를 들이는 것에 어떻게 반응하셨나요?"

이어진 질문에 앞서 걷던 하야테 씨가 한순간 당황한 것 같았지만 이내 대답해 줬다.

"족장님도 망설였지만 어떻게든 설득해서 허가를 받았어."

지금부터 그 족장과 만나 아마코네 엄마를 살릴 수 있게 교섭해야 하니 괜히 척지고 싶지는 않았다.

「인간의 도움 따위 빌릴까 보냐!」라는 말이라도 들으면 그야말로 최악이다.

적어도 고지식한 사람이 아니길 기도할 수밖에…….

"웃?!"

그 순간, 목덜미에 꽂히는 강렬한 시선을 느끼고 사고가 중단되었다.

살기라는 표현이 적합했다. 온몸이 얼어붙는 듯한 오한, 높은 곳에서 낙하하듯 모골이 송연해지는 감각.

나는 눈에 날을 세우고서 시선이 느껴진 방향을 돌아보았다.

"힉!"

그러나 뒤에는 내 얼굴을 보고 엉덩방아를 찧은 수인 병사밖에 없었다.

고개를 갸웃하며 병사를 내려다보자 그녀는 더욱 어깨를 떨면서 머리에 솟은 강아지 귀를 뒤로 젖혔다.

……설마 내게 살기를 보낸 사람이 이 사람은 아니겠지?

"괘, 괜찮으세요……?"

"자, 잡아먹지 마!"

그녀의 눈에 나는 어떤 괴물로 보이고 있는 걸까…….

하지만 이 모습을 보면 방금 그 시선을 보낸 것은 이 사람이 아닐 것이다.

"가, 갑자기 무슨 일이야?"

어깨 위에 있는 네아가 작은 목소리로 그렇게 말을 걸어와서 나는 겨우 긴장을 풀고 천천히 숨을 내쉬었다.

앞서 걷고 있던 하야테 씨와 아마코도 내가 멈춘 것을 알아차렸는지 의아한 시선을 보내왔다.

"노, 놀라게 해서 죄송합니다……."

"예?! 아, 네……."

히노모토에 들어와서 기척에 너무 민감해졌나 보다.

사과하며 병사에게 손을 내밀어 일으켜 세웠지만, 공포에 질린 눈으로 나를 본 병사는 내게서 거리를 벌리고 말았다.

"저기……."

"웃?! 죄, 죄송합니다!"

……자업자득이라고는 하지만 뭔가 충격적이었다.

그저 말을 걸었을 뿐인데 겁먹은 병사를 보며 린카가 고개를 끄덕이며 다가왔다.

"그 마음, 이해해. 무섭지? 인간이라고는 생각할 수 없어. 나도 그랬어."

"네…… 네! 으으……."

린카의 말에 흐느끼며 고개를 끄덕이는 병사 앞에서 나는 완전한 악역이었다.

보다 못한 하야테 씨가 내게 말을 걸어왔다.

"저기, 여기서 그런 행동은 삼갔으면 하는데……."

"죄, 죄송합니다. 갑자기 뒤에서 살기 같은 게 느껴져서……."

"살기……?"

하야테 씨와 아르크 씨의 반응을 보아하니 아까 그 시선은 나에게만 향했던 모양이었다.

또 린카 때처럼 오해받은 걸까.

"……"

인간을 향한 증오일까, 아니면 단순히 싸움을 걸어왔던 걸까.

되도록 싸울 일은 없는 편이 좋겠지만, 여차하면 나도 각오할 수밖에 없다.

그런 생각을 하며 걸어가다 보니 어느새 큰길을 벗어나 완만하고 좁은 오르막길에 접어들었다.

앞장선 하야테 씨가 우리를 함정에 빠뜨리려는 사람처럼 보이지는 않았지만, 사마리알에서 페그니스 씨에게 속은 경험이 있기에 방금 막 만난 인물을 믿는 것은 위험하다는 생각이 들고 말았다.

솔직히 믿었던 사람에게 뒤통수를 맞는 것은 꽤 괴로운 일이다.

내 표정이 굳었음을 알았는지 어느새 옆에서 나란히 걷던 블루링이 나를 올려다보았다.

"크웅."

"……걱정해 주는 거야?"

블루링의 머리를 쓰다듬었다.

……예전에 한 실수를 후회하고 있을 때가 아니지.

마음을 다잡고 앞을 보자 탁 트인 장소가 보이기 시작했다. 아무래도 이 길은 저기서 끝나는 듯했다.

안내받은 곳에서 뭐가 나올지 전전긍긍하며 걸어가니 그곳에는 고개를 쳐들어야 할 만큼 큰 건물이 자리 잡고 있었다.

일단 멈춰 선 하야테 씨가 우리를 돌아보았다.

"이곳이 우리 수인족에게 가장 중요한 건물이야. 너희의 『성』과 같다고 표현하면 알기 쉬울까?"

명백하게 여타 가옥과는 다른, 정성 들여 만든 건물이었다.

밝은 갈색을 기조로 한 외관과 각진 형태의 그 건물은 서양식 성과는 다른 박력이 느껴졌다.

"우선은 말과 블루 그리즐리를 마구간에 맡기기로 하지. 으음, 그 어깨에 있는 올빼미는…… 네 사역마인가?"

"네, 안에 같이 들어가도 될까요?"

"부엉~."

그럴싸한 울음소리와 함께 고개를 갸웃하는 네아를 보고 하야테 씨는 잠시 고민했지만 이내 내게 얼굴을 돌렸다.

"응, 상관없어. 하지만 네 옆에서 벗어나지 않게 해줘."

"그 점은 걱정하지 않으셔도 돼요. 이 녀석은 얌전하거든요."

동의하듯 네아가 고개를 주억거렸다.

사실은 얌전함과 거리가 먼, 오히려 호기심 대장이라고 해도 될 아이지만.

"그럼 따라오렴. 짐은 이쪽에서 맡을게."

하야테 씨가 다시 앞장섰다.

그를 따라가며 나는 다시금 고개를 쳐들어야 할 만큼 커다란 건물을 보았다.

"……."

사방이 적 천지……까지는 아니지만, 수인족이 우리 인간에게 좋은 인상을 가지고 있지 않은 것은 확실했다. 하야테 씨는 부드럽게 대응해 주고 있지만 다른 수인들도 그러리라는 보장은 없었다.

욕하거나 불합리하게 트집을 잡을지도 모른다.

이에 감정적으로 굴어서는 안 된다. 이제껏 수인들이 인간에게 핍박받은 원한 때문에 그러는 것이라면 더더욱.

"……과연 뭐가 기다리고 있을까."

수인족의 족장.

수인족 중에서 가장 높은 지위를 가진 인물과의 만남을 앞두고 나는 일말의 불안을 느끼면서도 걸음을 내디뎠다.

🌸제4화 알현! 수인족의 우두머리 진야!

블루링과 말을 마구간에 맡긴 우리는 건물 안으로 들어갔다.

린카는 우리와 헤어지게 되었다. 이제부터 족장과 이야기할 것인데 아무 관계없는 린카를 중요한 자리에 데려갈 수는 없었기 때문이다.

그런데 안에 들어가자마자 신발을 벗으라고 해서 깜짝 놀랐다.

한동안 이 세계에서 지낸 탓인지 건물 안에서 신발을 신고 있는 것이 당연해졌던 내게 신발을 벗고 들어가는 경험은 오랜만이었다.

선대 용사는 수인에게 어디까지 지식을 준 거지? 이렇게까지 일본과 문화가 비슷하니 오히려 께름칙했다.

"무기도 맡아 두겠습니다."

"알겠습니다."

아르크 씨는 가지고 있던 검 두 자루를 호위병에게 넘겼다.

내 건틀릿은 무기라기보다는 방어구니까 괜찮으려나. 어쨌든 조리에 쓰는 단검 등은 맡겨 두자.

"……응?"

입구 너머에 일본풍 인테리어와는 어울리지 않는 네모난 물체가 장식되어 있는 것이 문득 눈에 띄었다.

슬쩍 시선을 보내 관찰해 보았다.

한 변이 2미터쯤 되려나? 다양한 크기의 검은색 널빤지를 조합해 정육면체를 형성한 신기한 물체였다.

겉모습은 사마리알의 노천 시장에서 팔던 마도구와 비슷하네.

"……마도구인가?"

내 말에 네아가 고개를 갸웃했다. 아무래도 그녀도 당혹스러운 것 같았다.

네아도 모르는 건가? 단순한 장식품인가?

하지만 디자인은 꽤 내 취향이었다.

"저건 그냥 장식품 같은 거야."

내 시선이 향한 곳을 알아차린 하야테 씨가 가르쳐 줬다.

하지만 하야테 씨의 말에서 조금 신경 쓰이는 부분이 있었다.

"장식품 같은 것, 이라면 원래는 장식품이 아니었다는 뜻인가요?"

"……원래는 마도구였지만 아무도 쓰지 않아서 필요가 없어졌어. 본래대로라면 폐기됐을 테지만…… 이 마도구는 조금 특수해서 이 같은 형태로 남아 있지."

"그렇군요……."

원래는 마도구였지만 지금은 힘없는 물체라는 건가.

그래서 마도구처럼 생겼구나.

"……이게 쓰일 일은 두 번 다시 없겠지만."

"예?"

"자, 얘기는 여기까지 하고 이만 갈까."

하야테 씨가 작게 뭐라고 중얼거렸지만 알아듣지 못했다.

검은 상자에서 관심을 거둔 나는 마음을 다잡고 안쪽으로 가는 하야테 씨를 따라갔다.

실내는 장지문으로 방이 나뉘어 있었고 제법 넓었다.

"이 틈에 솔직히 말해 둘게."

"네?"

앞으로 걸어가던 중, 갑자기 하야테 씨가 입을 열었다.

그는 이쪽을 보지 않고서 다소 무거운 어조로 말을 꺼냈다.

"우리의 수장은 너희를…… 아니, 인간을 호의적으로 생각하지 않아."

"……갑자기 찾아온 건 저희니까 그건 당연하겠죠."

실제로 지금까지 인간이 발을 들인 적 없는 곳에 느닷없이 들어온 우리를 호의적으로 볼 리가 없었다.

"나는 너희의 목적이 이루어지길 바라. 그래서 되도록 중재하려고 노력해 볼 거야."

"감사합니다."

수인족 족장과의 면회는 지금까지와 다르다.

마도도시 루크비스의 글래디스 학원장님.

기도의 나라 사마리알의 루카스 님.

수상도시 미아라크의 노른 님.

세 사람 모두 어디에나 있는 평범한…… 평범……?

아니, 글래디스 씨는 뭐, 평범한 여성이었지만, 루카스 님은 나를 후계자로 삼는다는 등 예상외의 행동을 했고, 노른 님은 처음 만났을 때 포션에 빠져 있었고, 조심스럽게 말해도 평범한 사람들은 아니었다.

하지만 그런 세 사람에게도 공통점이 있었으니, 우리에게 악감정을 가지고 있지 않았다는 것이었다.

그런 생각을 하며 바깥 경치가 잘 보이는 복도를 나아가자, 창을 든 수인 병사가 서 있는 한층 폭넓은 장지문이 보였다.

나와 아르크 씨를 본 수인 병사는 긴장한 얼굴로 창을 든 손에 힘을 줬으나 하야테 씨가 장지문 앞에 서자 옆으로 이동하여 길을 비켰다.

"족장님, 아마코와 함께 온 인간들을 데려왔습니다."

하야테 씨가 장지문 앞에서 그렇게 말했다.

"들어와."

뒤이어 차갑게 느껴지는 낮은 목소리가 들렸다.

고개를 끄덕인 수인 병사가 장지문을 열자 정면에 기모노 차림의 수인 남자가 방석에 정좌해 있었다.

그 뒤에 수행원인 듯한 수인 여성 병사 두 명이 있었는데, 나는 방 안의 상황을 파악하기보다도 눈앞에 앉은 수인 남자를 보고 깜짝 놀라고 말았다.

곰을 연상시키는 둥근 귀와 일어나지 않아도 알 수 있을 만큼 근육질인 체격. 지금껏 살면서 이토록 커다란 사람은 본 적이 없었다.

하야테 씨의 안내를 받아 방석에 정좌로 앉아 미리 준비해 둔 자기소개를 했다.

"링글 왕국 구명단 소속인 우사토 켄이라고 합니다. 이렇게 초대해 주셔서 감사—."

"수인족의 족장, 진야다."

내 말을 차단하며 간결하게 자신의 신분과 이름을 말한 그— 진야 씨 때문에 입을 다물게 되었다.

진야 씨는 우리를 둘러보더니 마지막으로 아마코를 보고 한숨을 쉬었다.

"행방불명됐던 카노코의 딸이 이와 같은 형태로 돌아올 줄은 몰랐군. 심지어 인간까지 데려올 줄이야…….."

이어서 내게 시선을 옮겼다.

말없이 바라보는 날카로운 눈빛에 어떻게 하면 좋을지 몰라서 곤혹스러워하자 그는 실소했다.

"믿을 수 없을 정도로 볼품없는 인간이군. 넌 정말로 여기까지 여행해 온 건가?"

"……예?"

"부, 부엉!"

웃는 얼굴로 굳은 내 어깨를 네아가 날개로 때려서 제정신을 차렸다.

상대는 이 나라의 최고 권력자, 무례를 저질러서는 안 된다. 일부러 이쪽의 화를 돋우고 있을 가능성도 있었다.

살갑게 웃으며 감정을 다스린 나를 재미없다는 듯이 바라본 진야 씨는 아마코에게로 시선을 돌렸다.

"그래서 아마코. 너는 왜 이제 와서 이곳에 돌아왔지?"

"……이제 와서?"

"네가 사라지고 2년의 세월이 지났다. 그동안 우리는 너를 찾기 위해 노력했지만 찾을 수 없었지. 어떤 자들은 네가 인간에게 붙잡혔거나 이미 죽었다고 생각했다."

그렇다면 아마코가 히노모토에 돌아온 것은 적잖은 혼란을 초래했을지도 모르겠네.

"저는, 엄마를 구하기 위해 이곳에 왔어요."

"흥, 타당한 이유로군. 네 엄마는 이미 2년이나 깨어나지 않고 있어. 그동안 우리도 갖은 수단을 다 써서 치료를 꾀했으나 전부 실패로 끝났다. 지금 여기 돌아왔다는 건 그 방법을 찾았다는 뜻이겠지?"

추궁하는 듯한 진야 씨의 말에 아마코가 고개를 끄덕였다.

"치유마법사를 데려왔어요. 최상급 회복마법인 치유마법이라면 엄마를 고칠 수 있을지도 몰라요."

"……그랬군. 그렇다면 저 남자가 치유마법사인가?"

진야 씨는 재차 내게 시선을 보냈으나 역시 「생긴 대로 다루는 마법도 빈약하군」이라고 말하듯 깔보는 눈빛이었다.

평범한 사람이라면 발끈했겠지만 거의 매일같이 온갖 욕이 난무하는 구명단에서 생활한 나는 이 정도 도발에 조금도 동요하지 않았다.

"치유마법을 이용한 치료는 우리도 시도해 보지 않았어. 뭐, 애초에 인간만이 다룰 수 있는 치유마법을 우리가 이용하는 것 자체가 불가능한 이야기지만……. 그래, 치유마법사를 협력자로 데려왔다면 구할 가능성이 낮진 않지."

진야 씨가 납득했다는 듯 고개를 끄덕였다.

"좋다."

"읏, 허락하시는 건가요?"

"수인 아이가 인간 세계에서 사는 게 얼마나 어려운지는 이해하고 있다. 그 행동력을 봐서 치유마법사가 카노코를 치료하는 걸 허락하겠다."

생각보다 간단히 요구가 통과되어서 아마코가 깜짝 놀랐다.

"지금, 엄마는……."

"살아는 있다. 아직도 깨어나지 못하고 있지만 말이야."

이유도 없이 깨어나지 않을 리가 없으니 뭔가 원인이 있겠지만, 그건 실제로 만나 봐야 알 수 있겠지.

"아마코. 엄마를 구하든 못 구하든 이곳에 남을 마음은 있나?"

"……."

그 말에 아마코가 입을 다물었다.

잠시 침묵한 후, 망설이며 이리저리 시선을 옮긴 그녀는 결심한 듯 입을 열었다.

"아뇨, 저는 이곳에 남을 생각이 없어요."

"때를 읽는 자의 사명을 모르지는 않을 텐데?"

"알고 있어요. 하지만 저는…… 여기 있어도……."

평범하게는 살 수 없다……. 그렇게 입을 달싹인 아마코를 본 진야 씨는 낙담한 것처럼 한숨을 쉬었다.

"……그런가. 그럼 볼일이 끝나면 어디로든 사라져라. 네가 아닌 다른 자가 예지마법에 눈떴어야 했는데. 일족의 수치야."

"……족장님!"

참을 수 없었는지 하야테 씨가 외쳤지만 진야 씨는 그 외침을 무시했다.

"때를 읽는 자의 사명을 버리려 하는 자는 우리나라에 필요 없다."

"진야! 꼭 그런 식으로 말해야겠어?! 이 아이가 나라를 떠나게 됐던 건—"

진야 씨의 냉엄한 말에 하야테 씨가 언성을 높였다.

그런 그에게 진야 씨는 싸늘한 시선을 보냈다.

"주제 파악해. 보좌 따위가 내게 말대답하지 마."

"하지만……!"

"아무리 카노코의 딸이어도 이 녀석은 쓸모없어. 2년간 뭘 하며 지냈는지는 모르겠지만…… 바깥 물을 먹은 수인이 이렇게까지 쓸모없게 변할 줄은 나도 몰랐군."

반박하려던 하야테 씨는 이성으로 화를 눌렀는지 입을 꾹 다물었다.

나 역시 아마코를 깔보고 비웃는 진야 씨에게 조금 화가 났지만 그것이 겉으로 드러나지 않게 평정을 유지하려고 노력했다.

모멸당하기는 했지만 그편이 상황적으로는 좋았기 때문이다.

진야 씨의 말에 순종하면 아마코는 수인의 나라에서 억지로 살지 않고 링글 왕국으로 돌아갈 수 있다. 아마코도 그걸 아는지 무표정하게 그의 말을 받아들였다.

"상관없어요. 저희는 엄마를 고치면 이 나라를 나가겠어요."

"그래라."

거기서 대화를 끝내듯 진야 씨가 일어났다.

"다른 손님이 기다리고 있어서 말이야. 뒷일은 맡기마, 하야테."

"……네."

차갑게 내뱉은 진야 씨는 수행원을 데리고 방을 나가 버렸다.

어쩔 수 없는 이야기지만 그다지 좋은 대응은 받지 못했네…….

하지만 이야기가 꼬이는 일 없이 아마코네 엄마와 만날 수 있게 됐고, 아마코가 수인의 나라를 나가는 것을 허락받은 일은 무엇보다도 희소식이었다.

"미안하다. 손님에게 그렇게 거만한 태도라니……."

진야 씨가 나간 후, 하야테 씨가 우리에게 깊이 고개를 숙였다.

"하야테 씨가 사과하실 필요 없어요. 저희도 신경 쓰지 않으니까요."

"……고맙다. 진야는 옛날부터 성격이 까다롭고 말이 매서운 남자였지만 이렇게까지 노골적으로 혐오감을 드러낼 줄은 나도 몰랐어."

옛날부터?

아까 하야테 씨가 진야 씨를 허물없이 부른 것을 보면, 족장과 보좌라는 관계가 전부는 아닐지도 모르겠다.

"아마코 님의 모친이 계신 곳에 지금 바로 가는 겁니까?"

"그래, 바로 안내하지."

하야테 씨의 말에 아르크 씨는 턱에 손을 대고 잠시 생각에 잠겼다.

뭔가 신경 쓰이는 점이라도 있나?

"왜 그러세요? 아르크 씨."

"아뇨, 너무 일이 순조로워서 불안하군요."

"아……."

아르크 씨의 말에 나도 모르게 고개를 끄덕이고 말았다.

지금까지 여행하면서 겪은 사건들은 전부 만만치 않은 일들뿐이었다.

그걸 생각하면 이번에는 너무 순조롭게 진행되고 있었다. 그래서 불안하게 여기는 아르크 씨의 마음도 이해가 갔다.

"부엉."

"응. 이렇게까지 아무 일도 없으니 오히려 불안해지네."

어깨 위에 있는 네아와 옆에 있는 아마코도 고개를 주억거렸다.

"뭐, 아무 일도 없으면 이대로 링글 왕국에 돌아갈 수 있으니 기뻐할 일이죠."

"그러네요. 신경이 조금 날카로워져 있었습니다."

그랬다. 아마코의 엄마를 살리면 우리는 돌아갈 수 있다.

그리고 멀리서 여행 중인 선배랑 카즈키와 마침내 재회할 수 있다.

카즈키는 잘 지내고 있을까. 괜찮으리라고 생각하지만, 그는 조금 고민에 몰두하는 면이 있어서 걱정이다.

선배는…… 확실히 잘 지내고 있을 테니 걱정하지 않지만, 돌아가면 이것저것 하고 싶은 말이 있으니까 각오해 줬으면 좋겠다.

먼 곳에 있을 친구들을 생각하고 있는데 하야테 씨가 말을 걸어왔다.

"슬슬 갈까. 또 내가 안내할 테니 따라와 줘."

"네."

우리는 앞장서 걸어가는 하야테 씨를 따라갔다.

아마코의 엄마가 있는 곳은 이 건물에서 조금 떨어져 있는 모양이라 신발을 신고 일단 밖으로 나가게 되었다.

"그러고 보니 린카는 마을에서 잘 지내고 있었니? 그 아이는 이 나라의 관습에 익숙해지질 못해서 아버지가 계신 마을에 맡겼는데……."

문득 생각났다는 듯 그렇게 물은 하야테 씨의 질문에 나는 솔직하게 대답했다.

"여기까지 길을 안내해 줘서 얼마나 고마웠는지 몰라요. 그리고 아마코와 사이가 좋아서 저도 안심했어요."

내 말에 아마코가 발끈한 표정을 지었지만 나로서는 이 아이에게 제대로 된 또래 친구가 있을지 불안했었다.

그래서 린카라는 마음이 맞는 친구가 있는 것에 남몰래 안심했다.

내 대답에 하야테 씨가 밝게 웃었다.

"하하하, 그래, 그랬구나. 이야~, 아직도 장난만 치고 있는 건가

싶었어. 아버지가 보내주시는 편지에도 그런 내용만 적혀 있어서 걱정했거든."

"그, 그러셨군요……."

꽤 말괄량이였던 걸까.

카가리 씨와 린카의 대화를 떠올리며 「카가리 씨도 고생이 많구나」 하고 절절히 생각했다.

그러자 이번에는 아마코가 하야테 씨에게 말을 걸었다.

"하야테 씨. 저기…… 물어보고 싶은 게 있어요."

"존댓말 쓰지 않아도 돼. 너는 딸의 친구니까."

"……응."

"그래서, 뭐가 궁금한데?"

"아까 족장님과 이야기할 때 뭔가 말하려고 했었는데……. 하야테 씨는 엄마가 왜 쓰러졌는지 아는 거야?"

"……!"

아마코의 말에 하야테 씨가 눈을 크게 떴다.

조금 망설이듯 그 자리에 멈춰 선 그는 아마코와 시선을 맞추고서 이내 결심한 얼굴로 입을 열었다.

"쓰러진 이유는 모르지만, 최초의 원인이라면 알고 있어."

"……알고 있었어?"

"그래. 공적으로는 비밀이지만 너희에게는 이야기하지."

공적으로는 비밀이라고?

즉, 밝힐 수 없을 만한 사정이 있다는 건가…….

나는 말없이 아마코와 하야테 씨의 대화에 귀를 기울였다.

"너희 엄마…… 카노코는 자신의 예지마법을 마도구에 옮기는 연구를 하고 있었어."

"예지마법을, 옮겨……?"

"마법 전이 마도구 『토와』. 마왕을 쓰러뜨린 용사의 마법을 참고해 진행된 연구야."

여기에도 용사가 얽혀 있는 건가.

그런데 왜 예지마법을 옮기는 마도구를 만들려고 한 거지?

아마코 역시 자신의 엄마가 어떤 이유로 그런 연구를 했는지 모르는 듯, 하야테 씨에게 이유를 물었다.

"왜, 엄마는 그런 연구를……."

"널 위해서였어."

"읏!"

아마코가 고개를 번쩍 들었다.

"예지마법 사용자는 평생 이 나라에서 지내야만 해. 그건 알지?"

"……응."

"예지마법을 가지고 태어난 수인…… 『때를 읽는 자』는 수인족에게 닥칠 외적이나 위험을 사전에 경고하는 중요한 입장이라 국외로 나가는 것이 엄격히 금지되어 있어. 실제로 카노코 역시 이 나라를 나간 적이 없지. 그래서 그녀는 네가 자신처럼 자유를 잃고 살지 않도록 자신의 예지마법을 마도구인 토와에 옮겨서 누구든 다룰 수 있게 만들자고 생각한 거야."

그럼 아마코도 수인의 나라를 나오지 않았다면 줄곧 여기서 살았어야 했던 건가.

만약 그렇다면 숨 막히는 하루하루를 보냈을지도 모른다.

"그래서 카노코는 소중한 딸인 너와 앞으로 예지마법을 가지고 태어날 수인 아이들을 위해 마도구 개발에 힘을 쏟았어."

"……하지만, 실패하고 만 거야?"

"그래."

하야테 씨는 침통한 표정으로 고개를 끄덕였다.

"연구가 한창 무르익었을 때, 카노코는 독단으로 토와를 기동시켜 버렸어. 불완전한 상태로 기동된 토와는 폭주했고, 카노코는 그날부터 깨어나지 않게 됐지."

"엄마가, 그런 일을……."

"카노코가 어떤 이유로 그런 행동을 했는지는 지금도 알 수 없어. 하지만…… 의미도 없이 그런 무모한 짓을 할 사람이 아니라는 걸 우리는 알고 있어."

"……우리?"

마치 하야테 씨 외에도 누군가가 관계되어 있는 듯한 말투였기에 무심코 생각이 입 밖으로 나와 버렸다.

돌연 끼어든 내게 하야테 씨는 기묘한 얼굴로 입을 열었다.

"족장…… 진야를 말한 거야. 나와 진야와 카노코는 소꿉친구라서 그녀의 연구를 돕거나 장소를 준비했어."

"그랬군요. 이야기를 끊어서 죄송합니다……."

"아니, 괜찮아."

하야테 씨뿐만 아니라 진야 씨도 아마코의 엄마와 소꿉친구였나. 하야테 씨는 딸인 린카가 아마코와 친하니까 그렇게 이상한 느낌이 안 들지만, 진야 씨가 그렇게 가까운 관계일 줄은 몰랐다.

"우사토."

"응?"

하야테 씨와 이야기를 끝낸 아마코가 불안한 얼굴로 나를 올려다보았다.

"엄마는 눈을 뜨지 않게 되기 전에 내게 『너는 나처럼 되지 말라』고 했었어. 꼭 마지막으로 보는 것처럼, 슬픈 얼굴로……"

역시 뭔가 사정이 있었던 걸까?

나는 상상도 할 수 없는 사태가 아마코의 엄마에게 일어났던 걸지도 모른다.

"하지만 이젠 어찌 되든 좋아. 난 엄마가 깨어나기만 해 준다면……"

"아마코……"

반드시 살리자. 이 아이를 위해서도, 이 아이의 엄마를 위해서도.

***

그 후 한동안 더 걸어가자 주위에 늘어선 가옥보다 한층 큰 건물이 눈에 들어왔다. 겉모습은 사찰을 연상시키는 구조였다.

아무래도 이곳이 목적지인 것 같았다.

"카노코는 2년간 줄곧 여기서 치료를 받았어. 우리 힘으로는 깨어나게 할 수 없었지만 치유마법이라면 희망이 있을지도 몰라."

문을 열고 안에 발을 들였다.

외관과는 전혀 다른 살풍경한 방의 중심에 새하얀 요에 누워 조용히 잠든 여성이 있었다.

아마코와 똑같은 예쁜 금빛의 긴 머리카락과 여우 귀.

마치 아마코가 그대로 어른이 된 듯한 외모는 아마코의 언니라고 해도 믿을 만큼 아름다웠다.

"아마코, 이분이 네 엄마야?"

"응."

우리는 아마코의 엄마인 카노코 씨가 누워 있는 곳까지 다가갔다.

카노코 씨의 주위를 보니 마도구로 여겨지는 것이 놓여 있었다. 무엇에 쓰이는 물건인지는 모르겠지만 잠든 채 깨어나지 않는 그녀의 생명을 붙들어 두고 있다는 것은 이해할 수 있었다.

"하야테 씨, 카노코 씨를 진찰해도 될까요?"

"그래, 상관없어."

"감사합니다."

상대를 어떻게 고치고 싶은지가 중요한 치유마법의 계통 강화를 쓰려면 카노코 씨의 상태부터 파악해야 했다.

아울러 네아에게도 카노코 씨의 상태를 봐 달라고 하자. 마력 이변이나 어떤 마술의 영향이 끼치고 있지는 않은지 네아에게 확인시키고, 필요하다면 네아에게 해방 주술을 걸게 하는 것이다.

어깨 위에 있는 네아에게 눈짓하고 카노코 씨 옆에 웅크려 앉아 그녀의 상태를 확인했다.

"……."

당장에라도 일어날 듯한 온화한 표정이었다.

하지만 이 사람은 2년이나 잠들어 있는 상태였다.

생각할 수 있는 원인은 하야테 씨가 말했던 토와라는 마도구를 폭주시킨 영향으로 뇌에 이변이 생긴 것이었다.

오른쪽 손바닥에 치유마법의 계통 강화를 생성해 카노코 씨에게 치유마법을 베풀려고 했을 때, 어깨 위의 네아가 내 뺨을 두드렸다. 뭔가 이상한 점이라도 발견한 걸까?

네아 쪽을 보자 그녀는 멍한 모습으로 중얼거렸다.

"이 사람, 마력이 없어……."

"마력이, 없어?"

그게 대체 무슨 뜻일까. 카노코 씨가 예지마법을 가지고 있다면 마력이 없는 것은 말도 안 되는 일이다.

"하야테 씨. 지금 카노코 씨는 마력을 잃은 상태라는 걸 알고 계셨나요?"

"마력을 잃었다고?! 부하에게서 그런 말은 전혀……."

카노코 씨의 의식이 돌아오지 않는 것이 마력을 잃은 탓이라면 나는 이 사람을 고칠 수가—.

"……읏."

부정적인 사고를 털어 냈다.

내가 약해지면 안 된다.

"우사토……."

아마코가 울 것 같은 얼굴로 나를 보았다.

그 표정을 보고 나는 다시 카노코 씨에게 고개를 돌렸다.

"할 수 있는 건 다 해 볼 거야."

자신을 타이르듯 그렇게 중얼거린 나는 왼손에도 치유마법의 계통 강화를 발동시켰다. 건틀릿 없이도 계통 강화를 쓸 수 있게 되었지만 역시 양손으로 하니 꽤 힘들었다.

오른손을 카노코 씨의 이마에 놓고 왼손을 복부에 얹어 그녀의 전신에 치유마법을 퍼뜨렸다.

마력이 단숨에 소비되는 감각에 시달리며 의식을 카노코 씨에게 집중했다.

계통 강화는 지대한 회복력을 자랑하는 치유마법의 오의(奧義)다. 나는 구슬땀을 흘리며 계속해서 카노코 씨에게 치유마법을 베풀었다.

하지만—.

"윽?!"

갑자기 머리에 전격이 인 듯한 통증이 엄습해 집중력이 끊어질 뻔했다.

마력이 떨어졌나 싶었지만 아직 여유는 있었고, 계통 강화도 정상적으로 작용 중이었다.

"부엉?!"

어깨 위에 있는 네아에게도 그 통증이 전해졌는지 온몸의 털을 곤두세우고서 괴로워했다.

"우사토?!"

아마코가 순간적으로 내 어깨에 손을 올린 그 순간, 무언가가 내 몸을 통과했고, 이번에는 아마코도 머리를 부여잡았다.

"뭐야, 이거……?!"

"아마코, 네아, 나한테서 떨어져!"

아마코와 네아를 떼어 놓으려고 하자 강해진 두통과 함께 머리에 직접 울리는 듯한 여성의 목소리가 들렸다.

『아마코, 도망쳐!』

그 목소리를 마지막으로 두통은 뚝 그쳤지만, 아마코는 당혹과 경악이 뒤섞인 표정을 짓고서 잠든 카노코 씨를 멍하니 내려다보고 있었다.

"괘, 괜찮아?!"

낯빛이 변한 하야테 씨가 아마코와 나의 안전을 걱정했다.

"엄, 마……."

조금 전 목소리는 카노코 씨였나?

아니, 그보다도 도망치라는 건 무슨 뜻이지?

아르크 씨의 판단을 들어 보려고 했으나 그는 험악한 표정으로 문을 바라보고 있었다.

"이렇게 가까이 올 때까지 눈치채지 못하다니……! 우사토 님, 포위당했습니다!"

"뭐?!"

깜짝 놀라 문으로 시선을 돌린 그 순간, 큰 소리를 내며 문이 걸어차였다.

갑옷으로 무장한 수인들이 안으로 들어왔고, 마지막으로 들어온 인물을 보고 나는 정말로 영문을 알 수 없게 되었다.

활을 든 수인들 뒤에 선 기모노 차림의 몸집이 큰 수인— 진야 씨가 우리를 보고 천천히 입을 열었다.

"아마코와 하야테에게는 맞히지 마라."

그 순간, 린카 때와는 비교할 수 없을 만큼 빠른 화살이 우리를 노리고 날아왔다.

갑작스러운 공격에 나는 즉각 건틀릿을 전개시키고 손바닥을 앞으로 내밀었다.

"치유마법 파열장!"

손바닥에서 터진 치유마법 충격파가 벽이 되어 화살을 튕겼다.

화살 대부분을 튕겨 낼 수 있었지만 파열장의 범위에 걸리지 않은 화살이 있음을 깨달았다.

나와 아르크 씨가 있는 곳이 아닌 다른 방향으로 날아간 화살.

그 화살이 어디로 향하는지 알아차린 나는 순간적으로 손을 뻗어 화살을 잡았다.

"……!"

화살 방향에는 잠든 카노코 씨가 있었다.

어째서 갑자기 화살을……?! 아니, 그보다 왜 카노코 씨에게도 화살을 날린 거야?!

"카노코 씨가 맞을 뻔했어! 당신은 동족한테도 화살을 쏘는 건가요?!"

내 외침에도 진야 씨는 표정을 무너뜨리지 않았다.

확실히 조금 전에 진야 씨가 말한 대로 아마코와 하야테 씨에게는 화살이 날아오지 않았다. 그 말은 곧 『카노코 씨는 화살을 맞아도 상관없다』라는 뜻이었다.

그 생각에 이른 순간, 내 사고는 순식간에 분노로 물들었다.

즉, 잠든 채 깨어나지 않는 카노코 씨는 죽어 버려도 상관없다는 말인가!

"이건……?"

잡아챈 화살촉에서 단내가 났다.

"독까지 쓰는 거냐……!"

이 정도 독이라면 나는 문제없지만, 잠든 카노코 씨가 이 화살을 맞는다면 즉사해도 이상하지 않았다.

너무나도 불합리한 습격에 분노한 나는 잡아챈 화살을 전부 부러뜨리고 진야 씨와 수인 병사들을 노려보았다.

수인 병사들은 내 시선에 동요하면서도 활을 들었지만, 그것을 막듯 하야테 씨가 우리 앞으로 걸어 나왔다.

"진야! 근위병까지 데려와서 이게 무슨 짓이야! 이들은 우리에게 해를 끼치는 인간이 아니야! 아까 얘기해 보고 너도 알았잖아?!"

"그런 건 상관없어. 마침내 기회가 찾아왔다. 이걸 놓칠 수는 없어."

"기회……?"

하야테 씨의 말에 우리를 쏘아본 진야 씨가 이야기를 계속했다.

"오늘부로 우리 수인족은 마족과 동맹을 맺고 인간들과 싸우기로 했다."

"뭐?!"

마족과 동맹이라고?!

예상치 못한 진야 씨의 말에 나도 경악했다.

"무, 무슨 소리야?! 너는 수인족을 전쟁에 동원하려는 거야?! 아니, 애초에 다른 마을의 촌장들은 승낙한 건가?!"

"물론 너 빼고 모두가 승낙했지. 나는 힘을 손에 넣었다. 그리고 마족 측에서 협력 체제를 제의했어. 이 기회를 놓칠 수 없잖아?"

"진야……!"

우리가 오기 전에 마족이 여기 와 있었던 건가?

그렇다면 우리는 적지에 제 발로 들어와 버린 것이 된다. 하야테 씨가 우리 편인 것은 다행이지만 상황은 최악이었다. 어떻게든 도망칠 수단을 생각해야 했다.

"촌장들이 그렇게 간단히 찬성할 리 없어! 넌 대체 무슨 패를 내민 거야!"

"힘이다. 그걸 위해 필요한 일을 하고 있어."

하야테 씨의 말에 그렇게 대답한 진야 씨는 아마코에게 시선을 옮겼다.

"아마코를 넘겨라."

"······읏."

겁먹은 아마코가 내 뒤에 숨었다. 나도 아마코를 넘길 생각은 전혀 없었다.

······이 정도 숫자라면 좀 무리해서 도망칠 수 있겠어.

치유마법 난탄으로 교란하고 그 틈에 활을 든 전방의 병사들을 치유 펀치로 기절시킨 후, 아마코와 카노코 씨를 안고서 아르크 씨와 하야테 씨와 함께 탈출한다.

다소 화살을 맞을지도 모르지만 나라면 괜찮다.

필요하다면 병사들을 지휘하는 진야 씨에게 치유 시야봉인이나 치유 펀치를 연속으로 때려 박아서 의식을 뺏는 거다.

좋아, 이 방법으로 가자.

아르크 씨에게 신호를 보내고 아마코를 안으려고 한 순간, 나를 향해 화살 하나가 날아왔다.

반사적으로 그것을 피하고 화살이 날아온 방향을 보니 냉정한 표정에서 순식간에 표정을 바꾼 진야 씨가 나를 노려보고 있었다.

"움직이지 마라, 치유마법사! 움직이면 카노코를 죽이겠다!"

"······읏!"

아무렇지도 않게 병자까지 인질로 삼다니······!

심지어 이쪽이 아직 행동으로 옮기지 않았는데 화살을 쐈다.

혹시 내 행동을 읽고 있나?

루크비스에서 싸웠던 하르파 씨의 마시(魔視) 같은 능력을 가지고 있는 건가?

그렇다면 예측하고서 날리는 독화살로부터 카노코 씨를 지킬 수 있을지 확신할 수 없다.

이대로 억지로 돌격해서 돌파할 자신은 있지만 카노코 씨를 위험에 노출하게 된다.

"하지만 멀뚱멀뚱 눈뜬 채 얌전히 아마코를 넘길 수는 없어……!"

진야 씨의 목적이 아마코라면 더더욱 그녀를 혼자 둘 수 없었다.

감정적으로 굴지 마. 냉정히 생각해.

……그래. 내게는 그녀가 있다.

초조한 척 손으로 입을 가린 나는 가능한 한 작은 목소리로 어깨에 있는 네아에게 중얼거렸다.

"네아, 아마코를 부탁해."

말없이 고개를 끄덕인 네아는 가볍게 뛰어 옆에 있는 아마코의 어깨로 이동했다.

다행히 진야 씨에게는 들키지 않았다.

네아를 올빼미 모습으로 있게 한 것이 성과를 올렸다.

이제 아마코가 혼자 있을 일은 없을 테고, 최악의 경우 네아의 정체가 들통나더라도 그녀라면 쉽게 도망칠 수 있을 터다.

나는 네아 쪽을 보지 않으며 진야 씨에게 시선을 보냈다.

"거칠게 굴 생각은 없다. 아마코는 우리에게 중요한 존재니까."

"……못 믿겠는데요."

우리를 카노코 씨와 함께 독화살로 죽이려고 했으면서 위해를 가하지 않겠다고? 말과 행동이 따로 놀고 있다.

심지어 아까는 이 나라에서 나가라고 했다.

이 사람이 뭘 하고 싶은 것인지 전혀 알 수 없었다.

"아마코를 데려가서 뭘 하려는 거죠?"

"어떤 일에 협력하기만 하면 돼. 용건이 끝나면 바로 해방해 주겠다."

『어떤 일』이란 건 뭐지?

얼굴에 표정이 드러나지 않게 주의하며 생각하고 있는데 하야테 씨가 분노한 형상으로 진야 씨에게 달려들어 멱살을 잡았다.

"웃기지 마! 넌 다시 그 연구를 재개하려는 건가?! 심지어 이번에는 아마코를……! 어른으로서 부끄럽지도 않아?!"

"아무런 생각도 안 드는군. 아까도 말했잖아? 나는 날 위해 필요한 일을 하고 있을 뿐이야. 그리고 이번에는 목적이 달라."

"윽, 그게 무슨……?!"

"하야테를 제압해라."

"이, 이거 놔! 진야!"

근위병들에게 제압당한 하야테 씨가 진야 씨를 노려보았다.

섣불리 카노코 씨 곁을 떠날 수 없는 나는 그 광경을 보고 있을 수밖에 없었다.

하야테 씨를 구속시킨 진야 씨는 다시 우리를 보았다.

"네가 어설프게 움직이면 이쪽도 그에 상응하는 수단을 써야 해. 얌전히 붙잡힌다면 너희와 카노코의 목숨을 살려 주마."

"……"

요컨대 투항하면 목숨만은 살려 주겠다는 건가. 믿음이 안 간다.

어떻게 이 자리를 벗어날지 생각하고 있으니 아까부터 말없이 고개를 숙이고 있던 아마코가 나와 아르크 씨 앞으로 걸어 나갔다.

"알겠어. 그 대신 약속은 반드시 지켜줘."

아마코가 멋대로 상대의 조건을 받아들이자 그녀의 어깨 위에 있는 네아가 몸을 흠칫 떨었다.

나도 너무 놀란 나머지 순간적으로 아마코의 어깨를 붙잡았다.

"아마코!"

"나는 괜찮아."

"괜찮다니, 그럴 리가……!"

하지만 뒤를 돌아본 그녀의 표정을 본 나는 말문이 막히고 말았다.

화나 있었다. 그것도 평상시 그녀를 생각하면 말도 안 될 만큼.

카노코 씨 앞에서 움직이지 못하는 나를 힐끗 본 아마코는 진야 씨 쪽으로 고개를 돌렸다.

"모두에게 손대지 말아 줘. 당신 말…… 들을 테니까."

"말귀를 잘 알아들어서 좋군. 저 치유마법사를 붙잡으려면 꽤 수고가 들 것 같았으니 말이지. ……저기 있는 인간 두 명을 붙잡아라."

활에서 손을 뗀 진야 씨는 나와 아르크 씨를 포박하라고 부하들에게 지시했다.

몸을 제압당하고 밧줄에 두 손이 묶이면서도 나는 노여움을 담은 눈으로 진야 씨를 노려보았다.

"당신이 뭘 하려는 건지 관심도 없고 알고 싶지도 않아! 하지만 절대 아마코에게 위해를 가하지 마! 만약 아마코에게 무슨 일이 있으면 내가…… 우리가 용서 안 해!"

"무섭군, 정말 무서워. 보험으로 준비한 **인질**로 널 붙잡게 돼서 안심했다."

"큭……!"

진야 씨가 무슨 말을 하고 있는 것인지 전혀 이해할 수 없었지만, 이 사람이 처음부터 우리와 하야테 씨를 배신할 생각으로 이 나라에 들인 것은 확실하리라. 그리고 우리는 보기 좋게 함정에 걸려 붙잡히고 말았다.

양손을 완전히 구속당한 나와 아르크 씨는 근위병들에게 끌려가 어쩔 수 없이 아마코와 떨어지게 되었다.

🌸 제5화 사로잡힌 우사토?!

진야 씨에게 붙잡힌 나와 아르크 씨는 맨 처음 발을 들였던 그 커다란 건물의 지하 감옥에 들어가게 되었다.

같은 감방에 들어간 나와 아르크 씨의 팔에는 나무를 철로 맞붙인 수갑이 채워져 있었다.

감옥 때문인지 수갑 때문인지는 모르겠지만 어째선지 여기서는 마법을 쓸 수 없었다.

치유마법밖에 못 쓰는 나는 그리 불편하지 않지만 화염마법을 쓰는 아르크 씨에게는 성가실 것이다.

수갑을 들어 올려서 살펴보니 상당히 오래된 물건인 것 같았다.

……마음만 먹으면 부술 수 있겠는데?

"뭐, 지금은 안 할 거지만. 그리고 여기도 뭔가 이상해."

감옥 안은 먼지투성이에 사용된 흔적이 거의 없었다. 감시인도 철창 너머에 긴장한 얼굴로 서 있는 병사뿐이었다.

"……웃, 뭐, 뭐야! 쳐다보지 마!"

별생각 없이 감시병을 보자 떨리는 목소리로 호통을 쳤다.

……뭐랄까, 인간을 상대로 몹시 긴장한 것 같았다.

우리가 놓인 상황을 다시금 파악한 나는 한숨을 쉬며 벽에 등을 기댔다.

"아마코는 괜찮을까……."

뭔가 생각이 있어서 투항했다 하더라도 아마코는 예지마법이 없으면 평범한 소녀다.

그런 아이에게 위험이 닥치고 있을지도 모른다고 생각하니 불안해서 심장이 꽉 죄어들었다.

"아마코 님도 뭔가 계책이 있어서 그렇게 행동하셨을 겁니다."

"네, 분명 그렇겠죠."

지금까지 아마코와 함께 여행한 경험으로 미루어 볼 때, 그녀가 취한 행동은 무의미한 일이 아닐 터였다. 그래서 나와 아르크 씨는 날뛰지 않고 얌전히 붙잡혔다.

"하야테 님이 걱정되는군요."

"하야테 씨는 저희와 달리 수인이니까, 인간 편을 들었다고 고초를 당하고 있진 않을지 걱정이에요."

"그렇죠. 진야 님이라면 무슨 짓을 해도 이상하지 않습니다."

하야테 씨는 그 자리에서 우리 편을 들어 주었다.

무엇보다 아마코를 상당히 신경 써 준 사람이니 무사했으면 좋겠다.

"한동안은 상황을 지켜봐야겠네요."

"네."

양반다리를 하고서 잿빛 천장을 바라보았다.

그래, 지금은 상황을 지켜보자.

"……감옥에 들어온 건 오랜만입니다."

"그런가요…… 네?!"

순식간에 현실로 의식이 돌아온 나는 껄껄 웃는 아르크 씨를 보았다.

"예전에 들어갔던 건 감옥이라기보다 독방이었지만요."

"독방이어도 놀라운데요. 아르크 씨는 그런 것과 전혀 상관없을 것 같았는데……."

"그건 과대평가하시는 겁니다. 저도 예전에는 꽤 문제아였습니다. 동료와 난리를 쳐서 반성하라며 독방에 보내진 적이 열 손가락으로 다 꼽을 수 없을 정도죠."

"소, 솔직히 말하자면…… 전혀 상상이 안 가요."

예의 바르고, 성실하고, 요리도 할 줄 알고, 전투도 특기인 아르크 씨에게 그런 시기가 있었다니 굉장히 놀라웠다.

그 후로도 불안감을 달래기 위해 실없는 대화를 나누고 있는데 지상과 이어진 계단에서 여러 명의 발소리가 들렸다.

대화를 멈추고 계단 쪽을 주시하자 병사 두 명에게 구속당한 하야테 씨가 내려왔다. 힘없이 병사들에게 끌려온 하야테 씨는 우리와 똑같은 수갑이 채워져 똑같은 감방에 들어왔다.

자세히 보니 그의 입가에는 피가 묻어 있었고 뺨도 부어 있었다.

"하야테 씨, 괜찮으세요?!"

"으, 으으……."

나는 그를 데려온 병사들을 노려보았다.

병사들은 동요한 것 같았지만 내 눈을 피하고서 허둥지둥 지상으로 돌아가 버렸다.

"저들은 진야의 명령에 따라 날 여기로 데려왔을 뿐이야. 너무 질책하지 마."

애처롭게 부어오른 뺨을 누르며 하야테 씨가 몸을 일으켰다.

내 치유마법이 봉인되지 않았다면 상처를 고칠 수 있었을 텐데…….

"그보다 너희에게 사과해야만 해…….”

하야테 씨는 그렇게 말하고서 지면에 격돌할 듯한 기세로 고개를 조아렸다.

"미안하다! 내가 너희를 진야와 만나게 해서 최악의 사태를 초래하고 말았어……!"

"최악의 사태? 하야테 씨, 진야 씨는 대체 뭘 하려는 건가요?"

고개를 든 하야테 씨는 감시병을 흘낏 본 후 목소리를 낮춰 이야기하기 시작했다.

"나는 카노코의 연구가 실패한 것으로 알고 있었어. 하지만 실제로는 아니었어. 카노코의 연구는 상정했던 결과와는 달랐지만 성공했어. 하지만 한 사람을 제외하고 누구도 그 사실을 몰랐지."

"한 사람을 제외하고…… 설마 그 사람이……!"

"그래, 진야야. 그 녀석은 카노코에게서 예지마법을 뽑아내 자기 것으로 삼았어."

"네? 하지만 토와는 마법을 옮기기 위한 마도구라고 하셨잖아요."

"그랬지. 하지만 어떻게 된 것인지 카노코의 예지마법은 토와가 아니라 진야에게 옮겨졌어."

그제야 나는 카노코 씨가 인질로 잡혔을 때 이해할 수 없었던 진야 씨의 행동 예측에 대한 답을 알아냈다.

하르파 씨 같은 마시가 아니라 진야 씨는 정말로 내 움직임을 예지했던 것이다.

속절없는 분노가 나를 지배하려고 했다.

아마코에게서 엄마를 빼앗고 그 마법을 자기 것처럼 썼던 건가?

카노코 씨의 마법을 빼앗은 것으로도 모자라 인질로 삼고, 심지어 죽이려고 한 건가?

"그리고 이번에는 아마코에게 눈독을 들었어. 진야는 자랑스럽게 말했어. 『이건 훌륭한 힘이야. 개인이 소유하기에는 아까워』라고 말이야."

여기까지 들으니 나도 알 수 있었다.

진야 씨는 카노코 씨가 잠에서 깨어나지 않게 된 연구를 이번에는 아마코를 이용해 시작할 생각이었다.

「해방해 주겠다」는 무슨…… 그의 말은 전부 거짓투성이다.

"진야 씨는 어떻게 아마코에게서 마법을 뽑아내려는 거죠?"

아무래도 나는 말로 표현할 수 없을 만큼 화가 나면 오히려 냉정해지는 모양이었다. 침착하게 생각하며 하야테 씨에게 설명을 요구했다.

"아마 진야는 카노코 때처럼 또 토와를 사용해서 예지마법을 뽑아내려는 걸 거야."

"그렇군요. 그럼 그걸 때려 부수면 되겠네요."

"어……? 꼬, 꼭 그렇다고 할 수는 없는데……."

"우사토 님, 진정하십시오."

아르크 씨에게 진정하라는 소리를 듣고 말았다.

머리는 냉정함을 유지할 수 있어도 지금까지 그랬던 것처럼 힘으로 해결하자고 생각해 버렸다.

나는 얼버무리듯 헛기침을 한 뒤 궁금했던 점을 물어보았다.

"그 토와라는 마도구는 어떻게 생겼나요?"

"생김새는 검은 상자지만 일반적인 마도구보다 거대한 점이 특징이지. 대략…… 오두막 두 채 정도의 크기는 될 거야."

그렇게 크다면 그 안에 사람이 들어가서 사용하는 걸까?

지금까지 봤던 마도구들을 생각하면 이질적이네.

"그렇게 큰가요? 그렇다면 꽤 눈에 띌 것 같네요."

"아니, 카노코 사건이 벌어진 후에 분해되어 버렸어. 하지만 분해된 부품도 연구 성과의 하나라서 처분되지 않고 남았지. 너희가 이 저택 입구에서 봤던 게 그 부품 중 하나야."

진야 씨를 알현하기 전에 봤던 그 상자가 토와의 일부였나.

그것을 수인족의 본부에 놓아뒀다니, 지금 생각해 보면 의미심장한 이야기다.

"분해된 상태라면 조립하는 데도 시간이 걸린다는 뜻인가요?"

"응, 최소한 사흘은 걸릴 테지. 그동안은 병사들이 엄중히 지킬 거야."

"그런가요……. 저기, 아마코는 괜찮았나요?"

"지금은 독방에서 지내고 있어. ……아니, 감금당했다고 해야겠지. 그 올빼미도 특별히 해가 되지 않겠다고 판단되어 아마코와 함께 있어."

"그런가요……."

네아 녀석, 잘 잠입했구나.

아마코가 직접 우리와 접촉할 수 있을 가능성은 낮다. 가능성이 있다면 네아를 통해서 접촉하거나 진야 씨가 어떤 의도를 가지고서 우리와 만나게 하는 경우이리라.

"움직일 거라면 지금인가? 아니, 좀 더 기다려야 하나……."

토와의 조립이 끝날 때까지 사흘이라는 유예 기간이 있다고는 하지만 느긋하게 있을 수는 없었다.

이대로 수갑과 철창을 부수고 지금 당장 아마코를 구하러 가는 편이 좋을까?

아니면 아마코와 네아가 접촉해 오기를 기다려야 할까…….

"아니지, 오히려 여기서 내 단련된 신체 능력이 발휘되지 않을까?"

수인족의 평균적인 완력은 외딴 마을에서 참가했던 팔씨름 대회로 파악했고, 수인의 움직임도 린카를 쫓으면서 파악을 끝냈다.

진야 씨가 얼마나 먼 미래를 볼 수 있는지는 모르겠지만, 속공으로 아마코와 카노코 씨를 데리고 나오면 그의 계획을 깨부술 수 있을 것이다.

점점 힘으로 해결하는 쪽으로 생각이 기우는 가운데, 아르크 씨가 내 어깨를 두드렸다.

"우사토 님, 다시 한 번 말씀드립니다. 진정하세요."

"……아, 네. 죄송해요."

혼나고 말았다.

이럴 때 아마코와 네아가 있었다면 좋았을 텐데.

내가 고민할 때는 언제나 아마코나 네아 중 한 명이 있었고, 내게 조언해 줬다. 아르크 씨도 충분히 믿음직스럽지만, 역시 있어야 할 두 사람이 없으니 쓸쓸했다.

나는 생각보다 더 두 사람을 의지했구나.

"우사토 님…… 누군가가 내려옵니다."

위층에서 또 누군가가 계단을 내려오는 발소리가 울렸다. 하야테 씨를 데려온 것처럼 누구를 끌고 오진 않았을 테니…… 진야 씨인가?

하지만 위층에서 내려온 것은 모르는 인물이었다.

거뭇한 옷차림의 은발 남성과 타는 듯한 빨간 머리의 여성.

그것뿐이라면 평범한 인간이지만 두 사람에게는 공통된 특징이 있었다.

갈색 피부와 머리에 난 뿔이었다.

페름과 똑같은 특징을 가진 두 사람이 감방 안에서 눈을 크게 뜨고 있는 내게 시선을 보냈다.

틀림없다. 이 두 사람은…….

"……마족."

"그래, 맞아."

내 혼잣말을 긍정한 마족 남자는 양반다리로 앉아 있는 나와 눈높이를 맞추려는 것처럼 쭈그려 앉았다.

눈이 마주친 순간, 나는 익숙한 감각을 떠올렸고 즉시 이해했다. 수인의 나라에 왔을 때 누가 내게 살기를 보냈는지를.

"굉장히 살벌한 인사였어. 여기서는 그러는 게 유행이야?"

"······하하!"

일순 어리둥절한 표정을 지었던 마족 남자는 이내 재미있다는 듯 웃었다.

"이야~, 나도 모르게 충동적으로 저질러 버렸어. 나중에 이 녀석한테 혼났으니까 용서해줘."

"그것 때문에 수인 병사가 날 무서워하게 됐다만."

"아니, 그건 네 탓이지. 다 봤다고. 엄청나게 무서운 얼굴이었어."

마족 남자가 쾌활하게 웃었다.

이 녀석, 뭐 하러 온 거야? 아마 이 두 사람은 보통내기가 아닐 것이다. 보기만 해도 알 수 있을 만큼 강하고 또 위험해 보였다.

아르크 씨와 하야테 씨도 그것을 알아차렸는지 경계심을 드러냈다.

"상당히 호된 꼴을 당하고 있네."

"너희가 진야를 꼬드긴 건가?"

하야테 씨가 묻자 남자는 고개를 가로저었다.

"아니, 틀렸어. 우리가 한 건 교섭뿐이야."

"······이봐, 괜찮은 거야?"

마족 여성이 말리려고 했지만 남자가 그것을 거부했다.

"딱히 상관없어. 이 사태를 우리 탓이라고 생각하는 편이 더 섭섭하지. 여기서 우리를 원망하는 건 잘못된 거야. 우리는 어디까지나 이곳에 협력을 제안하러 왔을 뿐이니까. 이곳의 높으신 분이 하고 있는 일에도, 너희에 대한 처사에도 우리는 일절 관여하지 않았어."

"그럼 그 녀석은 정말로 자기 의지로 인간과 적대하려는 건가……. 맙소사……."

어쩌면 하야테 씨는 지금도 진야 씨를 믿고 있을지도 모른다.

소꿉친구라면 얄팍한 관계는 아닐 터였다.

"수인은 인간에게 핍박받아 왔어. 적대하지 않는 게 이상한 거 아니야?"

"그래, 이상하진 않지. 하지만 일찍이 인간과 마족 간의 싸움으로 죄 없는 많은 동포가 죽었어! 그래서 우리 선조는 수인족이 싸우는 일이 더는 없도록 깊은 숲속에서 평온한 삶을 보내려고 노력해 왔지! 그랬는데…… 수인족의 모든 백성들이 전쟁에 휘말리는 사태가 되고 말았어!"

하야테 씨의 말에 마족 남자는 겸연쩍어하며 머리를 긁적였다.

"귀가 따갑네. 하지만 아까도 말했듯 우리는 어디까지나 협력을 제안했을 뿐이야. 물론 거부하는 선택지도 준비해 뒀지만 그걸 고르지 않은 건 다름 아닌 너희의 족장이지."

"그래, 알고 있어. 지금 내 말이 그저 화풀이란 것도……! 하지만 우리가 너희의 전쟁에 휘말려 버린 걸 어떻게 한탄하지 않을 수 있겠어?!"

하야테 씨에게 자각은 없겠지만 그의 말은 인간인 우리에게도 향하고 있었다.

"아~, 미안하게 됐어. 하지만 너희에게 사정이 있듯 우리에게도 사정이란 게 있거든. 아무튼 각설하고……."

남자는 분개하는 하야테 씨에게서 내게로 시선을 옮겼다.

"이곳 녀석들한테 들었어. 너, 링글 왕국의 치유마법사라며?"

"……날 죽이러 온 건가?"

마왕군은 링글 왕국의 구명단을 눈엣가시로 여기고 있을 터였다. 로즈의 부하이자 제자인 나를 제거하러 왔더라도 이상하지는 않았다.

실제로 여성 쪽은 아주 매섭게 노려보고 있고 말이지.

하지만 예상과 달리 남자는 재미있다는 듯 고개를 가로저었다.

"아니. 난 그런 명령은 안 받았어."

"그럼 왜 우리에게 접촉해 온 거지?"

"링글 왕국에 사로잡힌 페름을 붙잡은 것이 치유마법사라는 말을 듣고 궁금했거든. ……어이쿠, 그 얼굴을 보니 아무래도 네가 그 치유마법사인 모양이네."

이런, 동요한 것을 들키고 말았다.

페름의 이름이 나와서 나도 모르게 놀라고 말았다.

"실물은 생각했던 것과 다른걸. 좀 더 약해 보이는 녀석일 줄 알았는데, 겉보기와 달리 상당히 터무니없는 녀석이야. 페름이 돌아오지 않는 것도 납득이 가."

은근히 실례되는 말을 들었는데.

왜 처음 보는 녀석에게 이런 말을 들어야 하는 거지?

"애초에 나랑 넌 적일 텐데? 어째서 나에 관해 알고 싶어 하는 거지?"

"너한테 개인적인 흥미가 있거든."

"……"

나한테 흥미가 있다니, 불길한 예감밖에 안 드는데요.

안 그래도 지금 상황 때문에 곤란한데 마족이…… 그것도 하필이면 상당한 실력자가 나한테 관심을 가지다니 너무 귀찮아.

"그만하면 됐지 않아? 이 이상 여기서 얘기할 필요는 없어."

양쪽 다 입을 다물고 있으니 빨간 머리 마족 여성이 그렇게 말했다. 남자는 불만스러워 보였지만 여성이 노려보자 마지못해 일어났다.

"내 부하라면 조금은 융통성을 발휘해 줘도 될 텐데 말이지."

"임시 부하야. 난 네 비위를 맞추기 위해 여기 온 게 아니야."

"하아~, 알겠어. 그럼 안녕, 치유마법사. 다음 만남을 기대하고 있을게."

난 두 번 다시 만나고 싶지 않은데…….

마침내 돌아가 준다며 안도하던 나는 마족 여성이 이쪽을 보고 있음을 깨닫고 풀어지려던 긴장을 다잡았다.

"눈이 똑같아."

"……뭐?"

"강한 의지가 담긴 눈이야. 과연, 녀석의 부하라는 건 사실인 모양이군. ……여기 온 의미가 조금은 있을지도 모르겠어."

로즈를 개인적으로 아는 듯한 말투네. 뭔가 인연이라도 있는 걸까?

여성은 한 번 더 내 얼굴을 보고서 계단으로 향하는 남자를 따라갔다.

하지만 계단 위에서 또 누군가가 내려왔다.

"······왜 당신들이 이곳에?"

찾아온 사람은 진야 씨였다.

그는 계단을 오르려던 두 마족을 보고 놀란 표정을 지었다.

"좀 심심해서, 여기 왔다는 인간을 보러 왔어. 그러면 안 됐나?"

"멋대로 행동하시면 곤란합니다."

"하하하, 미안. 그럼 외부인은 얌전히 빠져 있을게."

"난 오히려 말렸는데 말이지······."

진야 씨와 스쳐 지나가는 형태로 마족 남녀가 위층으로 올라갔다.

그들을 보내고 한숨을 쉰 진야 씨는 몸을 돌려 철창 앞까지 걸어왔다.

자세히 보니 그의 뒤에 누군가가 있었다.

"아마코!"

"아마코 님!"

"······우사토."

아마코는 고개를 숙이고 있었다.

말없이 옆으로 비켜 선 진야 씨가 그녀를 철창 앞으로 보냈다.

······네아는 함께 있지 않았다.

어떻게 된 거지? 진야 씨는 무슨 의도로 아마코를 데려온 거야?

"아마코, 네아는 어쨌어."

"방에 두고 왔어. 나 혼자서도 이야기는 할 수 있으니까……."

고개를 숙이고 있어서 표정은 파악할 수 없었다.

아르크 씨도 걱정스럽게 아마코를 보고 있었다.

"우사토. 나를…… 구하러 오지 마."

"뭐? 그게 무슨―."

"예지마법으로 미래가 보였어!"

내 말을 차단한 아마코는 어깨를 크게 떨며 목소리를 쥐어짰다.

"내 소중한 동료들이, 전부…… 우사토도, 아르크 씨도…… 다들 죽어 버려……."

그렇게 말하고서 내게만 보이도록 고개를 든 아마코의 얼굴은 슬픔과는 동떨어진 결의로 가득 차 있었다.

제6화 예지된 죽음?!

아마코가 여행 동료인 우사토와 아르크에게 자신을 구출하지 말라고 했다.

그때, 말을 잇지 못하는 우사토와 아르크를 보며 진야가 작게 웃는 것을 나는 놓치지 않았다.

"……진야, 아마코에게 억지로 말하게 시킨 건가?"

"착각하지 마. 이건 아마코가 택한 일이야."

"그렇게 만든 건 너잖아! 어디까지…… 어디까지 비열한 짓을 해야 직성이 풀리는 거야……!"

너는 이성적이고 어느 때든 합리적인 판단을 내릴 줄 아는 남자였을 텐데.

그랬던 네가 어째서 이렇게 되어 버린 거야……!

한 여자아이에게서 어머니를 빼앗은 것으로도 모자라 그 아이의 인생까지 뺏으려 하고 있었다.

"너는 닥치고 있어. 마지막 작별 인사 정도는 조용히 들어 줘야지."

"큭……!"

거기까지 타락한 건가……!

지금까지 나는 마음속으로 진야를 믿고 싶다고 생각했던 것일지도 모른다.

함께 놀며 자란 소꿉친구를 믿고 싶었다. 그랬는데 너는 그 소꿉친구의 소중한 딸조차 희생시키려 드는구나.

이 녀석은 내가 아는 진야가 아니다.

지금 여기 있는 것은 사람의 마음을 가지고 놀며 조소하는 비열한 남자일 뿐이다.

"아마코, 그 예지는 정말이야?"

"……응."

아마코가 동료의 죽음을 예지하고 말았다. 그것은 두 사람이 아마코를 구하려고 하는 한 바꿀 수 없는 미래임을 암시했다.

예지마법은 수인 여성만이 눈뜨는 특별한 마법이다.

마치 싸움을 짊어지는 남자는 눈뜨지 못하게 운명으로 정해진 듯한 기묘한 마법이지만 그 효력은 강력하고 이질적이었다.

기존 마법과 명백하게 다른 성질을 가진 예지마법은 미래의 운명조차 예측하여 바꿀 수 있게 했다.

그래서 예지마법에 눈뜬 수인 여성은 『때를 읽는 자』라고 불리며 소중한 취급을 받았다.

그렇게 예로부터 이어진 관습 속에서 예지마법을 가진 소녀, 아마코가 태어났다.

그녀가 가진 예지마법은 지금까지의 여느 술자들보다도 훨씬 강력했다.

평범한 술자는 코앞의 미래를 보며 돌발적으로 조금 더 먼 미래를 예지할 수 있는 정도지만, 그녀는 언제나 꽤 먼 앞날을 예지하고 꿈이라는 형태로 더욱 선명하고 정확한 미래를 볼 수 있었다.

무엇보다 무시무시한 것은 특정 조건하에서 미래를 선택할 수 있다는 점이었다.

그런 아마코가 본 미래는 동료들의 죽음.

너무나도 절망적이고 잔혹한 운명이라 나는 분하고 안타까워 돌아 버릴 것 같았다.

"이미 늦었어. 엄마도, 살릴 수 없어."

"왜 포기하는 거야……. 아직 모르잖아."

"아니, 아무리 생각해도 혼자서는 엄마를 살릴 방법이 떠오르지 않아. 나는 우사토가 생각하는 것보다도 더, 혼자서는 아무것도 할 수 없었어……. 아무리 애를 써도…… 나는……."

아마코가 고개를 숙인 채 어깨를 떨며 오열했다.

"이 나라에는 도와줄 사람이 없어. 우사토라면 알잖아? 이곳에서는 그리 간단히 나갈 수 없어……."

"그건……."

이곳은 숲 안쪽에서 채취할 수 있는 희소한 암석을 사용해 만든, 마법을 봉인하는 감옥이었다.

오랫동안 쓰이지 않은 곳이지만 마법을 봉인하는 효과는 제대로 발동하고 있는 듯했다.

게다가 양손에 채워진 수갑은 강인한 단단함을 자랑하는 거목으로 만들어져서 수인의 힘으로도 풀 수 없는 물건이었다. 신체 능력이 조금 뛰어난 정도인 인간은 부술 수 없다.

"그러니까 내가 두 사람을 꺼내 줄 수밖에 없어. 하지만 우사토와 아르크 씨는 분명 날 구하려 하겠지."

"당연하지! 널 버리고 여길 나갈 수 있을 리가 없잖아!"

"나는 더 이상 소중한 사람을 잃고 싶지 않아!"

"……읏!"

아마코의 말에 우사토는 분한 듯 고개를 숙였다. 아르크는 스스로가 한심해서 견딜 수 없다는 듯이 오열하는 아마코로부터 눈을 돌렸다.

"우사토, 나는 그냥 잊어 줘. 우사토에게는 링글 왕국에서 해야만 하는 일이 잔뜩 있잖아?"

"……."

"……안녕, 우사토."

끝내 우사토는 고개를 숙인 채 아무 말도 하지 않게 되었다.

그런 그를 내려다본 아마코는 작게 고개를 끄덕이고 진야에게 시선을 보냈다.

"하고 싶은 말은 전부 했어."

"의외로 무르군. 뭐, 인간과 수인의 관계는 결국 이 정도겠지."

"당신은 이해 못 해. 평생, 절대로."

"이해 못 해도 좋다. 인간을 이해하다니 말도 안 되는 일이야."

진야에게 차가운 시선을 보낸 후, 후드를 깊이 눌러쓴 아마코는 호위병과 함께 위층으로 올라가 버렸다.

자리에 남은 진야는 말이 없는 우사토와 아르크를 내려다보고서 평소와 다름없는 냉담한 어조로 입을 열었다.

"너희는 일주일 뒤에 풀어 주지. 난 약속을 어기지 않는다."

그 말을 듣고 나는 참을 수 없게 되었다.

하고 싶지도 않은 이별을 강요하고, 심지어 그렇게 만든 장본인이 『무르다』라며 비웃는 그 추악한 본성이라니……!

"진야!"

"뭐지?"

"마지막으로 묻겠어! 넌 카노코의 예지마법뿐만 아니라 아마코에게서 뺏은 예지마법도 네가 쓸 작정인 건가?!"

"……하!"

진야는 내 말을 비웃었다.

뭐가 웃기냐고 호통칠 뻔했지만 그보다 먼저 그가 입을 열었다.

"틀렸어. 이번에는 나 혼자가 아니야."

"뭐……?!"

"아마코의 예지마법은 나와 우리나라의 정예들에게 줄 거다."

"말도 안 돼! 애초에 예지마법이 너한테 깃든 것도 우발적인 일이라고 했잖아!"

"확실히 그렇게 말했지만 지금은 달라. 토와는 진화했다. 비밀리에 말이지."

예지마법을 쓸 수 있는 정예 부대.

자신의 공격은 빗나가지 않고 적의 공격은 맞지 않는 꿈만 같은 일을 구현한 전사.

물론 다른 촌장들 중에는 반대한 자도 있었을 테지만 이 남자라면 가족을 인질로 삼아 억지로 승낙을 얻었어도 이상하지 않았다.

　"내가 뭘 위해 널 보좌로 뒀는데? 정의감이 강하고 정이 두터워 민중에게 지지받는 널 항상 감시할 수 있기 때문이었어. 왜 그랬을까? 당연히 비밀리에 토와 연구를 진행하기 위해서였지. 연구가 속행되고 있다는 걸 알면 넌 반드시 막으려 들 테니까. 그게 걸리적거렸어."

　"웃, 당연하지! 누군가가 희생되는 연구를 하게 둘 수는 없어! 하물며 그걸 전쟁을 위한 도구로 삼겠다니! 이 나라에는 병사들만 있는 게 아니야! 노인과 여성, 그리고 어린아이도 있다고!"

　"그럼 우리는 줄곧 인간을 두려워하며 살아야 한다는 거냐?"

　"논점을 흐리지 마! 난 백성들의 평화를 이야기하고 있는 거야!"

　"논외로군. 너와 얘기해도 결론에는 도달하지 못해."

　"누가 할 소리를……!"

　이야기가 절망적으로 어긋나 있었다.

　이 이상 무슨 말을 해도 소용없음을 깨달은 나는 진야와의 대화를 끝냈다.

　여전히 말이 없는 우사토와 아르크를 보고 코웃음을 친 진야는 그대로 지하에서 나갔다.

***

진야가 나간 후, 무거운 분위기가 감옥을 지배했다.

아마코에게 이별을 선고받은 우사토와 아르크는 말없이 앉아 있었다.

그런 말을 들었으니 무리도 아니었다. 망연자실해도 이상하지 않았다.

"우사토, 그······."

"하야테 씨."

내가 말을 꺼냄과 동시에 침묵하던 우사토가 내 이름을 불렀다.

깜짝 놀라면서도 대답하자 그는 얼굴을 들었다.

"하야테 씨는 어떻게 되나요?"

"······나는 아마 히노모토에서 쫓겨나겠지."

진야가 나를 보좌로 삼았던 이유가 감시 때문이라면 이제 그럴 필요는 없어졌다.

"나보다도 너희가 더 걱정이야. 난 히노모토에서 쫓겨나도 괜찮지만 너희는 달라. 진야는 너희를 풀어 주겠다고 약속했지만 그 후의 안전은 약속하지 않았어. 최악의 경우, 이 나라를 나가자마자 살해당해도 이상하지 않아."

"······역시 그렇겠죠. 아르크 씨도 같은 생각이신가요?"

우사토의 말에 잠시 생각에 잠겼던 아르크가 입을 열었다.

"평범하게 생각하면, 수인의 나라와 마왕군이 동맹을 맺은 사실을 아는 저희를 살려 보내지 않겠죠."

"그렇다면 아마코가 그 생각을 못 했을 리도 없겠고. 응, 제 생각이 틀리지 않아서 다행이에요."

"어?"

두 사람이 돌연 이야기를 나누기 시작해 얼떨떨했지만 무엇보다 놀란 것은 이때까지 감옥 안을 지배했던 비장감이 조금도 느껴지지 않는다는 점이었다.

마치 자신들의 상황을 재확인하는 듯한 두 사람의 대화에 말로 표현할 수 없는 위화감을 느꼈다.

그때, 또다시 계단에서 누군가가 내려오는 소리가 울렸다.

내려온 것은 히노모토의 병사 복장을 한 수인 여성이었다. 감옥 안은 어둑해서 얼굴이 잘 보이지 않지만 아마 교대하러 왔을 것이다.

"교대 시간이야."

"이르지 않아? 아직 시간이 안 됐을 텐데. 그리고 그 짐은 뭐지? 이곳에 불필요한 물건을 가져오는 건 금지되어 있어."

"……칫."

혀를 차는 듯한 소리가 들린 순간, 여성 병사의 눈이 수상쩍게 빛난 것 같았다.

……잘못 봤나? 아니면 내가 많이 피곤한가?

수갑이 채워진 손으로 눈을 비비고 있으니 수인 여성이 아까 했던 말을 복창하듯 감시병에게 똑같이 말했다.

"교대 시간이야. 알겠어?"

"그, 그래……."

감시병은 열에 들뜬 듯한 표정을 짓고서 자리를 떴다.

교대한 여성 병사는 내게도 생소한 얼굴이었다. 새로 들어온 병사일까?

그 여성은 주위를 둘러보더니 꾸러미 같은 것을 안고서 우리가 있는 감방 앞으로 다가왔다.

……뭐, 뭐지? 뭘 하려는 거야?

"의도는 제대로 전해졌나 보네, 우사토."

"그래."

"……어?"

여성 병사…… 아니, 소녀는 품에서 감옥 열쇠를 꺼냈다.

"나한테 고마워해. 도와주러 왔으니까."

"이번에도 도움을 받고 말았네. 고마워, 네아."

"감사합니다."

우사토와 아르크가 태연한 표정으로 일어났다.

나 혼자 눈앞의 상황을 이해하지 못한 가운데, 우사토가 천천히 양손을 가슴 높이로 들더니 수갑을 쉽사리 부숴…… 엥?

"조금만 더 늦게 왔으면 자력으로 탈출했을 거야."

허? 자력으로 탈출할 수 있었어? 그럼 왜 얌전히 붙잡혀 있었던 거야?

"너라면 정말로 가능하다는 점이 웃기는 일이지. 나도 엄청 고생해서 여기 온 거니까 조금은 내 공로를 치하해. 아, 아르크의 무기도 가져왔어."

"감사합니다. 우사토 님, 제 것도 부탁드릴 수 있을까요?"

우사토가 수갑을 부술 수 있는 것이 당연하다는 듯 태연하게 부탁하는 아르크를 보고 머릿속이 더욱 혼란스러워졌다.

"네. 아, 하야테 씨 것도 지금 부숴 드릴게요."

"그, 그래…… 아니, 그게 아니라! 대체 무슨 일이 일어나고 있는 거야?!"

"계획대로예요."

"……뭐? 무슨 계획?"

"아마코 구출 계획이요."

그대로 우사토가 내 수갑을 부쉈다.

아아, 정말로 썩은 나무를 부러뜨리듯 가뿐하게…….

나뭇조각이 된 수갑을 던져 버린 우사토는 네아라고 불린 수인 소녀를 보고 고개를 갸웃했다.

"왜 강아지 귀 같은 걸 달고 있어?"

"아, 눈치챘어? 역시 변장할 거면 형태부터 갖춰야겠다 싶어서 강아지 귀를 달아 봤어. 어때? 귀여워?"

마치 진짜 개처럼 쫑긋쫑긋 검은색 귀를 움직인 소녀가 포즈를 취했다.

그런 그녀를 보고 우사토는 쓴웃음을 지었다.

"곰곰이 생각해 보면 넌 너무 많은 속성을 가지고 있단 말이지."

"무슨 뜻이야. 그래서, 감상은?"

"……좋다고 생각해. 평범하게."

"흐응~, 잠깐 이쪽 좀 봐~. 이쪽 좀 보래도~?"

히죽 웃은 소녀는 눈을 돌린 우사토의 시야에 들기 위해 그의 주위를 돌았다.

소녀를 피해 이쪽을 돌아본 우사토는 여전히 감방 안에 멍하니 있는 내게 말했다.

"계획에 관해서는 나중에 설명할게요. 아무튼 여기서 탈출하죠."

"……그, 그래!"

어쩌면 이들은 내가 상상한 것보다 더 엄청난 존재일지도 모르겠다.

🌸제7화 각자의 각오!

네아의 도움으로 감방에서 나오는 데 성공한 우리는 하야테 씨와 함께 지상으로 가는 계단을 올랐다.

"네아, 아마코가 갇힌 방에서 빠져나와도 괜찮은 거야?"

"응. 사역마인 나는 별로 위험하게 여기지 않는 것 같아."

뒤에 있는 하야테 씨가 사역마라는 네아의 발언에 깜짝 놀라 입을 열었다.

"그 아이는 마물이야?! 인간형 마물은 보기 드문데 사역마가 됐다니……."

"이야기하자면 길어져서 그 부분은 생략할게요. 이 아이에게는 올빼미 모습으로 아마코와 함께 있어 달라고 했었어요."

"그, 그랬구나. 아무리 진야가 용의주도해도 인간형 마물이 둔갑하고 있으리라고는 생각 못 할 테니……."

"그렇죠."

"하지만 작전이란 걸 모르겠어. 너희와 아마코의 대화에 무슨 의미가 있었던 거지?"

"저희의 죽음을 예지했다고 아마코가 그랬잖아요. 그 예지가 진짜더라도 그 아이는 그런 식으로 포기하지 않아요."

내가 네아에게 찔리는 미래를 봤을 때, 자신의 예지에 절대적인 자신감을 가지고 있었던 아마코는 미래가 그대로 이루어지리라고 생각했었다. 하지만 하나의 측면만 보고 미래를 전부 알 수는 없음을 배웠을 터다.

그런 그녀의 입에서 「예지했으니 포기하라」는 말이 나올 리가 없었다.

오히려 지금의 그 아이라면 「응? 우사토는 이 정도로 안 죽어」라며 진지한 얼굴로 말할 거야, 분명.

"그리고…… 『혼자서는 엄마를 살릴 방법이 떠오르지 않는다』고도 했죠. 처음부터 아마코가 거짓말하고 있음을 알았기에, 저는 네아가 아마코네 엄마를 살릴 방법을 찾았다고 판단했어요. 그렇지? 네아."

앞서 걷는 네아에게 그렇게 묻자 그녀가 조금 놀란 모습으로 돌아보았다.

"뭐, 확신은 없지만 일단 찾았어. 근데…… 용케 그 생각에 이르렀네. 너 정말 우사토야? 눈치가 너무 빨라서 기분 나빠……. 아, 죄송합니다. 그렇게 악마 같은 얼굴 하지 마."

"……하아. 네가 토와를 조사하지 않을 리가 없으니까."

호기심이 왕성한 네아가 토와라는 특수한 마도구를 알고서 조사하러 안 가는 쪽이 더 부자연스럽다.

"가장 불안했던 건 네가 우리를 도와주러 오느냐 마느냐였어. 뭐, 자력으로 수갑과 철창을 부수고 탈출할 수는 있었지만, 그러면 소리 때문에 들켜서 소동이 벌어질 테니까."

"그럼 너희가 줄곧 입을 다물고 있었던 건……."

"낙심한 것처럼 연기한 거죠."

"……아르크도?"

아르크 씨가 고개를 끄덕이자 하야테 씨는 어깨를 축 떨궜다.

우리를 걱정해 줬구나.

아마코뿐만 아니라 우리를 위해 화내 줬던 거겠지.

"네아, 블루링 봤어? 어디 있는지 알면 데려가고 싶은데."

"그 걱정은 안 해도 돼. 여기 올 때 내가 데려왔어. ……우연히 발견한 아이랑 같이 말이야."

"아이?"

"아니지, 걔는 데려왔다기보다 주웠다고 하는 게 정확할지도 모르겠네."

네아가 미묘한 표정으로 그렇게 말했다.

무슨 뜻인지 물어보려고 했을 때, 계단이 끝나고 위층에 도달했다.

다른 경비병은 네아가 쫓아냈는지 누구에게도 들키지 않고 탈출할 수 있었다.

그때, 옆에서 누군가가 내게 달려들었다.

"우사토~! 아마코가 붙잡혀 버렸어어어! 나도 어떻게든 하려고 했는데 전혀 소용없었어! 병사 아저씨가 과자 주면서 돌아가래!"

"리, 린카구나……."

네아가 왜 미묘한 표정을 지었는지 이해가 갔다.

콧물과 눈물 때문에 엉망이 된 얼굴로 안겨 들어서 단복이 더러

141

워지지 않도록 린카의 머리를 밀어내고 진정시켰다.

"아마코는 꼭 구해낼 거야. 그러니까 일단 울음을 그쳐 줘."

"훌쩍…… 응."

이 아이, 정말 열네 살인가?

어른스러운 아마코와는 정반대네.

마침내 울음을 그친 린카를 보고 안도하자 네아가 데려와 준 블루링이 다가왔다.

"크릉."

"블루링, 아무 짓도 안 당했어?"

"크흥."

배를 탁 두드린 블루링은 어딘가 만족스러운 표정이었다.

설마 수인들에게 밥을 잔뜩 얻어먹기만 한 건가?

……어, 어쨌든 블루링도 무사해서 다행이다.

"린카! 다행이야. 무사했구나! 진야한테 무슨 짓을 당하진 않았지?!"

뒤이어 밖으로 나온 하야테 씨가 안도한 표정으로 린카에게 다가왔다.

"아. 아빠도 나왔구나. 다행이야. 난 아무 일도 없었어."

린카는 생각보다 담백하게 반응했다.

"어, 어라? 뭔가 반응이 밋밋하지 않니? 그 뭐냐…… 좀 더 기뻐해 줘도 좋을 것 같은데……."

"그치만 아빠인걸. 그보다 아마코 쪽이 중요해!"

"너, 너무해……."

반항기인가……?

태연한 린카의 모습에 하야테 씨는 어깨를 축 떨궜지만 이내 마음을 다잡고 이쪽으로 고개를 돌렸다.

"우사토, 후버드를 불러도 될까?"

"예?"

"잠깐만, 후버드를 부르면 주변 사람들한테 들키잖아."

네아의 의문도 타당했으나 하야테 씨에게도 생각이 있는 것 같으니 끝까지 들어보자.

"나는 족장의 보좌로서 히노모토의 경비대를 지휘하고 있었어. 그래서 부하들에게 이곳을 탈출해 밖에서 합류하자고 전하고 싶은데…… 안 될까?"

"부하라면 여기 왔을 때 함께 마중 나왔던 사람들 말인가요?"

"응, 그래."

내가 겁을 주고 말았던 그 수인 여성인가.

어쩔까. 여기서 후버드를 보내는 건 좀 부주의한 짓인 것 같은데…….

"진야의 부하가 섞여 있으면 어떡해?"

"그럴 일은 없어. 내가 보좌가 되기 전부터 함께한 믿을 만한 부하들이니까. 그리고…… 지금 우리에게는 한 명이라도 많은 동료가 필요하잖아."

그렇게 중얼거린 하야테 씨의 눈은 뭔가를 각오한 것처럼도 보였다.

확실히 앞으로 있을 일을 생각하면 동료는 한 명이라도 더 필요

했다.

턱에 손을 대고 고민하고 있으니 하야테 씨가 조금 허둥거리며 말을 이었다.

"아, 후버드 쪽도 걱정 안 해도 돼. 지금 부르려는 건 평범한 후버드가 아니라 부대 전용 후버드라서 부하들 외에는 누구에게도 들키지 않을 거야."

"우사토, 네가 정해."

"……알겠어요. 하지만 세심한 주의를 기울여 주세요."

내 말에 고개를 끄덕인 하야테 씨는 손가락을 물고 휘파람을 불었다.

이제 하야테 씨의 후버드를 기다리기만 하면 되기에 나는 이 시간을 이용해서 네아와 향후 작전에 관해 이야기하기로 했다.

"네아."

"알고 있어. 아마코는 맡겨만 둬."

"고마워. 그리고…… 아마코네 엄마를 살릴 방법은 알아낸 거지?"

"확증은 없지만, 그래도 시도할 가치는 있다고 생각해. 문제는 토와가 완성되기를 기다릴 수밖에 없다는 거지."

"완성되기를 기다려야 한다고? 그래서 아마코가 남은 건가."

"맞아."

아마코의 엄마를 구하려면 토와가 필요하지만 그것은 아마코가 있어야 다시 조립된다. 그래서 아마코는 스스로 남았다.

"아마코도 무모한 짓을 하는구나……."

"넌 항상 그런 무모한 짓을 하고 있지만 말이야. 우리 기분을 이제 알겠어?"

그래, 이것저것 말하고 싶어지네.

막상 상대방의 입장이 되니 아무것도 할 수 없는 자신이 답답하게 여겨졌다.

아니, 지금은 감상에 젖어 있을 때가 아니다. 이곳은 적지 한복판, 느긋하게 있을 수는 없었다.

"그리고 진야의 예지마법에 관해 알게 된 걸 말해 줄게."

"응? 뭔데?"

"진야의 예지마법은 아마코의 예지마법보다 약해."

"그래?"

"응, 아마코가 예지한 미래를 듣고 아무 말도 안 했다나 봐. 예지할 수 있는 시간도 기껏해야 10초 이내 정도겠지."

"어떻게 그런 것까지 알아냈어?"

이어진 질문에 네아는 짓궂게 웃었다.

"카노코가 있던 방에서 널 붙잡았을 때 상당히 초조해하는 게 보였으니까. 미래가 보여도 그 정도밖에 못 한다는 건 진야가 쓰는 예지마법이 그것밖에 안 된다는 뜻이지."

뭔가 나를 인간을 벗어난 엄청난 무언가로 취급하는 것 같다는 생각이 들기도 하지만 그건 제쳐 두자.

"사후 승낙이 되어 버렸지만 아까처럼 내 능력을 여기서 써도 돼?"

"……네 능력, 말이지."

이 경우에는 마술이 아니라 아까 감시병에게 썼던 흡혈귀의 매혹과 사람을 조종하는 능력을 말하는 거겠지.

사람을 조종하는 일은 하지 않았으면 해서 쓰지 말라고 한 능력이지만 이 상황에서 쓰지 않을 수는 없었다.

오히려 이런 수모까지 당했으니 마음껏 써 주자.

"몇 명 정도 아군으로 만들 수 있어?"

"내 행동 시간도 한정되어 있고, 예지마법을 가진 진야가 있으니까 세심한 주의를 기울여서 움직여야 해. 거기다 마력 문제도 있으니…… 사흘간 대충 이곳 병사의 3…… 아니, 4분의 1 정도는 가능할 거야."

"진야 씨를 직접 조종하는 건?"

"그건 무리야. 예지마법을 상대로는 위험성도 크고. 일단 설명해 두겠는데 매혹은 아무한테나 듣지 않아. 너처럼 정신력이 비정상적으로 강한 상대에게는 거의 효과가 없어. 그리고 매혹은 피를 빨아 조종하는 것과 달리 상대의 의식이 유지되니까 자칫 잘못하면 붙잡힐지도 몰라."

정신력이 강한 자에게는 효과가 없나.

그리고 사람을 조종하는 능력도 상대의 피를 빨아야 하기에 빈틈을 노려야 쓸 수 있었다.

"진야가 잘 때를 노리고 싶어도 호위가 삼엄하게 지키고 있어서 한정된 시간에는 거의 불가능해. 그 남자, 의식이 없을 때는 철저히 자신을 지키고 있어."

"그것도 어떤 의미에서 당연한가."

진야 씨는 아마 예지마법을 전폭적으로 신뢰하고 있을 터다. 그런 그의 유일한 약점인 취침 시에 아무런 대책도 세우지 않는 쪽이 이상했다.

"……좋아, 알겠어. 되도록 의심받지 않게 움직여 줘."

"알고 있어. 나도 300년간 누구한테도 들키지 않고 한 마을을 지배했거든? 그런 실수를 할 리가 없잖아."

"자랑스럽게 할 말은 아니지만 말이지."

네아의 말에 쓴웃음을 지었지만 지금은 그 자신감이 믿음직스러웠다.

"그럼 난 아마코한테 돌아갈게. ……아, 맞다. 우사토."

"응?"

"아마코가 말을 전해 달라고 했어."

아마코가? 대체 무슨 전언일까.

몸을 긴장시키자 네아가 조금 뜸을 들이고서 말을 전했다.

"『반드시 구하러 와줘』라더라."

"……!"

그 말에 순간 놀랐지만 나는 바로 미소 지었다.

"그래, 반드시 구하겠다고 전해 줘."

"응, 꼭 전할게."

고개를 끄덕인 네아는 올빼미로 변신하여 밤의 어둠에 녹아들듯 날아갔다.

네아를 보낸 우리는 어둠에 뒤덮인 히노모토에서 탈출하기로 했다.

***

나는 엄마만 있으면 행복했다.

철이 들었을 때부터 아빠라고 부를 수 있는 사람은 없었다.

하지만 엄마가 있었기에 조금도 외롭지 않았다.

"넌 나처럼 되지 말아 주렴……."

2년 전 그날의 기억이다.

엄마가 잠들기 전에 나눴던 대화.

눈물을 흘린 엄마는 마치 영영 헤어질 것처럼 나를 다정하게 끌어안았다.

"엄마?"

"미안해, 미안하구나……."

"왜 사과해?"

내 어깨에 손을 올린 채 천천히 몸을 뗀 엄마는 눈물을 닦고 뭔가 각오가 느껴지는 눈으로 나와 시선을 맞췄다.

"아마코, 넌 여기 있으면 안 돼. 여기 있으면 평범하게 살지도 못하고 행복해질 수도 없으니까……."

"어……?"

"지금은 아무 말 하지 말고 들어 주렴. 아무도 보고 있지 않은 지금이 바로 이 말을 전할 수 있는 마지막 기회야."

의미를 알 수 없었다.

지금 생활에 불편한 점은 없었고 나갈 이유도 없었다.

그런데 이곳을 나가라니.

"이곳에 네 미래는 없어. 하지만 바깥에는 있단다. 그러니까 넌 새로운 곳에서 사는 거야."

"……엄마도, 가는 거지?"

내 말에 엄마는 슬프게 웃었다.

"미안, 난 함께 갈 수 없어. 내게는 여기서 해야만 하는 일이 있단다."

"무슨 일……?"

"중요한 일이야. 괜찮아, 너는 강한 아이란다. 분명 진심으로 믿을 수 있는 누군가를 찾을 수 있을 거야."

뭔가 확신이 있는 듯한 어조였다.

이것이 2년 전, 나와 엄마가 나눈 마지막 대화다.

이때 엄마의 얼굴은 슬퍼 보였지만, 내 안전을 걱정하는 모습은……
평소와 다름없는 상냥함으로 가득 차 있었다.

***

"아마코, 다녀왔어."

어느새 잠들어 버렸던 나는 높은 곳에 있는 창문으로 들어온 네아의 태평한 목소리를 듣고 일어났다.

예지가 아닌 2년 전 일을 꿈에서 보았다.

나는 눈을 비비고서 시녀가 준비한 횟대로 이동한 네아에게 시선을 보냈다.

"어땠어?"

"우사토도 아르크도 제대로 알고 있었어."

"그래? 다행이다."

사실 걱정은 거의 하지 않았다.

우사토라면 내 거짓말을 반드시 눈치채 줄 것이라는 확신이 있었다.

"네아 때문에 호된 일을 당했지만 그게 좋은 경험이 됐어."

"뭔가 말에서 가시가 느껴지는데……. 너, 아직도 나한테 뒤끝이 남아 있는 거야?"

"이제는 신경 쓰지 않아."

직접 말해 주진 않을 거지만, 본인이 꽤 반성하고 있기에 정말로 신경 쓰지 않는다.

오히려 이 상황에 네아가 있어 줘서 다행이라는 생각이 들었다.

"아무튼 우사토가 있지, 모처럼 내가 도와주러 갔는데 그 괴물은 힘으로 수갑을 부수더니 혼자 탈출할 수 있었다고 하는 거 있지……? 내가 얼마나 고생했는지도 모르면서 태평한 녀석이라니까."

"뭐, 아르크 씨는 몰라도 우사토라면 탈출해도 이상하지 않지……."

"그렇긴 하지만!"

미아라크에서 카론 씨와 싸워 완력이 더 세지기도 했고.

진야가 우사토를 얕보고 있는 것이 이번 작전의 열쇠였다.

수인보다 신체 능력이 떨어지는 인간이 상식을 벗어난 움직임을 보일 것을 상정하라는 것도 무리한 이야기지만.

　"우사토는 네 거짓말을 바로 알아차렸던 모양이야. 심지어 평소와는 딴판일 만큼 눈치가 빨랐어."

　"그야 그렇겠지. 함께 여행한 우사토와 아르크 씨만 알 수 있게 말했으니까."

　실제로 내 가짜 예지를 들은 진야도 감쪽같이 속아 넘어가 나와 우사토를 대면시켰다.

　하지만 나의 진짜 목적은 진야와 정면으로 싸우겠다는 뜻을 전하는 것이었다.

　"진야는 우리 관계가 무르다고 했지만, 우리가 지금까지 쌓아 올린 유대는 그 정도 말로 흔들리지 않아."

　우리는 지금까지 많은 고난을 극복해 왔다.

　전부 고생스러웠지만 그 과정에서 우리는 협력하고 서로를 도왔다.

　"뭐랄까, 서로를 믿고 있구나……."

　"무슨 말을 하는 거야? 네아도 그렇잖아."

　어딘가 남의 일처럼 중얼거린 네아에게 그렇게 대답했다.

　내 말에 깜짝 놀란 네아는 이내 우습다는 듯 미소 지었다.

　"그렇지. 나도 참 무슨 말을 하는 건지."

　"마침내 겉모습뿐만 아니라 머리도 새가 된 거야?"

　"실례야! 쪼아 버린다!"

　날개를 펼쳐 화났음을 나타내며 부리로 쪼는 시늉을 하는 네아를 보고 나는 작게 웃었다.

하지만 평화롭게 대화하고 있을 때가 아니었다.

"그러고 보니 우사토한테 허락은 받았어?"

"응. 널 감시하는 병사와 시녀한테서 바로 피를 빨아 뒀어. 교대 시간이 올 때까지 너와 내 대화는 누구도 듣지 못하고 알아차리지도 못해."

"……우사토한테 괴물이니 뭐니 하지만 너도 만만치 않단 말이지. 위험도로 따지자면 네아가 더 위야."

누구에게도 들키면 안 되기는 하지만, 눈 깜짝할 사이에 조종하는 인간을 늘려 버리다니 정말 무시무시했다.

내 말에 납득할 수 없었는지 네아가 반론했다.

"그렇게 만능이진 않아. 조종하려면 마력이 들고, 무엇보다 내가 직접 피를 빨아서 암시를 걸어야 하니까 꽤 수고스러워. 그래서 그렇게 막 잔뜩 조종할 수 있는 건 아니야."

"그렇구나……."

"그래. 그러니까 쓸 타이밍을 잘 생각해야 해. 오히려 우사토 쪽이 성질이 더 나쁘지. 평범하게 있으면 무해해 보이는데 일단 본성을 드러내면 치유마법으로 고치면서 때리잖아? 심지어 인간을 벗어난 속도와 힘으로. 그런 괴물과 비교하면 나는 그나마 귀엽지."

둘 다 그게 그거인 것 같은데…….

"뭐, 뒤쪽에서 움직이는 건 나한테 맡겨 둬. 자신이 누굴 적으로 돌렸는지 진야에게 톡톡히 알려 주겠어."

"……응, 부탁해."

이번 일에는 네아도 열 받은 걸지도 모른다.

불합리한 사고에 사로잡혀서 최소한의 약속조차 지키려 하지 않는 진야라는 남자를 네아가 적당히 봐줄 이유는 없었다.

네아 자신이 우사토를 아끼기도 하고.

본인은 절대 그 사실을 우사토에게 말하지 않겠지만.

……나도 남 말 할 처지는 아닌가.

"아, 겸사겸사 너희 엄마의 상태도 보고 왔어."

"……어땠어?"

"다시 한 번 확인해 봤지만 역시 마력이 느껴지지 않았어. 그것도 부자연스럽게 말이야."

지금 엄마의 몸에는 마력이 존재하지 않는다는 뜻이겠지.

"생각할 수 있는 가능성은 두 가지야. 몸에서 마력 자체가 소멸했거나, 예지마법뿐만 아니라 체내에 있는 마력의 원천이 그대로 다른 곳으로 이동했거나……. 나는 후자라고 생각해."

"역시 토와가 원인이야?"

"전부 토와 때문은 아닐지도 모르지만 원인의 일부이긴 하겠지. 애초에 마법을 옮겨 담기 위한 마도구고, 심지어 미완성이었다고 하니까, 어떤 폐해로 카노코의 마력을 관장하는 부분 자체가 뽑혀 나갔어도 이상하진 않아."

몸에서 마력이 없어지면 어떻게 될지 생각해 본 적도 없었다. 단순히 마력을 소비해서 없어지는 것과는 사정이 다르기 때문이다.

그리고—.

"……엄마는 아직 몸속에 있어. 눈을 뜨진 않지만 몸속에서 살아 있어."

우사토가 치유마법으로 엄마를 고치려고 했을 때, 우사토의 몸을 통해 엄마의 말이 머릿속에 흘러들었다.

엄마는 확실한 의사를 가지고서 우리에게 목소리를 전했다.

"목소리 자체는 나도 들었어. 쉽사리 믿을 수 없지만 말이야."

"나도 믿을 수 없었어. 2년 만에 듣는 엄마의 목소리였으니까……."

너무 충격적이라서 진야가 습격해 왔는데도 움직이지 못했다.

"엄마가 왜 깨어나지 않게 됐는지 나는 줄곧 이유를 몰랐어. 무슨 짓을 해도 깨어나지 않는다고 듣고서 중병에 걸린 거라며 자신을 타일렀고……. 그래서 병을 어떻게든 할 수 있는 치유마법사를 찾아다녔어."

그리고 이곳으로 돌아와 나는 마침내 이해했다.

토와라는 마도구, 득의양양하게 엄마의 예지마법을 쓰는 진야.

"하지만 실제로는 달랐어. 엄마는 병에 걸린 게 아니야. 엄마는 토와를 기동시켜야만 하는 상황에 몰려 있었어."

"미완성인 마도구를 기동시켜야만 하는 상황이라……. 너희 엄마가 그럴 이유라면……."

"알고 있어."

네아의 말을 막았다.

이곳에 와서 나는 마침내 2년 전 엄마의 말과 눈물의 이유를 알게 되었다.

"토와에 예지마법을 옮길 사람은 원래 나였던 거야. 엄마는 그걸 막기 위해 나 대신 나섰어……."

"그걸 시킨 사람은 그 녀석밖에 없겠지."

"당시에도 권력을 갖고 있던 남자, 진야."

그대로 수인의 나라에 있었다면 나는 토와에 마법을 옮길 뿐인 소재로 다뤄졌을지도 모른다. 그렇게 생각하니 정말로 오싹했다.

엄마는 나와 앞으로 태어날 예지마법사를 위해 토와를 만들려고 했을 터다. 하지만 진야는 그 취지를 왜곡하여 예지마법을 자기 것으로 삼으려고 했고, 끝내는 엄마를 희생시켰다.

솔직히 지금 몹시 화가 난 상태였다.

그래도 냉정히 있을 수 있는 것은 아직 엄마를 깨울 수 있다는 희망이 있기 때문이었다.

"더는 엄마도 나도 그 남자에게 이용당하지 않아."

불합리한 운명에 떠밀려 흘러가는 것은 이제 끝이다.

불확실한 미래를 두려워하는 것도 끝이다.

"나는…… 아니, 우리는 다 같이 최선의 결과를 거머쥐어 보이겠어."

술책을 부릴 거면 부리라지.

그딴 것은 전부 우리가 깨부숴 주겠어!

"우사토는 반드시 날 구하러 올 거야. 그러니까 그때까지 우리가 할 수 있는 일을 하자."

"우사토가 안 오면 어쩔 거야?"

그런 일이 일어날 리가 없음을 알고 있을 터…….

네아도 알면서 말하는 것인지 농담조였다.

"올 거야. 우사토인걸."

"후후, 그렇지. 네 전언에 대한 대답도『반드시 구하겠다』였어."

그 말을 듣고 진심으로 안심했다.

우사토가『구하겠다』라고 말했다면 무슨 일이 있어도 반드시 그럴 것임을 알고 있으니까.

"계속 궁금했던 건데……."

"뭐가?"

네아의 말에 귀를 기울였다.

"우사토와 아르크가 죽는 미래는 지어낸 얘기였잖아? 진짜 미래는 보였어?"

예상치 못한 질문에 동요하고 말았지만 그걸 눈치채지 못하도록 고개를 가로저었다.

"……안 보였어. 하지만 그래도 진야의 예지가 어느 정도인지는 알았잖아."

"흐응, 역시 편리한 것 같으면서 불편한 부분도 있구나."

나는 네아에게 거짓말한 것을 속으로 사과했다.

나는 미래를 봤다.

우사토와 아르크 씨가 죽는 가짜 예지가 아니라 진짜 예지를…….

집중력이 흐트러지면 안 되니까 네아에게는 말하지 않기로 했다.

내가 본 미래는 어떤 의미에서 불길했기 때문이다.

용맹하게 싸우는 우사토와 정체 불명의…….

"……까만, 가면을 쓴 전사."

예지 속에서 나는 우사토의 뒤에서 그 싸움을 지그시 보고 있었다.

검은색 가면을 얼굴에 쓴 섬뜩한 전사가 그림자를 일렁이며 우사토와 호각 이상으로 싸우는 광경을…….

가면 전사는 환희에 차 소리쳤고, 우사토는 이를 악물고서 건틀릿에 감싸인 오른쪽 주먹을 치켜들었다. 그렇게 두 사람이 내 눈으로는 좇을 수 없는 싸움을 펼치는 가운데, 내 예지는 빛과 함께 끝나 버렸다.

진야와는 별개로 우사토를 위협하는 강대한 적이 존재한다는 사실에 말로 표현할 수 없는 불안함이 나를 괴롭혔다.

❀제8화 파란을 앞둔 휴식!

히노모토를 탈출하는 데 성공한 우리는 하야테 씨의 지시로 히노모토를 나온 그의 부하들과 합류했다.

히노모토에서 떨어진 곳에 있던 하야테 씨의 부하들은 서른 명쯤으로, 원래는 더 있는 모양이지만 다른 이들은 내부 정보를 우리에게 보내기 위해 나오지 않고 남았다고 했다.

"무사히 합류해서 다행이야……."

"하야테 씨, 앞으로 어쩔 건가요?"

뒤따라오는 하야테 씨의 부하들을 확인하며 나는 그에게 질문했다.

"일단 아버지가 계신 마을로 가자. 거기라면 너희도 숨겨 줄 거야."

"그렇겠죠……."

우리가 맨 처음 찾아갔던 마을이고, 무엇보다 아는 얼굴들도 있으니 그게 좋겠지.

하야테 씨의 말에 납득하고 있는데 옆에서 나란히 걷던 그가 불쑥 중얼거렸다.

"……나는 진야에 관해 아무것도 몰랐어. 그저 알고 있다고 생각했을 뿐이었어."

"하야테 씨……."

오랜 친구에게 배신당했다. 당연히 나는 상상도 할 수 없을 만큼 괴로울 것이다.

"하지만 이대로 못 본 척하고 있을 수는 없어."

그렇게 중얼거리고 발을 멈춘 하야테 씨는 뒤따라오는 부하들을 돌아보았다.

"다들 들어 줘. 나는…… 진야를 족장 자리에서 끌어내릴 거야. 지금 그 녀석은 인간들과 싸울 생각만 하고 있어. 그런 남자에게 우리가 지켜야 할 백성들을 맡겨 둘 수는 없어!"

그의 말에 부하들도 힘차게 고개를 끄덕였다.

나도 아르크 씨에게 시선을 보내 확인받고서 하야테 씨에게 말했다.

"저희도 도울게요."

"……! 고맙다!"

"아마코를 구하려면 저희도 진야 씨와의 충돌을 피할 수 없을 테니까요."

"이쪽도 아마코를 구하기 위해 최선을 다하마!"

서로를 보며 고개를 끄덕인 우리는 다시 밤길을 나아가기 시작했다.

수인과 인간의 싸움을 저지하기 위해, 그리고 아마코를 불합리한 운명에서 구해 내기 위해 우리는 준비해야만 했다.

***

다음날 이른 아침, 우리는 무사히 마을에 도착했다.

우선 하야테 씨가 마중 나온 카가리 씨에게 히노모토에서 일어난 일을 이야기했다. 진야 씨의 의도를 듣고 카가리 씨 역시 하야테 씨와 마찬가지로 노여워했다.

하야테 씨는 마을 집회장에서 작전 회의를 여는 시간까지 쉬라고 했지만, 솔직히 나는 지금 상황에서 가만있을 수가 없었다.

"후우……."

작전 회의가 시작되는 것은 밤.

그때까지 내가 할 수 있는 일을 하자고 생각한 나는 카가리 씨의 집 뒷마당에서 혼자 치유마법을 훈련했다.

"하나 더 수단이 있었으면 좋겠는데……."

치유 펀치나 치유마법탄 같은 기술을 고안해 왔지만 결정타가 없었다.

건틀릿을 전개시킨 오른쪽 주먹에 치유마법의 마력을 담으며 그렇게 중얼거리고 있는데 뒤에서 린키가 다가와 말을 걸었다.

"우사토, 뭐해?"

"응? 린카구나. 잠깐 치유마법을 연습하고 있어."

"흐응~."

뭔가 골똘히 생각하는 표정을 지은 린카가 근처에 있는 그루터기에 앉았다.

"있지, 우사토. 아마코는…… 괜찮은 거지?"

"……그래, 물론이지."

지금 내 말은 린카에게 일시적인 위로밖에 되지 않을지도 모른다.

"난 아마코가 사라질 때까지 아무것도 몰랐어."

"『사라질 때까지』라는 건 2년 전을 말하는 거야?"

"응."

나는 고개를 끄덕인 린카를 보았다.

그녀는 과거의 자신을 후회하듯 침통한 표정을 짓고 있었다.

"아마코네 엄마에 관해서도, 예지마법에 관해서도……. 전부 아마코가 사라진 뒤에 알았어."

"……."

"친구였는데……. 아마코가 얼마나 괴롭고 외로운지 전혀 이해해 주지 못했어."

당시 아마코는 우리가 상상도 할 수 없을 만큼 괴로운 심경이었을 것이다.

"하지만 너도 어렸으니까 어쩔 수 없지 않았을까?"

"그런 변명은 통하지 않아. 아마코는 동갑인데 이곳을 나가 혼자서 살아왔으니까. 그런 일은 평범한 어른도 할 수 없는걸……."

그렇기에 이 아이는 아마코를 돕지 못하는 자신을 질책하고 있었다.

"린카는 친구를 아끼는 다정한 아이구나. 아마코도 그런 널 소중한 친구라고 여기고 있을 거야."

"그럴까?"

"당연하지."

안심시키듯 웃어 보이자 린카도 눈물을 닦고 미소 지었다.

"아마코가 우사토를 따르는 이유를 알 것 같아. 고마워, 우사토."

"힘이 됐다니 다행이야. ……자, 그럼."

서로를 보며 웃은 후, 나는 전방으로 시선을 옮기고 자세를 잡았다.

린카와 이야기하는 동안 새로운 기술의 형태가 떠올라서 실천해 볼 생각이었다.

오른쪽 주먹에 마력을 담고 계통 강화 요령으로 마력을 높여 나갔다.

"치유마법 파열장에 지향성을 줘서……!"

본래는 무작위 방향으로 마력이 터지는 치유마법 파열장을, 대포를 떠올리며 주먹에 응축하고 단숨에 해방시켰다.

그러자 뭔가가 파열한 듯한 무시무시한 소리가 주먹에서 울렸다.

"우왓?!"

"꺄악!"

상상 이상의 충격에 나도 모르게 상체가 뒤로 넘어갔다.

어떻게든 자세를 바로잡고 앞을 보자 주먹 형태로 푹 파인 나무 줄기가 시야에 들어왔다.

"……."

"……."

나와 린카는 아연해졌다.

의기양양하게 생각해 낸 새로운 기술이지만 이토록 끔찍한 위력일 줄은 몰랐다.

내가 해놓고서 깜짝 놀랐다.

로켓 펀치처럼 마력탄을 날리고 싶다고 가볍게 생각했는데 예상을 뛰어넘은 흉악한 기술이 되어 버렸다.

"이 기술은…… 사람한테 써도 될 기술이 아니네."

"당연하지!"

린카가 곧바로 태클을 날렸다.

"바, 방금 그게 뭐야?! 그거 치유마법이야?!"

정확히 말하자면 계통 강화 요령으로 치유마법의 마력을 압축해 날린 기술이었다.

임시로 이름을 붙이자면…… 치유 캐논이지, 응.

하지만 린카는 여전히 혼란 속에 있는 것 같아 나는 되도록 상냥하게 그녀에게 말했다.

"린카, 아니야. 이건 이런 치유마법인 거야."

"거, 거짓말! 그런 치유마법이 있을 리가 없잖아! 주먹의 압력으로 이렇게 만들었다는 편이 그나마 믿을 만해! 상식을 생각하라고!"

열네 살 소녀에게 상식 설파를 듣고 말았다.

이럴 때 네아가 없어서 다행이다. 아마…… 아니, 분명 질색했을 테니까.

새로운 기술을 고안해 냈지만 결국 실전에서는 쓸 수 없을 법한 위험한 기술이었다.

***

그날 밤, 나와 아르크 씨는 마을 집회장에서 하야테 씨 부대와 작전 회의를 했다.

히노모토에 남은 하야테 씨의 부하가 보낸 보고에 의하면 토와는 내일 오후에 완성된다는 듯했다.

그리고 진야 씨는 완성과 동시에 토와를 기동시킬 생각이라고 했다.

아마코의 예지마법이 진야 씨와 정예 부대에게 옮겨지게 되면 전쟁은 피할 수 없다.

그것을 막고 진야 씨를 족장 자리에서 끌어내리는 것이 하야테 씨의 최종 목표였다.

일단 나는 회의장에서 하야테 씨 부대에게 네아에 관해 이야기했다.

"지금 제 사역마가 히노모토에서 아군을 늘리고 있어요."

"네아 말이지? 그런데 아군을 늘리고 있다니?"

"병사들의 피를 빨고 암시를 걸어서 우리 편으로 만들고 있어요."

그렇게 설명하자 나와 아르크 씨를 제외한 모두가 딱 굳어 버렸다.

예상했던 반응이기에 나는 상관하지 않고 말을 이었다.

"제 사역마는 흡혈귀예요. 평소에는 힘을 쓰지 말라고 일러두고 있지만 이번에는 허락했어요. 그녀가 짐작하길, 내일까지 전체 병사의 4분의 1 정도를 아군으로 만들 수 있을 거라고 했어요. 역시 직접 진야 씨를 노릴 수는 없지만……."

"그, 그걸로도 충분해……. 그, 그랬나. 그녀는 흡혈귀였나. 문헌으로만 봤던 마물인데 그런 마물을 사역마로 삼고 있다니……. 진야도 이건 눈치채지 못할 거야……!"

165

사실은 네크로맨서의 피도 이어받았지만.

그걸 설명하려면 또 시간이 걸릴 것 같으니 지금은 말하지 말자.

"그래도 아직 수적으로 밀려. 여기서 더 어떻게 해야 할까……."

"우리가 힘을 빌려주마."

"……?!"

집회장 입구로 시선을 돌리니 그곳에 카가리 씨와 마을 남자들이 있었다.

"아버지?!"

"마을 젊은이들이 너희의 동료가 될 거라는 말이다."

"그건 이해했어. 하지만 굳이 위험한 곳에 가겠다니……."

"멍청한 녀석. 족장의 이기적인 이유로 아마코가 위험에 처했다. 이럴 때 움직이지 않으면 언제 움직인다는 게야."

"……진심이야?"

"그래. 힘깨나 쓴다는 장정 스무 명이 모두 동의했다. 이제 네가 정하기만 하면 돼."

그 말에 하야테 씨가 고개를 끄덕이고 다시금 계획을 세우기 시작했다.

"우사토와 마을 사람들 덕분에 전력 차는 어떻게든 될 것 같아. 그럼 이제 잠입 방법을 생각하자."

그 후로 면밀하게 작전을 계획했다.

동족 간의 싸움이니 죽이는 것은 피하고 상대를 되도록 제압할 것. 전쟁 참가를 막기 위해 동족을 살해한다면 의미가 없다.

진야 씨 측의 병사들은 우리를 진심으로 죽이려 들지도 모른다고 생각했지만 하야테 씨가 부정했다.

"그들도 망설이고 있어. 자신들은 정말로 인간과의 전쟁에 참가하는 건가, 싸우러 가야만 하는가 하고 말이지. 여기 있는 자들도 그렇지만, 병사 대부분은 백성들을 지키겠다는 뜻을 가지고서 군에 들어왔어. 아마 정말로 인간과 싸우기를 바라고 있는 사람은 진야를 비롯한 소수뿐일 거야."

한탄스럽게도 말이지, 하고 덧붙인 하야테 씨의 표정은 슬퍼 보였다.

"아마코는 아마 엄중히 보호받고 있을 거야. 토와를 기동할 때도 마찬가지겠지. 아마코를 구하려면 포위망을 뚫고 그 아이를 구출할 수 있는 날렵한 자가 좋겠어."

"그럼 늑대족인 제가 가겠습니다."

하야테 씨와 비슷한 귀를 가진 한 병사가 나섰다.

하지만 거기서 아르크 씨가 입을 열었다.

"아뇨, 우사토 님이 적임입니다."

그의 말에 일동이 놀랐지만 하야테 씨는 턱에 손을 대고 고민했다.

자신이 하겠다고 나선 늑대족 병사가 의문스러워하며 말했다.

"그는 인간이잖아? 동료라서 좋게 보는 건 이해하지만 수인인 우리와는……."

"아니, 우사토에게 맡기는 편이 좋을지도 몰라."

"대장님?!"

"다들 잘 들어. 우사토는 우리 수인이 아는 상식을 벗어난 인간이야. 그는 단단한 수갑도 맨손으로 부술 만한 완력을 가지고 있고, 아마 전투력도 수인인 우리를 능가할 거야."

사, 사실이지만, 뭐지……? 부정하고 싶은 이 기분은…….

"저, 저도 그렇게 생각합니다!"

"어?"

거기서 손을 든 사람은 히노모토에 들어갔을 때 나 때문에 깜짝 놀랐던 여성 병사였다.

그녀는 나를 힐끔 보더니 어깨를 떨고서 입을 열었다.

"지금은 평범한 소년으로 보이지만, 아주 무서…… 용맹한 전사의 얼굴을 가지고 있습니다. 그러면 아마코 님을 구해 줄 겁니다!"

저기요, 지금 「무서운 얼굴」이라고 말하려고 하지 않았어요?

지지해 주는 건 기쁘지만 왜 저와 눈을 마주치지 않는 건가요?

"음, 동감이네. 우사토는 팔씨름으로 마을 장정들을 쓰러뜨릴 만큼 상궤를 벗어난 힘을 가졌고, 또한 마을에서 가장 발이 빠른 린카를 쫓아와 붙잡은 남자야."

한층 더 지원 사격을 하듯 카가리 씨가 기쁜 표정으로 그렇게 말했다.

마침내 모두의 눈이 나를 뭔가 별개의 생물로 보게 되었을 때, 마지막으로 하야테 씨가 입을 열었다.

"심지어 그는 흡혈귀를 사역마로 삼고 블루 그리즐리와도 순수한 유대 관계를 맺고 있어. 흡혈귀도 블루 그리즐리도 어설픈 마물이 아니야. 그들에게 인정받을 만한 일을 우사토가 했기 때문이겠지.
그렇지? 우사토."

"예? 아, 저, 그게……."

"우사토 님. 괴롭겠지만 얌전히 긍정해 주십시오."

"……네."

내가 직접 아마코를 구하러 갈 수 있는 것은 좋은 일이지만, 인간 취급을 받지 못하게 될 것 같아서 무서웠다.

하지만 이로써 작전 내용이 거의 정해졌다.

우리의 목적은 아마코 구출.

하야테 씨의 목적은 진야 씨 포박.

잘만 풀리면 쓸데없이 싸우지 않고 끝날 것 같지만, 예지마법을 가진 진야 씨가 있는 이상 그렇게 간단히 풀리지는 않을 것이다.

하지만 그래도 해야만 했다.

아마코를 반드시 구한다.

다시금 각오를 다진 나는 한층 더 단단히 마음을 다잡았다.

🌸제9화 돌입! 아마코 구출 작전!

아마코가 사로잡힌 지 사흘이 지났다.

토와의 완성이 코앞으로 다가온 지금, 우리는 작전 결행을 위해 히노모토 주변에서 대기 중이었다.

작전에 나서며 우리는 세 팀으로 나뉘었다.

기동력이 뛰어난 양동 부대, 경비병들을 붙잡아 두는 호위 부대, 그리고 마지막으로 진짜 목적인 진야 씨와 아마코에게 가는 실행 부대.

내가 속한 팀은 하야테 씨가 지휘하는 실행 부대였고, 아르크 씨와 블루링은 호위 부대에 들어갔다.

블루링이 조금 걱정되지만, 아르크 씨와 함께 있으니 괜찮으리라고 믿는다. 뭐, 상대가 크게 다치지 않도록 배려할 줄은 알 것이다.

정해진 장소에 도착했지만 역시 히노모토의 입구 부근은 병사들이 엄중히 지키고 있어서 들키지 않고 들어가기는 지극히 어려워 보였다.

"대장님, 양동 부대의 준비가 끝났습니다."

그때, 다른 문 앞에서 대기 중인 부대로부터 연락이 왔는지 조금 떨어진 곳에 있던 하야테 씨에게 부하가 그렇게 전했다.

보고를 들은 하야테 씨는 고개를 끄덕이고 멤버들을 둘러보며 입을 열었다.

"양동 부대가 신호하면 우리도 히노모토에 들어간다. 안에는 엄중하게 배치된 경비병들이 있겠지만 혼란을 틈타 단숨에 토와로 향한다. 호위 부대는 앞장서서 길을 터주길 바란다."

하야테 씨의 말에 나를 포함한 모두가 고개를 끄덕였다.

신호를 기다리라고 지시하고서 모두를 앉힌 후에 하야테 씨가 내게 다가왔다.

그리고 불안한 얼굴로 말을 꺼냈다.

"우사토. 만약 진야와 전투하게 되면 포위당하지 않게 조심해."

"네, 알고 있어요."

"진야는 마법을 쓰지 않는 싸움을 좋아하는 무인이야. 마법이 필요 없는 건 그가 축복받은 체격을 가진 곰 수인이고 그 신체 능력도 매우 높기 때문이지."

확실히 그 커다란 몸으로 가하는 일격이라면 나도 직격은 피해야 할지도 모른다.

"그리고 그 녀석의 특기인 검술은 칸나기 님의 기술을 토대로 만들어진 유파의 검술이야. 아무리 너라도 예지마법과 검술을 조합한 공격을 피하기는 어려울 거야."

칸나기 님이라면 선대 용사와 수인족의 만남을 이끈 힘센 여성이었지?

그런 사람이 만든 검술을 다루는 상대를 얕볼 수 있을 리가 없다. 사실 카가리 씨의 이야기를 듣고 난 뒤로 칸나기라는 인물의 이미지가 로즈만큼 무서운 여성으로 고정되어 있었다.

"린카를 두고 오길 잘했어. 이런 싸움에 그 아이를 참가시킬 수는 없지."

"오고 싶다고 했었죠."

"하지만 납득해 줘서 다행이야. 평소의 그 아이라면 난동을 부려서라도 따라오려고 했을 테니까."

히노모토로 출발할 때, 배웅하러 나온 사람들 중에 린카가 있었다.

처음에는 「나도 아마코를 구하러 가고 싶어!」라며 필사적인 얼굴로 호소했지만 하야테 씨와 카가리 씨가 설득하자 마지못해 포기해 주었다.

그때 그녀는 준비 중이던 내게 이렇게 말했다.

『우사토, 반드시, 반드시 아마코를 구해 줘야 해! 난 여기서 기다리고 있을 테니까!』

그 말에 나는 힘 있게 고개를 끄덕였다.

그런 일을 거치고 우리는 지금 이곳에 있었다.

하야테 씨도 나와 똑같은 일을 떠올렸는지 감회에 잠긴 표정을 지었다.

"린카도 성장했구나……."

"예전에는 좀 더 말괄량이였나요?"

"지금도 그렇긴 하지만, 생각하기 전에 움직이는 걸 좋아하는 아이니까. 예전 같았으면 억지로라도 따라오려고 했을 거야. 그러지 않은 건 그 아이가 널 믿기 때문이겠지."

"그, 그럴까요?"

뭐, 린카 앞에서 아마코를 구하겠다고 선언해 버렸으니까.

그 말을 번복할 생각은 절대 없지만, 린카의 아빠인 하야테 씨에게 이런 말을 듣는 것은 왠지 쑥스러웠다.

순간, 문득 궁금한 점이 떠올라서 작전이 개시되기 전에 물어보았다.

"하야테 씨, 아내분은 괜찮으신가요?"

"아내는 일 때문에 히노모토를 떠나 있어. 결과적으로 잘된 일이지만, 돌아온 뒤가 무섭네……. 하아, 정말 무섭다……."

크게 한숨을 쉰 하야테 씨에게서 애수가 감돌았다.

어느 세계에서든 여성은 강하구나.

그때, 뭔가 빛나는 것이 하늘로 쏘아졌다.

"……때가 됐나."

큰 소리와 함께 터진 그것은 양동 부대가 쏜 마법이었다.

"신호다. 다들 가자!"

그것을 계기로 전원이 일어나 조용히 문으로 향했다.

경비병은 마법에 정신이 팔려서 이쪽을 보고 있지 않았다.

좋아, 실력을 알리는 의미에서 내가 나서기로 할까.

"하야테 씨, 저들은 제가 진압할게요."

"뭐? 괜찮겠어?"

"네. 하지만 만일의 경우도 있으니 여차하면 엄호를 부탁드려요."

경비병은 총 여섯 명. 나는 건틀릿에 치유마법탄을 생성하며 빠르게 뛰쳐나갔다.

"뭐야?!"

일제히 돌아본 병사들이 즉각 무기를 들었다.

우선 이쪽을 겨눈 활을 치유마법탄으로 맞혀 떨어뜨렸다.

"우왓?!"

"이게……!"

이어서 찔러 들어온 창끝을 건틀릿으로 가볍게 막고 단숨에 병사에게 파고들어 팔을 잡은 뒤 이쪽으로 무기를 겨누려는 다른 네명의 병사를 향해 그대로 휘둘렀다.

그리고서 마지막으로 아까 활을 떨어뜨린 병사에게 던졌다.

"괴, 괴무, 으억?!"

뭔가 말하려고 했던 것 같지만 나는 신경 쓰지 않는다.

그렇게 병사 여섯 명이 쓰러졌지만 치유마법 덕분에 다친 사람은 아무도 없었다.

"……좋아."

역시 집단전은 치유 메치기가 효과적이네. 힘 조절만 제대로 하면 확실하게 기절시킬 수 있다.

안전을 확인하고 뒤로 신호를 보내자 질겁한 하야테 씨 부대가 가까이 다가왔다.

"우사토."

"네."

"너 사실 사자 수인이나 뭐 그런 거 아니야?"

날 인간이라고 생각할 수 없다는 뜻으로 받아들이면 될까요?

내가 어색하게 웃자 제정신을 차린 하야테 씨가 허둥지둥 뒤돌아 멍하니 있는 부하들에게 말했다.

"이, 이게 우사토의 실력이다! 의심하는 자는 더 없겠지?!"

"""오, 오오!"""

하야테 씨의 외침에 새로이 기합을 넣은 부하들은 호응하듯 외치고서 내가 있는 문 쪽으로 다가왔다.

"기다려. 아마코."

반드시 구하겠어.

괴물이네 인간이 아니네 하는 소리를 듣는 나지만 이번에는 악마처럼 마음을 독하게 먹고 최단 루트로 돌진할 생각이었다.

내 평판이 얼마나 나빠지든 상관없다. 그보다도 지금까지 함께 여행한 동료를 잃는 것이 훨씬 싫었다.

그렇게 각오를 다진 나는 치유마법을 담은 주먹을 단단히 움켜쥐고 앞으로 나아가기 시작했다.

***

토와는 예지마법을 가진 사람들을 위해 만들어졌을 터였다.

예지마법을 토와에 옮겨 담아, 제한된 장소에서 생활해야만 하는 예지마법사가 자유롭게 살 수 있도록 엄마가 심혈을 기울여 만든 마도구였다.

엄마는 분명 내가 자유로운 인생을 살기를 원했을 것이다.

관습에 얽매이지 않는 자유로운 인생.

나라를 떠날 수 없는 신분으로부터의 해방.

평범한 사람들이 사는 당연한 인생을 살기를 진심으로 바랐다.

하지만 이 남자가 엄마의 바람을 짓밟았다.

감금당하던 방에서 나온 나는 진야와 호위병들에게 둘러싸여 어떤 곳으로 끌려갔다.

네아는 방에 두고 온 척했지만 지금도 어딘가에서 나를 보고 있을 터다.

끌려온 곳은 큰 광장이었다.

원래는 축제나 행사 등으로 많은 사람들이 모이는 장소지만, 오늘은 그 중심에 오두막보다 한층 더 큰 네모난 상자 형태의 검은색 물체와 그 주변에서 마도구를 조작 중인 연구원으로 보이는 사람들이 몇 명 있었다.

"봐라, 아마코. 이게 토와다."

검은 상자 안에는 사람이 들어갈 만한 공간이 있었다.

토와를 빤히 보고 있는 내게 진야가 기분 좋은 모습으로 말을 걸어왔다.

"다시는 깨지 않는 잠에 빠진다고는 하지만 엄마와 똑같아지는 거다. 너도 바라는 바겠지?"

"……마지막으로 질문이 있는데."

"뭐지?"

지금 하려는 질문은 아주 약간의 의문이 담긴 단순한 확인이었다.

대답을 듣기 전에는 이 일을 진행시킬 수 없었다.

"사실은 2년 전에 누가 토와에 예지마법을 옮길 예정이었어?"

예상치 못한 질문이었는지 진야가 눈을 크게 뜨고서 입을 다물었다.

잠시 침묵한 후, 그는 부하에게 물러나라고 눈짓했다.

부하가 사라진 것을 확인한 그는 엷게 웃었다.

"좋다. 마지막으로 가르쳐 주마. 네가 예상한 대로 원래는 너의 예지마법을 옮길 예정이었다."

"……만약 완성된 토와에 내 마법을 옮겼더라도 나는 그저 예지마법만 잃었을 터. 당신은 엄마에게 무슨 짓을 한 거야?"

"……똑똑하군. 근소한 정보만으로 거기까지 다다랐나."

진야는 놀란 모습을 보였지만 엷은 웃음은 사라지지 않았다.

시선 끝에 있는 토와를 응시한 진야는 과거를 회상하며 입을 열었다.

"카노코의 연구는 틀림없이 성공했다. 하지만 그 연구 과정에서 나는 우연히 어떤 사실을 알게 됐지. 토와로 옮겨진 마법을 그대로 또 다른 이에게 옮길 수 있다는 사실을 말이야."

……그렇게 된 건가.

토와를 사용해 다른 사람에게 마법을 옮길 수 있었구나.

"예지마법을 토와로 옮기더라도 마법은 토와라는 한정된 장소에서만 쓸 수 있다. 그러나 타인에게 예지마법 자체를 옮기면 언제 어디서나 예지마법을 다룰 수 있지."

"하지만 엄마가 그걸 눈치채지 못했을 리가 없어."

"그래, 그렇기에 카노코는 토와가 악용되지 않도록 그 사실을 숨겼다. 소용없는 짓이었지만. 그 사실을 안 나는 연구원을 매수하여 비밀리에 토와를 다시 만들라고 지시했지."

알고 있었다.

이 남자가 그런 짓을 하는 비열한 인물임을……

머리로는 알고 있었지만 화를 참지 못하고 진야를 노려보았다.

진야는 내 시선 따위 신경 쓰지 않으며 조소했다.

"하지만 그 여자는 눈치챘어. 예지마법으로 내 계획을 안 카노코는 곧장 토와의 기능을 원래대로 되돌리려고 했지만 이미 토와는 손쓸 수 없는 수준까지 완성되어 있었지."

"……"

"쓸데없는 짓을 못 하도록 카노코에게 감시를 붙여서 움직임을 제한했었는데……"

거기서 일단 말을 끊은 진야는 어이없어하며 고개를 가로저었다.

"그쯤 하면 보통은 포기했을 테지만 그 여자는 예상치 못한 행동에 나섰어. 놀랍게도 감시를 빠져나와 토와를 억지로 폭주시켜서 파괴하려고 했지. 짜증나게도 말이야. 그때는 당황했지만, 이때 카노코도 생각지 못한 오산이 발생했어."

그렇게 말한 진야는 자신을 가리켰다.

"폭주했어도 토와는 제대로 발동한 거야. 폭주하는 토와와 우연히 가장 가까이 있었던 내게 카노코의 예지마법이 깃들었지. 당초 목적이었던 너의 예지마법은 손에 들어오지 않았지만 나는 원하던 걸 입수할 수 있었어. 그리고 유일하게 내 계획을 알고 있던 카노코도 그날 이후로 깨어나지 않게 됐지. 즉, 너희 엄마가 한 일은……."

심장이 떨렸다.

"전부 소용없는 짓이었다는 거다."

이 사람만큼은 절대 용서해선 안 된다.

나를 내려다보며 말을 내뱉은 진야는 근위병들을 다시 불러들여 나를 토와 앞까지 끌고 가게 했다.

"이번에는 너다. 역대 때를 읽는 자 중에서 가장 뛰어난 예지마법을 가진 네가 있다면 우리는 더욱 강대한 힘을 가질 수 있어."

진야는 토와 안으로 들어가라며 내 등을 툭 쳤다.

말없이 들어간 토와의 내부는 바깥과 똑같이 새까만 공간이었고, 블록이 깔린 바닥 위에 의자가 있었다.

의자에는 구속구와 머리에 쓰는 모자 같은 것이 놓여 있었다.

"앉아라."

토와 밖에서 들려오는 진야의 목소리에 주저하며 의자에 앉자, 연구원 한 명이 내 사지에 구속구를 채워 나갔다. 그 과정을 말없이 바라보다가 고개를 숙였다.

역시 무섭다.

아무리 마음을 굳게 먹으려고 해도 공포가 마음속 깊은 곳에서 솟아났다.

그래도 울지 않는 것은 그가 구하러 올 것을 믿기 때문이었다.

"쓸데없는 희망에 매달려도 소용없다. 동료는 도망쳤다. 널 두고 말이야."

틀렸다. 그럴 리가 없다.

"인간은 그런 존재야. 자신의 안전이 위험해지면 바로 도망치는 겁쟁이 종족이다."

나는 알고 있다.

위험조차 마다하지 않고 누군가를 구하기 위해 애쓰는 그 뒷모습을……

"……아아, 그랬지."

그 사람은 누가 말리든, 어떤 상대가 저지하든 줄곧 돌진해 왔다.

그런 그가 약속을 깨는 일은 절대로 없다.

"후후……"

그리고 지금, 보였다.

"하고 싶은 말은 그게 다야?"

"뭐?"

"토와도 완성시켰고, 준비는 충분해……. 이제 됐어. 나는 이미 구조되었으니까."

이 자리에 없는 누군가에게 말하는 내게 진야는 기분 나쁜 것을 보는 듯한 시선을 보냈다.

하지만 이제 와서 이변을 눈치채봤자 늦었다.

당신의 계획은 옛날 옛적에 파탄 나 있었다.

"대체 무슨……."

"지, 진야 님!"

"뭐냐?!"

한 병사가 낯빛을 바꾸고 달려오자 진야는 언성을 높이며 돌아보았다.

병사는 겁먹은 표정으로 보고를 시작했다.

"습격입니다! 하야테 님이 많은 부하들을 이끌고서 쳐들어왔고, 심지어 어째선지 아군이 돌연 배반하여 온 나라가 대혼란에 빠졌습니다!"

"뭐라고?!"

"게, 게다가, 요전번에 붙잡았었던 인간이 믿을 수 없는 움직임으로 병사들을 차례차례 제압하고 있습니다! 그, 그건 인간일까요?! 인간 측의 새로운 병기일지도―."

"멍청한 소리 마라! 병사들을 모아서 머릿수로 제압해!"

"그, 그것이, 이미 바로 코앞까지……."

표정을 굳힌 진야는 연구원 한 명이 내 구속을 멋대로 풀고 있음을 알아차렸다.

"네놈, 뭐 하는 거냐!"

"……죄송합니다. 명령이기에."

진야의 호통에 연구원은 공허한 눈으로 그렇게 대답했다.

"명령?! 나 말고 누가 네게 명령을 내린다는―."

"그야 내가 내리지."

"……!"

뒤에서 들린 목소리에 진야가 고개를 돌리자 그곳에는 어느새 흑발 적안의 소녀, 네아가 근위병들 한복판에 서 있었다.

이미 조종당하고 있는지 그녀 주위에 있는 근위병들의 표정은 어딘가 공허했다.

"누구냐! 수인은 아니군……. 내 부하들에게 무슨 짓을 한 거지?!"

"응~? 아직도 모르겠어? 그럼, 에잇."

네아가 가볍게 손가락을 흔들자 진야 곁을 따르던 근위병 한 명이 돌연 진야의 머리를 노리고 검을 내리쳤다.

예지로 그것을 눈치챘는지 진야가 병사를 후려쳐서 날려 버렸지만 그 표정에는 여유가 없었다.

진야에게 덤벼든 병사를 다른 병사가 제압했으나 이번에는 그중 한 명이 공허한 눈으로 그들에게 달려들면서 대혼란을 초래했다.

"뭐, 뭐야! 무슨 일이 벌어지고 있는 거야?!"

순식간에 붕괴되어 가는 부하들의 모습을 보고 진야가 분노에 차 외쳤다.

그 꼴을 네아는 기분 좋게 바라보았다.

"그래. 당신의 예지는 정말 그 정도구나. 결국은 빌린 힘. 그래서 미래도, 현재조차도 보이지 않아."

"읏, 네 이년……!"

"나는 믿고 있었어, 이 미래를."

구속이 전부 풀린 것을 확인한 나는 토와에서 나왔다.

순간 네아와 시선이 마주쳤지만 그녀는 평소와 다른 온화한 미소를 지은 채 앞길을 재촉했다.

"고마워, 네아."

"감사 인사는 됐으니까 얼른 가."

"멈춰!"

도망치려 하는 내게 진야가 손을 뻗었다.

이 거리라면 나는 허무하게 붙잡히고 말 것이다.

하지만 나는 조금도 당황하지 않았다.

왜냐하면 나는 이미 봤으니까.

그가 와 주는 미래를…….

"아마코!"

그 목소리와 함께 진야의 커다란 몸이 옆으로 날아가고 누군가가 나를 안았다.

내 이름을 부른 목소리를 들으니 나도 모르게 눈물이 날 것 같았다.

"아아……."

하고 싶은 말이 잔뜩 있지만 그걸 전부 말해 버리면 나는 아마 울어 버릴 것이다.

울어서 그를 곤란하게 만들어 버릴 것이다.

하지만 딱 한마디……. 한마디라면 괜찮겠지.

지키듯 나를 끌어안은 그, 우사토에게 용기를 쥐어짜 입을 열었다.

"우사토."

"응?"

"나와 함께 있어 줘서, 고마워."

이런 긴박한 순간에 어울리지 않는 말이라고 스스로도 생각하지만, 그래도 우사토는 평소처럼 웃어 주었다.

악마도 괴물도 아닌, 내가 가장 잘 아는 그의 웃는 얼굴을 보니 또 눈물이 차올랐지만 필사적으로 참았다.

뒷말은 부끄러운 나머지 말할 수 없었다.

하지만 언젠가 소리 내어 전하고 싶다.

『나와, 앞으로도 함께 있어 줘』라고……

제10화 대결! 우사토 대 진야!

기세 좋게 진야를 날려 버리고 나를 끌어안아 보호한 우사토는 나를 안은 채 바로 옆으로 뛰었다.

다음 순간, 그가 있던 곳에 대검이 박히며 모래 먼지가 크게 일었다.

시선 끝에는 분노한 형상으로 이쪽을 노려보는 진야가 있었다.

"네 이노오오옴!"

"아마코, 꽉 잡아!"

"이미 잡고 있어."

목에 팔을 두르는 형태로 매달린 나를 확인하고 건틀릿을 전개시킨 오른팔을 내게서 뗀 우사토는 찔러 들어오는 진야의 칼끝을 주먹으로 튕겨 냈다.

이어서 대각선으로 목을 베려는 예리한 참격이 가해졌지만 우사토는 순간적으로 건틀릿에서 마력을 파열시켜 그 기세를 이용해 후퇴했다.

"이걸 피하다니! 웃, 아직이다!"

"온다!"

진야는 커다란 몸집에 어울리지 않는 민첩한 동작으로 우사토에게 검을 휘둘렀다.

예지마법으로 우사토의 움직임을 읽은 공격이지만 지금 그의 품안에는 내가 있었다.

진야를 웃도는 예지마법으로 공격을 미리 파악하고 그것을 우사토에게 전했다.

"왼쪽 아래에서 쳐올리는 공격, 모래를 차서 시야 봉인……. 반격해도 괜찮아."

"오케이!"

내 말에 우사토는 치유마법을 두른 주먹을 날렸다.

주먹은 진야의 팔에 막혔지만 그 기세로 거리가 생겼다.

마침내 한숨 돌린 우사토는 나를 지면에 내리고 진야와 마주 보았다.

"왜 네가 여기 왔지?! 얌전히 도망이나 칠 것이지!"

"그러지 않을 이유가 저희한테 있으니까요."

냉정하게 대답한 우사토는 진야의 뒤쪽으로 시선을 보냈다.

진야의 뒤에는 네아가 조종했던 근위병이 피를 흘리며 쓰러져 있었다. 조금 전의 혼란으로 다친 것이리라.

그것을 본 우사토는 치유마법탄을 만들어 쓰러진 병사에게 던졌다.

병사에게 명중한 치유마법탄이 몸 전체에 퍼지자 고통에 일그러졌던 얼굴이 평온해졌다.

"너무 상냥하셔서 구역질이 나는군. 적에게 조종당하는 저딴 짐짝 따위 필요 없지만 말이야."

진야의 말에 우사토의 눈초리가 사나워졌다.

하지만 진야는 그런 우사토의 분위기를 눈치채지 못한 채 검을 들었다.

"진야!"

그때, 갑옷을 입은 하야테 씨가 이쪽으로 왔다.

그 뒤에서는 아르크 씨가 하야테 씨에게 달려드는 병사를 막고 있었다.

"이번에는 너야, 하야테."

숨을 고른 하야테 씨는 땀을 닦으며 입을 열었다.

"진야, 이제 포기해. 네 계획은 무너졌어."

내가 구출되면서 진야의 계획은 좌절되었다.

애당초 계획 수행에 필요한 연구원들이 네아의 수중에 떨어진 시점에서 실패로 끝날 것은 정해져 있었다.

그러나 하야테 씨의 말에 진야는 차갑게 대답했다.

"거절하지."

"넌 이걸 보고서 아무 생각도 안 드는 거냐?!"

하야테 씨가 가리킨 뒤쪽에서는 진야의 부하들과 하야테 씨의 부하들이 싸우는 광경이 펼쳐지고 있었다. 하지만 병사들의 얼굴에 분노는 없었고, 그저 슬픔과 망설임이 떠올라 있었다.

깊은 숲속에서 평화롭게 지내던 수인족 간의 무의미한 싸움이었다.

"이건 내가 일으킨 싸움이야! 하지만 그래도 말해야겠어! 진야, 여기 있는 모두는 싸움을 바라지 않아! 네가 인간과 싸우기를 포기해 주기만 하면……."

"어리석은 질문이군. 나는 내 숙원을 완수하기 위해 여기 있다."

"어째서……. 무엇이 널 그렇게까지 싸움으로 내모는 거야……?"

"반대로 묻지. 왜 넌 참고 있을 수 있는 거지?"

"뭐……?"

"인간은 우리 종족을 핍박해 왔다. 오랫동안 수인은 가축처럼 취급받았어. 지금도 수인을 노예로 사고파는 일이 횡행하고, 수인이라는 이유만으로 돌을 맞지. 그런 취급을 받으면서 너는 계속 참을 수 있는 건가?"

"확실히 인간에게 심한 취급을 받는 수인도 있어. 하지만 그렇다고 카노코와 아마코의 인생을 뺏어도 될 이유가 되진 않아. 넌 네가 무슨 말을 하고 있는지 알고 있는 거야? 네가 취한 수단은 네가 그렇게 깔보고 있는 인간과 똑같아!"

잠시 침묵한 끝에 진야가 대답했다.

"예지마법은 싸움에 쓰여야만 해. 역대 때를 읽는 자들이 지금까지 무슨 큰일을 했나? 안 했잖아. 그렇기에 도움이 안 되는 때를 읽는 자에게서 힘을 박탈하여 더욱 뜻깊은 방식으로 써야 하는 거다."

확실히 때를 읽는 자들은 지금까지 큰 공적을 올리지 않았지만, 그건 수인족에게 큰 재앙이 닥치는 일 없이 평화롭게 살아왔기 때문이었다.

그것을 잊고 그 방식을 비틀려 하는 것은 어떻게 생각해도 이상했다.

하야테 씨는 현기증이 난 것처럼 눈가를 짚었다.

"……아아, 겨우 알았어. 네가 예지마법에 집착하는 이유도, 싸움에 집착하는 이유도 겨우 이해했어. 너는…… 예지마법을 사용해서 그저 힘을 쓰고 싶을 뿐이야. 그럴싸한 이유를 들어 자신이 옳다고 맹신하고 있어. 그래서 나와 너의 대화는 이다지도 먼 거야."

하야테 씨의 말에 진야는 침묵으로 일관했다.

하야테 씨는 고개를 들고 조용히 분개하며 목소리를 짜냈다.

"진야, 넌 남에게서 강탈한 예지마법이라는 장난감을 자랑하는 어린아이야. 그걸 과시하고 싶어서 주변 사람들을 끌어들였어. 그게 얼마나 이기적이고 어리석은 짓인지 알아?"

"……하고 싶은 말은 다 했나?"

"그래, 다 했어. 나는 이제 널 벗이라고 부르지 않을 거다."

"그런가……. 하지만 아직 끝나지 않았다. 배신자들을 전부 베어 버리고 아마코를 다시 토와에 넣으면 돼."

진야가 무슨 일이 있어도 싸우겠다는 뜻을 보이자 하야테 씨는 슬프게 눈을 내리뜨고 우사토의 어깨에 손을 얹었다.

"우사토, 미안하다. 지금이 진야를 막을 수 있는 마지막 기회였는데…… 말리지 못했어."

"괜찮아요. 그보다도 진야 씨는 저를 죽이기 위해 싸움을 걸어올 거예요. 휘말리지 않게 물러나 계세요."

"정말 미안하다. 아마코, 너도 안전한 곳으로 이동하자."

하야테 씨가 그렇게 말했지만 나는 고개를 가로저었다.

지금 이 나라는 분명 어딜 가든 혼란스러워서 안전한 장소 따위 찾을 수 있을 리가 없을 터였다. 내게 가장 안전한 장소가 어디인지는 이미 알고 있었다.

"난 우사토와 함께 있을 거야. 이곳이 가장 안전하니까."

"……그런가. 그럼 우사토, 나는 병사들을 진압하러 갈 테니 저 고집불통을 때려눕혀 줘. 저 녀석의 친우였던 자로서 부탁하마."

"네, 맡겨 주세요."

고개를 끄덕인 우사토를 본 하야테 씨는 뒤돌아 자리를 떴다.

남은 것은 병사들을 조종하는 네아와 우사토와 나, 그리고 검을 든 진야뿐이었다.

"아마코, 내 근처에 있어도 괜찮겠어?"

"괜찮아. 우사토는 절대 지지 않을 거라고 믿으니까."

"하하하, 그런가. 그럼 질 수 없겠네."

그런 대화를 나눈 뒤, 나는 우사토 뒤로 이동했다.

우사토를 노려본 진야는 아까보다도 날카로운 위압감을 뿜어냈다.

"널 죽이고 다시 한 번 토와를 기동시키겠다. 그리고 최강의 부대로 인간들에게 제재를 가할 것이다."

"그렇다면 저는 구명단원으로서 당신을 막겠어요."

우사토의 입에서 나온 구명단이라는 단어에 진야는 깜짝 놀랐다.

"구명단……? 그랬군. 링글 왕국의 치유마법사라는 말에 뭔가 마음에 걸렸는데, 넌 그 나라의 괴짜 집단 중 한 명이었나."

"확실히 괴짜 집단이지만……."

은근히 낙심한 우사토를 내버려 둔 채 진야는 검을 내리고 경박하게 웃었다.

진야의 수상한 움직임을 경계한 나는 좀 더 깊이 예지했고, 지금부터 일어날 전개에 얼굴이 파래졌다.

멍청한 짓을 저지르기 전에 막아야 했다!

"우사토, 진야의 말을 들으면 안 돼!"

"뭐? ……웃, 아마코, 물러나!"

우사토가 날 뒤로 밀어낸 뒤 곧바로 「키잉!」 하고 귀에 거슬리는 소리가 울렸다.

"갑작스럽네요……!"

고개를 드니 진야가 위에서 내리친 검을 우사토가 건틀릿으로 막고 있었다.

칼날을 쑤셔 넣듯 체중을 실어 우사토에게 얼굴을 가까이 가져다 댄 진야가 입을 열었다.

"링글 왕국에는 용사가 있다지? 그것도 꽤 강하다는 평판의 두 용사가."

"웃!"

진야가 스즈네와 카즈키를 거론하자 우사토가 눈을 크게 떴다.

진야는 그대로 우사토에게 검을 밀어붙이며 추격타를 가했다.

"용사는 우리 수인에게 큰 의미를 가진 존재다. 인간에게 박해받고 마족과 싸워야 했던 용사는 수인족을 구했지. 그런 용사도 지금은 인간들의 허울뿐인 칭호로 전락했어!"

사람의 신경을 건드리는 말투에 우사토는 표정을 굳혔다.

그 틈을 노리고 진야가 검을 휘둘렀지만 그래도 우사토의 방어를 무너뜨리지는 못했다.

"너희 인간은 자신들이 했던 짓도 잊고서 손바닥을 뒤집어 용사를 숭상하고 있지! 이 얼마나 추악하고 어리석으며 구제할 길이 없는 족속인지!"

"……!"

"용사의 이름을 사칭하는 인간은 전부 분수를 모르는 어리석은 놈들뿐이다! 각오도, 힘도 전부 미숙한 주제에 용사는 무슨!"

우사토의 오른손에서 우두둑 소리가 났다.

그의 머릿속에는 미아라크에서 함께 싸웠던 얼음을 다루는 용사의 모습이 떠올라 있을 터였다.

고민하고 괴로워하다가 마지막에 자신이 가야 할 길을 발견한 그녀를 폄하하는 말에 우사토는 조용히 분노하고 있었다.

"링글 왕국에 소속된 두 용사. 너희 링글 왕국 놈들에게는 분명 중요한 존재겠지?"

"……!"

"정곡을 찔렀나."

동요한 우사토의 반응을 보고 진야가 희미하게 웃었다.

움직임이 둔해진 우사토에게 발차기를 날려 거리를 벌린 진야는 히죽 웃고서 찌르기 자세를 취했다.

"인간들과의 싸움에서 내가 가장 먼저 할 일은 정해져 있다!"

그는 그대로 커다란 몸만 봐서는 상상도 안 될 만큼 빠른 속도로 찔러 들어왔다.

아무리 우사토라도 정통으로 맞는다면 치명상을 면할 수 없을 일격이었다.

"용사의 이름을 사칭하는 인간들을 잡아다가 무참하게 죽이는 것—."

"닥쳐."

차가운 목소리가 들린 순간, 우사토는 건틀릿을 낀 오른손으로 찔러 들어온 검을 붙잡고 칼등 부분에 왼손을 내리쳐서 그대로 두 동강을 냈다.

"—허?"

너무나도 허무하게, 심지어 맨손에 철제 검이 부러지자 진야는 자신의 무기를 보고서 멍청한 소리를 냈다.

이 결말은 예지마법으로 알고 있었다.

진야는 우사토를 동요시켜 틈을 노리려고 했지만 오히려 그것이 우사토의 분노에 불을 붙이는 결과가 될 것임을…….

우사토가 분노에 지배되는 경험을 겪지 않았으면 해서 진야의 말을 막으려고 했지만 한발 늦고 말았다.

"네, 네놈……!"

동요하는 진야를 우사토는 차가운 눈으로 보았다.

그 눈빛을 견딜 수 없었는지 착란 상태에 빠진 진야가 부러진 검을 들고 덤벼들었다.

"읏, 이, 괴물 놈이이이이!"

"······하아."

한숨을 쉰 우사토는 칼자루를 쥔 진야의 손을 쳐서 검을 땅에 떨어뜨렸다.

"내, 내 예지가······."

"당신은 예지에 너무 의존해. 그래서 내 움직임을 쫓아오지 못해."

예지가 없어도 쫓아갈 수 없을 거라고 내심 지적했다.

우사토는 그대로 주먹을 단단히 움켜쥐고 진야에게 휘둘렀다.

"끄으으!"

간신히 예지마법으로 알아차렸는지 진야가 양팔로 방어했지만, 그의 거구는 위로 비스듬하게 날아갔다.

그러나 우사토의 공격은 거기서 끝나지 않았다.

날아가는 진야를 응시한 그는 그 자리에서 건틀릿을 낀 주먹을 뒤로 쭉 빼고 마력을 담았다.

하지만 이어서 우사토가 날린 공격은 예지로 본 나조차 의미를 알 수 없는 것이었다.

"무방비한 공중에서는 방어할 수 없겠지."

10미터쯤 떨어진 지면으로 낙하하는 진야를 향해 주먹을 내지른 순간, 공기가 터지는 소리와 함께 공중에 있는 진야의 몸이 한층 더 날아갔다.

"윽, 으아아아아!"

이번에야말로 지면에 낙하한 진야는 그대로 굴러갔다.

살펴보니 그의 복부에 또렷하게 주먹 자국이 남아 있었고, 거기

서 치유마법의 빛이 연기처럼 퍼지고 있었다.

"……어?"

나는 무심코 멍청한 목소리를 내고 말았지만, 제정신을 차리고 다시 봐도 무슨 일이 일어났는지 이해할 수 없었다.

"그렇군. 위력을 억눌러서 이런 식으로 쓰면 되는 건가. 접근해서 때리는 것만이 치유 펀치는 아니니까. 치유 캐논은 가명이니…… 비권(飛拳). 응, 치유 비권이라고 명명하자."

"우, 우사토……?"

조심조심 그를 부르자 우사토는 평소처럼 이쪽을 돌아보았다.

하지만 이내 자기혐오에 빠진 것처럼 이마를 짚고 울적해했다.

"하아아아……."

"괘, 괜찮아?"

"다치진 않았어. 하지만 그런 싸구려 도발에 넘어가다니, 내가 얼마나 미숙한지 자각했어. 선배와 카즈키를 걸고넘어지니까 피가 거꾸로 솟아서 냉정히 판단할 수 없게 됐어……. 검을 부러뜨렸을 때 정신을 차리긴 했지만 불필요하게 진야 씨에게 고통을 주고 말았어."

정말로 정신을 차렸던 것인지 의심한 내게 잘못은 없다고 생각한다.

얼굴이 엄청나게 무서웠는걸.

"진야는 괜찮아?"

"아까 그 공격은 불완전한 계통 강화니까 평범한 치유마법보다 치유력은 높아. 걱정하지 않아도 돼."

"응. 우사토가 이상하다는 건 알았어."

"엥?"

하지만 결과적으로 진야의 자폭으로 끝났다.

진야가 쓰려고 한 수단은 최악의 부류였기에 솔직히 속이 다 후련했다.

"바, 방금 그건 뭐야?!"

내 기분을 대변하듯 네아가 우사토에게 따졌다.

"명백하게 주먹이 닿지 않는 곳에서 뭔가를 날렸지?! 심지어 끔찍한 위력으로 진야의 몸이 날아갔는데?!"

"필생 오의『치유 펀치 제1형, 비권』. 별명『치유 비권』. 네아, 이게 바로 신기술인 날아가는 치유 펀치야."

"완전 미쳤어! 왜 너는 잠깐 눈을 떼면 이상한 기술을 만드는 거야?! 그보다『제1형』이라니, 제2형이나 제3형도 있는 거야?!"

"다른 건 생각만 하고 바로 봉인했어. 너무 위험하니까."

"무서워!"

네아의 얼굴이 새파래졌다.

나도 똑같은 기분이었지만 우사토니까 어쩔 수 없다며 포기했다. 일일이 지적하다가는 이쪽이 못 버틴다.

문득 주위를 보니 나라의 권력자이자 실력자이기도 했던 진야가 쉽사리 당한 것에 싸우고 있던 주위 병사들도 움직임을 멈춘 상태였다.

개중에는 안도하며 무기를 손에서 놓는 사람도 있었다. 역시 원해서 싸우던 것은 아니었던 모양이다.

"네아, 조종했던 사람들은?"

"전부 재워 뒀어. 물론 기절시킨 사람들을 옮긴 다음에."

광장 끝자락을 보자 기절한 근위병과 연구원들이 눕혀져 있었다. 크게 다친 사람은 없는 듯했다.

내심 안도하고 있으니 광장 입구 쪽에서 아르크 씨, 블루링, 하야테 씨가 달려오는 것이 보였다.

진야가 쓰러졌음을 알고 온 것이다.

그들에게 손을 흔들며 나는 우사토에게 말했다.

"우사토가 날 도와줘서 정말 다행이야."

"그야 당연히 도와야지. 소중한 동료가 붙잡혔는데."

"아니, 그게 아니야."

나는 몇 달 전의 기억을 떠올렸다.

처음에는 절망의 미래를 바꿔 줄 구세주였다.

다음에는 내 부탁을 들어주는 상냥한 사람이…….

그다음에는 함께 있으면 마음이 편해지는 사람이 되었다.

"처음 만났던 날에는 이런 기분이 들 줄 생각도 못 했지만……. 난 지금까지 우사토와 함께 여행하면서 정말 즐거웠어."

힘들고 불편한 일도 많이 있었다.

하지만 그 이상으로 즐거웠다.

줄곧 혼자였던 내가 누군가와 함께 뭔가를 하는 기쁨을 얻었다.

그것은 둘도 없을 보물이 되었다.

"그래서 나는…… 앞으로도……."

이어서 입을 열려고 했지만 말이 잘 나오지 않았다.

어떻게든 용기를 내서 목소리를 쥐어짜려고 했을 때— 갑자기 우리와 아르크 씨 일행 사이를 가로막듯 불길이 쏟아져 내 말을 차단했다.

"뭐지?!"

타오르는 불길이 물 흐르듯 이동하여 광장 전체를 벽처럼 에워쌌다.

일렁이는 불길 너머에서는 아르크 씨가 나나 네아처럼 경악한 표정을 짓고 있었다.

순간적으로 우사토의 얼굴을 돌아봤을 때, 나는 우사토가 불길이 아니라 다른 것을 보고 있음을 깨달았다.

"우사토……?"

"아아, 너랑 또 만날 거라고 내심 예감하고 있었어."

"이런 우연이. 나도 똑같이 생각했어. 사실 우리가 개입하는 건 있을 수 없는 일이었지만 말이야."

"읏!"

검은 의상을 입은 마족 남자.

그 녀석이 우사토와 시선을 마주하고 있었다.

"이 불길은 네 짓인가?"

"아니, 내 부하. 여기 뻗어 있는 수인과 너한테 볼일이 있어서 잠

201

깐 시간 좀 벌어 달라고 했어."

마족 남자는 진야와 우사토를 가리키며 그렇게 말했다.

이건 평범한 불길이 아니었다. 상당한 마력이 담겨 있었다.

"나한테 무슨 볼일이지?"

"그 전에……. 역시 두 번째로 만났으면 자기소개는 필요하잖아? 언제까지고 정체불명의 존재처럼 굴어 봤자 별수 없으니까."

무방비하게 웃으며 손뼉을 친 남자는 마치 친구에게 인사라도 하듯 자신을 가리켰다.

"만나서 반가워, 링글 왕국의 치유마법사. 나는 마왕군 제2군단장, 코가 딩갈. 자, 네 이름을 가르쳐 줄래?"

그때 내 머릿속에 예전에 본 예지의 내용이 스쳤다.

이 남자가 바로 예지 속에서 우사토와 싸웠던 상대였다.

🌸제11화 난입! 제2군단장 코가!

우리 앞에 나타난 마족 남자는 코가 딩갈이라고 자신의 이름을 밝혔다.

강한 사람일 거라고 생각했었지만 설마 마왕군의 제2군단장일 줄은 몰랐다.

페름이 감옥에 있을 때 제공했던 정보에 의하면 제3군단장이 화염마법을 다루는 검사이고 제2군단장은 페름과 똑같이 어둠마법 사용자라고 했다.

섣불리 자극해선 안 되겠어.

"······링글 왕국 구명단 소속, 우사토 켄."

저쪽이 이름을 밝혔으니 일단 나도 자기소개를 했다.

순순히 알려줄 줄은 몰랐는지 코가는 의외라는 듯 눈을 동그랗게 떴다.

"음? 날 꽤 적대시한다는 자각은 있었는데······. 그런가, 넌 우사토라고 하는구나. 뭐랄까, 특징적인 이름이야."

그야 이쪽 사람들에게 내 이름은 이상하게 들리겠지.

"왜 이런 짓을 한 거지? 설마 이제 와서 진야 씨를 도와주러 온 건가?"

"아니, 그건 아니야. 내 목적은 두 가지. 첫 번째는······."

그렇게 말하며 쭈그려 앉은 코가는 기절한 진야 씨의 뺨을 찰싹 찰싹 때렸다.

위력을 억제한 치유 비권으로는 대미지가 크지 않았는지 진야 씨는 금방 의식을 되찾았다.

그는 곧장 주위에 있는 이들과 자신이 놓인 상황을 파악하고서 즉각 코가를 올려다보았다.

"코가 공, 도와주십시오. 당신의 힘이 있다면 우리의 계획도 원래대로 되돌릴 수 있습니다."

"네가 말했던 『예지마법을 지닌 최강의 병사』를 만들자는 계획? 확실히 그건 우리한테 매력적인 이야기였지."

"그렇다면—."

"하지만 안 돼."

"아, 안 된다니 무슨 뜻입니까……?"

"말 그대로야. 우리 마왕군은 너희와 함께 싸우지 않아."

"그쪽에서 먼저 교섭해 오지 않았습니까! 그런데 이제 와서—."

"속여서 미안한데, 우리가 여기 온 건 교섭하기 위해서가 아니야. 너희에게 전사로서의 자격…… 『이빨』이 있는지 확인하러 온 거지."

대체 코가가 말하는 『이빨』이란 뭘 가리키는 거지?

그런 의문을 품은 나와 멍한 진야 씨를 내버려 둔 채 코가는 주위를 빙 둘러보았다.

"이곳은 좋은 나라야."

"……허?"

"자연이 풍족하여 배불리 먹을 수 있고, 백성도 평화를 구가하고 있어. 어느 것이나 우리나라와는 딴판이야. 무엇보다 기분 좋게 쉴 수 있어서 좋았어. 여기 오길 잘했지."

"무슨 말씀을, 하시는 겁니까……?"

"여기 있는 녀석들은 전부 이빨 빠진 짐승이야. 아니, 이빨 따위 원래부터 없었을지도 몰라. 여기서 너희와 지내고, 그리고 오늘 일어난 싸움을 보고 마침내 나는 수인이라는 존재를 확실히 알았어. 『이 녀석들은 싸움에 내보내도 도움이 안 되겠구나』하고 말이야."

그렇게 단호하게 말한 코가는 손사래를 쳤다.

"오해하진 마. 딱히 수인족을 깔보는 건 아니야. 싸우지 못하는 건 수인들이 평화를 무엇보다 잘 이해하고 있고, 바로 지금 그 평화 속에서 살고 있기 때문이야. 우리와 달리 다른 나라를 침략할 이유가 어디에도 없어. 그래서 전쟁이 벌어져도 『싸울 이유』 자체가 없는 수인족은 도움이 안 돼."

……타당한 이유일지도 모른다.

하야테 씨가 말하길, 수인족은 인간과의 관계를 끊기 위해 깊은 숲속에서 평화로운 생활을 보내려고 노력해 왔다고 했다. 그런 그들이 자발적으로 무기를 들고 인간들에게 보복하려 들지는 않을 것이다.

외딴 마을에서 수인들의 다정함을 접한 나 역시 그들이 싸움을 좋아하지 않음을 알고 있었다.

"그리고 또…… 그래. 예지마법을 가진 병사들. 그것도 안 돼."

"그게 무슨……?!"

"그건 그 능력을 가지게 된 사람 대부분을 거만하게 만드는 힘이야. 너무나 편리한 힘은 오히려 사람을 약해지게 만들지. 그리고 미래가 보여도 대응하지 못하면 말짱 꽝이잖아? 그건 네가 몸소 경험했을 테지."

코가의 지적에 진야 씨는 반론하지 못하고 이를 갈았다.

그래도 납득할 수 없는지 코가를 노려보았다.

"그렇더라도 우리 역시 싸울 이유는 있어!"

"인간을 향한 증오? 설마 우리 마족이 오직 인간에 대한 증오 때문에 싸우고 있다고 생각해? 아무리 그래도…… 아니지, 잠깐…… 미안, 3할 정도는 그래."

그런 거냐.

무심코 마음속으로 태클을 걸고 말았지만, 인간인 나로서는 증오한다는 말을 듣고 전혀 웃을 수 없었다.

"하지만 나머지 7할은 살기 위해서야."

"……"

코가는 이야기를 계속하며 내게 시선을 보냈다.

"뭐, 링글 왕국에 사는 너희는 납득할 수 없겠지. 하지만 납득할 필요는 없어. 너희 나라에 쳐들어가는 우리의 행동은 불합리하니까."

마왕군도 이유 없이 침략 행위에 이르지는 않았을 것이다.

하지만 나는 그다지 그 생각을 하지 않으려 하고 있었다.

"그래서 너희의 힘은 필요 없어. 나는 너희를 돕지 않아."

"우, 웃기지—!"

"호잇!"

격앙한 진야 씨의 명치에 코가가 주먹을 때려 박았다.

눈을 까뒤집고 쓰러진 진야 씨를 불쌍하다는 듯 내려다본 코가는 그대로 광장 안쪽에 그를 내던지고서 다시 내게 시선을 보냈다.

"솔직히 말하면 난 저 녀석의 방식이 아무래도 마음에 안 들었어. 수단 자체는 비겁하든 말든 상관없었지만…… 가장 경계해야 할 상대를 너무 얕봤지."

"……."

"인질을 내걸면서까지 너를 붙잡았다면 감옥에 가둘 게 아니라 바로 제거해야 했어. 하지만 그러지 않은 건 이 녀석이 고집스럽게 너의…… 아니, 인간의 강함을 인정하지 않으려 했기 때문이야."

확실히 진야 씨는 처음부터 끝까지 우리를 깔봤다.

작전이 성공한 것도 진야 씨가 우리를 가볍게 보았기 때문이었다.

"인간은 연약해. 하지만 우리는 그런 인간을 상대로 패배를 맛보고 있어. 아무리 마족이 신체 능력 면에서 더 뛰어나더라도 인간에게는 그걸 뒤집는 뭔가가 있어."

코가는 나를 바라보며 그렇게 말했다.

그 뒤, 한동안 침묵이 공간을 지배했다.

아무 말도 꺼내지 않게 된 코가를 보며 전전긍긍하고 있는데, 그가 갑자기 손뼉을 치면서 표정을 풀었다.

"아무튼 이로써 수인족은 전쟁에 참가할 필요가 없어졌다는 거야."

"······내가 이런 말 하기도 뭐하지만, 그래도 괜찮은 건가?"

"그게 마왕님의 명령이니까. 『이빨』이 없으면 내버려 두라고 하셨어."

마왕.

아직 모습조차 본 적이 없는 마족의 왕.

파르가 님의 이야기를 통해 마왕이 확실히 존재함을 겨우 인식하긴 했지만 최대의 적이라는 점은 그다지 현실미가 없었다.

"자, 이걸로 첫 번째 용건은 끝났어. 본론으로 넘어갈까."

코가가 팔다리를 쭉 뻗어 스트레칭하는 광경을 보니 왠지 불길한 예감이 들었다.

"우리는 원래 이 자리에 나타날 생각이 없었다고 아까 말했었지?"

"······그래."

"솔직히 말하자면 아까 진야에게 했던 말은 비밀리에 전하려고 했었어. 그래서 이 자리에서 꺼낼 필요도 없었고, 그를 나락으로 떨어뜨릴 필요도 없었지."

이 타이밍에 나올 필요가 없었다면 대체 왜 나온 걸까.

나는 어렴풋이 그 이유를 눈치챘지만 그것이 맞아떨어지지 않기를 바랐다.

"너도 이미 알고 있잖아? 내가 여기 나타난 이유."

"······하아, 나 때문인가."

코가가 웃으며 고개를 끄덕였다.

내게 흥미가 있다고 했을 때부터 불길한 예감이 들었지만, 설마 이런 일이 벌어질 줄은 몰랐다.

"이 나라에서 네가 싸우는 걸 봤어. 마왕군에 있어 로즈라는 인간은 지극히 비상식적인 인간인 것 같은데, 그 제자인 너도 딱 그렇더라. 사람을 가뿐히 휘두르는 괴력, 타의 추종을 불허하는 신체 능력. 그럼에도 사망자 한 명 내지 않는 기술과 각오. 그중 최고봉은 진야와의 싸움이었어."

코가는 그렇게 말하고서 뒤편에 기절해 있는 진야 씨를 가리켰다.

내가 싸우는 모습을 어디선가 보고 있었나. 요란하게 움직인 것은 부주의한 짓이었을지도 모르겠다.

"진야는 결코 약하지 않았어. 어설프게 네 화를 돋우지 않았다면 승부가 나기까지 좀 더 시간이 걸렸겠지만, 넌 너무나도 싱겁게 끝내 버렸어."

"……."

"그걸 본 나는 너와 싸우고 싶어졌어. 그 이상의 이유는 없어. 하지만 내게는 그걸로 충분해!"

기분이 고양됐는지 전투 자세를 취한 코가가 호전적으로 웃으며 내게 외쳤다.

"자, 싸우자! 치유마법사 우사토! 나는 그러려고 여기 왔어!"

"아니, 난 싸우기 싫은데……."

"……."

"……."

다시 한 번 침묵이 공간을 지배했다.

싸울 생각에 신난 사람한테 이런 말 하기 미안하지만, 나는 코가와 싸울 마음이 전혀 없었다.

평범하게 이런 위험한 녀석과 싸우고 싶지 않았다.

말없이 자세를 풀고 머리를 긁적인 코가는 화났다기보다는 납득한 분위기였다.

"……그렇겠지. 그게 보통이야. 누가 이런 식으로 싸움을 걸었다면 나도 똑같이 말했을 거야."

동의했어?!

진짜 이 사람 뭐지? 전투광 부류인가 했는데 그렇지 않은 일면도 보여 주었다. 자꾸 저쪽 페이스에 말려들기만 해서 어떻게 대화하면 좋을지 알 수 없어졌다.

네아와 아마코가 이상한 사람을 보는 시선으로 코가를 보고 있었지만 그는 눈치채지 못한 채 팔짱을 끼고서 생각에 잠겼다.

"하지만 난 너와 싸우고 싶어……. 그럼 다소 더러운 짓을 해서라도 승낙 받을 수밖에 없겠지."

"난 싸울 마음 없어."

"음~, 어쩔 수 없네. 정말 이러고 싶진 않지만 싸우게 만들 수밖에 없나."

"이봐, 얘기를…… 웃?!"

웃는 얼굴로 코가가 손을 휙 뻗은 순간, 내 몸은 이미 움직이고 있었다.

이쪽을 향한 코가의 손에서 까만 무언가가 튀어나와 아마코를 노리고 날아왔기 때문이다.

똑바로 아마코를 향해 날아온 그것을 건틀릿으로 튕겨 냈다.

쇠가 맞부딪치는 듯한 소리를 내며 날아간 검은색 띠가 코가 곁으로 돌아갔다.

페름이 사용했던 것 같은 어둠마법인가?

바로 아마코를 살펴봤지만 갑작스러운 기습에 당황한 모습이었다.

"예를 들어 거기 있는 예지마법사 소녀를 데리고서 마왕령으로 돌아간다든가. 그쪽 흡혈귀여도 좋겠지. 평범한 마물이 아닌 것 같고…… . 아, 널 마왕님께 데려가는 것도 괜찮겠다. 이것저것 재미있는 반응이 돌아올 것 같아."

"너……!"

"하나 충고해둘게. 나한테 얘기가 통할 거라고 생각하지 마. 직접 이런 말 하긴 뭐하지만 난 성격이 최악이니까."

어쩌지? 생각했던 것 이상으로 싸움은 피할 수 없을지도 모르겠다.

아마코와 네아를 데리고 탈출을 시도할까?

"도망치려고 해봤자 소용없어. 이 화염벽을 만든 건 내 부하……예전에 마왕군 제3군단장을 맡았던 녀석이니까. 너는 괜찮아도 여자애 쪽은 무사하지 못할걸?"

"웃, 제3군단장이라고?!"

이쪽에 그럴듯한 인물이 보이지 않는 것을 보면 벽을 만든 본인은 불길 밖에 있을 가능성이 컸다. 그럼 아르크 씨와 블루링과 하야테 씨가……!

"네아!"

211

"그래, 저 녀석과 싸우는 거지?!"

"아니, 넌 아르크 씨와 블루링에게 가줘."

"뭐?! 하지만 그럼 네가……."

"저 녀석을 상대로는 널 지키면서 싸우기 어려워."

"윽! 그래. 알겠어. 실수해서 죽지 마!"

"그래, 노력해 볼게."

상황을 헤아린 네아는 올빼미로 변신해 하늘 높이 날아올라 화염벽을 넘어갔다.

"아마코, 미안. 다시 물러나 있어 줘."

"응. 하지만 저 사람, 진심으로 날 납치할 생각은 없을 거야."

"……알고 있어."

하지만 그러지 않으리라고 단정 지을 수는 없었다. 그럴 가능성이 있는 한, 싸우지 않는다는 선택지는 사라져 버렸다.

아마 코가도 그걸 알고서 말했을 것이다. ……응, 확실히 성격 최악이네.

아마코를 뒤로 보내고 다시 코가를 향해 몸을 돌린 나는 가볍게 심호흡했다.

눈앞의 상대에게 의식을 집중하려고 한 순간, 날아차기를 날리는 코가의 모습이 내 시야에 날아들었다.

"뭐야?!"

"얍!"

찌르는 듯한 발차기가 내 왼쪽 어깨를 직격했다.

둔탁한 아픔에 얼굴을 찡그렸지만 바로 몸을 틀어 충격을 흘림과 동시에 코가의 배에 원심력을 실은 치유 펀치를 때려 박아서 날려 버렸다.

"으억!"

지면에 내동댕이쳐진 코가는 대자로 뻗었다.

나는 어깨를 치유마법으로 고치며 당황스러움과 약간의 공포를 느꼈다.

허를 찔리기는 했지만 피하기는커녕 공격을 흘리는 것이 고작이었다.

조금만 더 반응이 늦었다면 뼈가 바스러졌을지도 모른다. 이번 공격을 통해 마왕군 제2군단장이라는 직함은 장식이 아님을 이해했다.

"하, 하하! 하하하하하하! 하하하하하하하!"

대자로 뻗은 채 크게 웃는 코가를 보고 나는 한층 더 긴장했다.

"아아, 역시 이거야. 싸움은 이래야지. 널 믿길 잘했어. 진심으로 그렇게 생각해."

그렇게 중얼거린 코가가 아무 일도 없었다는 듯한 얼굴로 일어났다.

내가 때렸던 복부에는 겹겹이 덮인 검은색 띠 같은 것이 섬뜩하게 꿈틀거리고 있었다.

"불시에 기습해서 미안. 나도 참을 수가 없었어. 뭐, 네가 이 정도 공격에 당하리라고 생각하지도 않았고. 괜찮지?"

"전혀 안 괜찮아! 내 심장이 못 버텨!"

"하! 그런 사람 아니잖아. 그럼 이번에는 제대로 할까."

그 말과 함께 코가의 옷과 발밑의 그림자가 띠가 되어 코가의 몸을 휘감았다.

페름과 똑같은 어둠마법.

술자에게 어둠의 옷을 입히는, 마족만이 다룰 수 있는 위험한 마법.

얼굴을 덮은 띠는 매를 방불케 하는 가면으로, 몸을 덮은 띠는 갑옷이라고 하기엔 너무나도 생물적인 까만 것으로 바뀌었다.

페름의 어둠마법과는 별개의 것이라는 생각마저 들 만큼 이상한 마법을 휘감은 코가는 고양된 목소리로 내게 외쳤다.

"자, 시작할까! 진정한 싸움을 말이야!"

🌸제12화 각성! 불꽃의 기사!

아마코 님을 구출하는 데 성공한 우사토 님의 곁으로 가려고 했을 때, 하늘에서 내려온 화염벽이 우리의 앞길을 막았다.

하야테 님의 부하들이 마법을 날렸지만 화염벽은 꿈쩍도 하지 않았다.

어떤 공격이든 막아내는 농밀한 마력으로 만들어진 화염벽.

나는 검에 화염의 마력을 담고서 외쳤다.

"제 화염이라면 돌파할 수 있을 겁니다! 하야테 님, 제가 입구를 만들겠습니다!"

"아르크……? 그래, 알겠어!"

검에 더욱 더 마력을 담아 칼날이 빨갛게 달궈지고 불꽃을 튀기게 됐을 때, 검을 크게 치켜들고 호흡을 가다듬었다.

강철조차 쉽게 잘라 내는 화염검이라면 화염벽을 가를 수 있을 터다.

"하앗!"

세차게 검을 내리쳤지만 누군가가 내 앞에 끼어들어 화염검을 막았다.

"아니?!"

끼어든 이는 빨간 머리와 구불구불한 뿔이 특징인 마족 여성이었다. 그녀 역시 검에 화염을 휘감아 내 검을 막고 있었다.

검을 튕겨 내는 힘에 어쩔 수 없이 후퇴한 나는 방심하지 않고 재차 검을 들었지만 눈앞의 여성은 검을 쥔 채 들어 올리려 하지 않았다.

"링글 왕국의 기사인가. 잘 단련되어 있어."

"거기서 비켜 줘야겠어!"

"그럴 순 없어."

다시 화염을 휘감은 검을 휘둘렀지만, 역시 마찬가지로 화염을 휘감은 검에 막히고 말았다.

화염의 위력은 내가 더 셀 테지만 그녀는 나보다도 화염을 더 능숙하게 다뤘다.

무리한 공격은 위험하다고 판단해 뒤로 물러났다.

"아, 찾았다! 아르크…… 응? 벌써 싸우고 있잖아?!"

그때, 화염벽을 넘어 날아온 네아가 나를 발견하고 말을 걸었다.

"네아?! 우사토 님은 어쩌고?!"

"안에서 제2군단장이란 녀석과 싸우고 있어. 네 앞에 있는 녀석도 원래는 제3군단장이었데! 위험한 거 아니야?!"

보통내기가 아님은 알고 있었지만 마왕군의 실력자가 두 명이나 이곳에 와 있다니……!

전직 군단장을 보자 그녀는 이마를 짚으며 크게 한숨을 쉬었다.

"그 녀석, 내 정체까지 까발린 거야……? 하아, 앞뒤 생각 없이 나불대는 바보는 진짜……! 왜 저딴 놈이 군단장으로 있을 수 있는 거야……!"

아무래도 저쪽도 이런저런 사정이 있는 듯했다.

분개하며 고개를 든 그녀는 우리의 앞길을 막듯 검을 지면에 내리꽂았다.

"이 앞으로는 못 간다. 머리에 든 게 근육밖에 없는 멍청한 상관이어도 명령에는 따라야 하니까."

"명령?"

"내 상관이 치유마법사와 일대일로 싸우기를 원하고 있어. 그러니 누구도 방해하지 못한다."

"우사토 님과……?"

"불행하게도 너희 치유마법사는 내 상관의 눈에 들어 버린 모양이야. 뭐, 나는 로즈의 제자라는 소리에 그 정도는 해도 이상하지 않다고 생각했으니까 별로…… 아니, 조금 놀랐지만 그래도 냉정함을 유지할 수 있었어."

"우사토 님을 어쩔 셈이지?!"

"살릴지 죽일지는 나도 몰라. 하지만 죽을 가능성도 있지."

"그렇다면 여기 멈춰 있을 수는 없다!"

검에 화염을 휘감아 칼끝을 여성에게 겨눴다.

상대는 군단장급 실력자…… 대충 싸우려고 했다가는 죽는다.

실력 차이를 생각하면 도망쳐야 했지만 그럴 수 없는 이유가 내게는 있었다.

"역량 차를 모르지는 않을 텐데? 승부가 끝날 때까지 여기서 얌전히 있으면 목숨은 건질 수 있어."

"동료가 싸우고 있어! 지키겠다고 맹세한 사람이 지금 저 안에서 싸우고 있다고! 내 목숨이 아까워서 그를 버릴 수는 없다!"

"무의미하게 끝날지도 몰라."

"설령 의미 없는 짓일지라도 여기서 맞서지 않을 이유는 못 돼! 여기서 움직이지 않고 후회하는 것보다는 훨씬 나아!"

"크릉!"

옆에 나란히 선 블루링이 싸우겠다는 뜻을 내비치듯 으르렁거렸다.

함께 싸워 주는 것에 든든함을 느끼며 검을 들려고 하자 뒤쪽에서 하야테 님이 앞으로 나왔다.

"그래, 그렇고말고!"

내 말에 하야테 님이 동의했다.

뒤를 돌아보니 그의 부하들도 무기를 들고 있었다.

그런 그들을 보고서 여성은 의아한 표정으로 고개를 갸웃했다.

"왜 너희가 무기를 들지? 지금 일어나고 있는 건 인간과 마족 간의 싸움이고 너희와는 관계없을 텐데."

"확실히 네 말이 맞아. 하지만 우리에게 우사토는 은인이자 친구다!"

하야테 님의 말에 그의 부하들도 힘차게 고개를 끄덕였다.

"그는 우리를 위해 최전선에서 싸워 줬어! 심지어 적군인 수인족이 다치지 않게 배려해 주기까지 했지! 그렇게까지 해준 친구를 위해 들고일어나는 건 당연한 일 아닌가?!"

그렇게 단언하며 하야테 님도 무기를 들었다.

그런 그들의 모습에 여성은 자조적으로 웃었다.

"훗, 나도 참 어리석은 발언을 했네."

그 순간, 여성의 몸에서 불길이 뿜어져 나왔다.

엄청난 열기에 눈을 돌렸다가 다시 여성을 바라봤을 때, 나는 내 눈을 의심했다.

"방금 한 말은 취소야. 좋아, 링글 왕국의 기사. 그리고 용감한 수인족 병사들. 너희에게 경의를 표해 나도 전력으로 싸우겠어."

화염을, 휘감고 있어……?!

그녀는 마력이 아니라 화염 그 자체를 갑옷처럼 두르고 있었다.

"나는 마왕군 제2군단장 보좌, 아미라 베르그레트."

아미라는 화염을 두른 검을 휘둘렀다.

"나의 스승, 네로 아젠스가 고안한 마법의 극치를 몸소 맛보게 해주마!"

여기까지 전해지는 열기 앞에서 무의식적으로 손을 떤 나는 다시금 검을 세게 움켜쥐었다.

"간다, 링글 왕국의 기사!"

"읏!"

눈앞에서 화염이 폭발했다.

그 순간, 곧바로 검에 화염을 휘감아 전방을 향해 휘둘렀지만 아미라는 그것조차 무시하고 이쪽으로 검을 때려 박듯 내리쳤다.

막는 것은 위험하다고 직감적으로 판단하여 옆으로 굴러서 검을 피한 뒤 즉각 일어나 무방비한 아미라를 향해 횡으로 검을 휘둘렀다.

"하앗!"

화염검이 맨몸에 직격하면 치명상은 피할 수 없다.

그것은 마족도 마찬가지일 터!

하지만 다음 순간, 그런 인식은 간단히 깨져 버렸다.

"허술해!"

아미라의 몸에서 한층 더 강렬한 화염이 방출되었고, 무시무시한 열기에 나는 뒤로 밀려났다.

공기가 달궈져 숨이 턱 막혔지만 어떻게든 낙법을 취하고서 아미라가 날린 불덩이를 벴다.

"웃, 막히다니……!"

"마법의 극치, 그건 진정한 의미에서 마법을 몸에 두르는 데 있다. 지금 나는 화염 자체를 갑옷으로 입고 있지. 어중간한 공격은 통하지 않고 접근하는 것을 모조리 불태워 버린다."

아미라가 다루는 마법은 말 그대로 차원이 달랐다.

누구도 범접할 수 없을 압도적인 전투 능력을 가지고 있음을 뼈저리게 알게 되었다.

"하아앗!"

그리고 가장 경이로운 것은 그녀의 움직임 역시 마법으로 강화됐다는 점이었다.

미아라크에서 싸웠던 카론 님이 도끼에서 발생시켰던 냉기와 비슷하지만 아미라의 마법은 근본적으로 달랐다.

그녀가 앞으로 뛰쳐나오면 몸에 휘감은 화염이 폭발하여 그 기세를 가속시켰고, 검을 휘두르면 화염의 잔재가 주위를 까맣게 태웠다. 화염 자체가 그녀의 움직임을 보조하며 공방을 겸하고 있었다.

흡사 불꽃의 화신 같았다.

화염 자체를 마법으로 휘감는, 계통 강화와는 별개인 마법의 궁극형이라고도 할 수 있는 엄청난 기술이었다.

하지만 나는 나보다 훨씬 수준 높은 적을 눈앞에 두고서도 물러날 생각이 없었다.

"크, 윽⋯⋯!"

폭발하는 불꽃의 보조를 받은 아미라의 일격을, 양손으로 움켜쥔 화염검으로 받아넘기며 어떻게든 수비에 전념했다.

"첫 일격에 쓰러지지 않은 건 놀랍네. 의외로 버티는구나."

재차 호를 그리며 육박하는 검을 순간적으로 뽑은 칼집으로 막아냈다. 그대로 뒤로 뛰어 충격을 흘린 뒤 금이 간 칼집을 버리고 앞을 바라보니, 즉각 위쪽에서 짓뭉개는 듯한 참격이 내리꽂혔다.

순간, 나는 화염검에 마력을 담아 그대로 쳐올려서 솟구치는 불꽃을 발생시켰다.

내리쳐진 아미라의 화염 참격은 밑에서 솟아난 내 화염과 상쇄되어 소멸했다.

이에 아미라는 다소 놀란 반응을 보였지만 그래도 검을 멈추지 않고 내게 덤벼들었다.

"솜씨가 좋네. 힘만 쓰는 줄 알았는데 그렇지는 않은 모양이야."

"그것참, 고맙군⋯⋯!"

어떻게든 검을 막았으나 금방이라도 짜부라질 것 같았다.

"하지만 그래도 내게 미치려면 멀었어!"

공격 하나하나를 필사적으로 막고 있는 나와 달리 아미라는 확연하게 여유로웠다.

목이 타 버릴 듯한 열기 속에서 아미라는 냉정하게 나를 힘으로 짓누르려고 했다.

"쏴라!"

하지만 그렇게 되기 직전에 하야테 님의 부하들이 마법으로 엄호해 줘서 어떻게든 거리를 벌릴 수 있었다.

"그 정도 마법은 듣지 않아! 어중간한 공격은 죽음을 초래하지!"

아미라는 화염을 횡으로 휘둘러 마법 공격을 없앤 뒤 그대로 초승달 형태의 화염을 하야테 님이 있는 방향으로 날렸다.

"웃, 다들 자리에서 벗어나라!"

화염은 하야테 님이 있던 곳을 직격하고 크게 불꽃을 터뜨렸다.

하야테 님과 부하들은 직전에 피한 것 같았지만 전의를 상실해 버린 자가 적지 않았다.

"다른 사람을 신경 쓸 여유가 있나?"

정신을 차리고 아미라를 다시 바라보자, 그녀는 이미 검을 치켜들고 있었다.

다시 한 번 맹공을 막기 위해 마력을 높이자 옆에서 파란 무언가가 시야에 끼어들었다.

"크오오!"

"그렇게는 못 해!"

"아니?!"

아미라의 측면에서 올빼미 상태인 네아를 태운 블루링이 돌진해왔다.

아미라가 검을 들지 않은 손으로 불덩이를 쐈지만 네아가 블루링에게 건 내성 주술에 의해 무효화되었다.

블루링의 돌진을 피하고자 마침내 아미라가 뒤로 물러났다.

"그랬군. 사람 말을 이해하는 올빼미라니 희한하다고 생각했지만…… 넌 아까 그 흡혈귀인가. 마술을 쓰다니 더더욱 방심할 수 없―."

"블루링! 철수! 철수해! 저걸 맞으면 나는 새 구이가 되는 걸 넘어 티끌조차 안 남을 거야! 눈여겨보지 않게 조심히 공격해!"

"크릉."

네아의 말을 거부하듯 고개를 가로저은 블루링이 콧방귀를 뀌었다.

그런 블루링의 반응을 본 네아는 당황해서 날개로 블루링의 머리를 때렸다.

"그렇게 의욕 안 보여도 돼! 저게 얼마나 위험한 녀석인지 모르겠어?! 그런 녀석과 정면으로 싸우지 마!"

"크웅……."

네아의 지시에 블루링은 아미라와 일정 거리를 유지했다.

예상외의 말을 하는 네아를 보고 아미라는 순간 어안이 벙벙해진 모습을 보였지만 이내 평정심을 되찾았다.

"정말 재미있네. 치유마법사만 눈에 띄는 집단인 줄 알았더니 그렇지도 않아. 이 기술을 꺼낸 보람이 있었어."

아미라가 잠시 검을 내린 사이에 나도 호흡을 가다듬었다.

그녀는 화염벽을 가리키며 작게 웃었다.

"너희한테도 들리지? 이 벽 너머에서 싸우는 소리가."

"소리……?"

귀를 기울이자 아미라가 말한 대로 화염벽 안쪽에서 쇠가 맞부딪치는 듯한 소리가 들렸다.

그 소리의 출처는 생각할 필요도 없었다. 우사토 님과 제2군단장이 싸우는 소리이리라.

"저쪽도 싸우고 있는 거겠지. 그것도 심상치 않은 싸움이야. 그렇게 진심으로 싸우진 않을 거라고 했지만 거짓말이겠지. 로즈의 제자를 상대로 진심이 안 될 리가 없어."

"우사토 님……."

나는 안도했다.

아직 싸우고 계신다.

분명 눈앞에 있는 아미라와 동등한 실력을 지녔을 적과 용감하게 싸우고 계셨다.

그것만으로도 나는 좌절하지 않을 수 있었다.

"넌 강한 전사야. 나는 지금까지 조금도 봐주지 않았어. 그렇기에 묻겠다. 너는 왜 진심으로 화염을 안 쓰지?"

"……읏?!"

그 물음에 나는 누군가가 심장을 꽉 움켜쥔 듯한 느낌을 받았다.

아미라는 여전히 냉정한 표정으로 말을 이었다.

"내가 눈치 못 챌 줄 알았어? 난 화염마법을 쓰는 전사야. 화염에 관해서라면 누구보다도 잘 이해하고 있어."

역시 군단장을 맡았던 실력자였다. 강할 뿐만 아니라 화염을 다루는 자로서의 감각도 뛰어났다.

"너만큼 강한 전사라면 뭔가 이유가 있겠지. ……하지만 그런 건 내가 알 바 아니야. 쓰지 않고 죽거나 쓰고 죽거나, 둘 중 하나지."

아미라는 그렇게 말한 뒤 검을 들었다.

그녀 주위에서 일렁이며 타오르던 불꽃도 그에 맞춰 더욱 거세졌다.

이대로 가면 그녀의 말대로 나는 죽을 것이다.

아니, 나뿐만 아니라 블루링과 네아, 하야테 님과 그 동료들도 속수무책으로 당하고 만다.

"……네아, 제게 내성 주술을 걸어 주십시오."

"화염에 대한 내성 말이지? 하지만 저렇게 강한 사람을 상대로는 많이 못 버틸 텐데……."

"아뇨, 그쪽이 아닙니다."

네아가 의아한 표정을 지었지만 나는 아랑곳하지 않고 각오를 다지고서 입을 열었다.

"저 자신의 마법에 대한 내성을 부여해 주십시오."

"……그래. 알겠어."

"감사합니다."

네아는 똑똑하니 내가 뭘 하려고 하는지 이해했을 것이다.

내 화염마법은 링글 왕국의 구명단에 소속된 올가 님과 비슷하게 지극히 계통 강화에 가까운 특성을 가지고 있었다.

평소에는 그것이 드러나지 않게 억제하고 있지만, 물불 가리지 않고 마법을 쓰면 상대는 물론이고 나 자신과 동료조차 태워 버리는 양날의 검이었다.

줄곧 무서웠다.

지키겠다고 맹세한 자조차 공격해 버리는 이 힘이.

그래서 네아에게 조종당했다고는 하지만 내가 우사토 님에게 그 힘을 썼을 때는 심장이 얼어붙는 기분이었다. 한 번이라도 맞으면 중상을 면치 못할 위험한 기술을 우사토 님에게 쓰고 말았으니까.

그래도 우사토 님은…… 아마코 님도, 네아도, 블루링도 나를 믿어 주었다. 남을 다치게 하는 마법밖에 가진 게 없는 나를 믿음직한 동료라고 말해 주었다.

"외면하는 건 끝내야겠지."

나는 자기 자신의 힘조차 무서워서 쓰지 못하는 겁쟁이다. 동료에게도 자신의 진짜 실력을 속이고 아미라가 말하기 전까지 쓸 생각조차 하지 않았던 바보다.

"……도움을 받는 건, 항상 나였어."

이 여행으로 구원받았다.

살면서 경험하지 못했던 놀라움의 연속이었다. 그리고 함께 여행한 시간은 내게 둘도 없는 재산이 되었다.

"그렇기에……."

나는 그걸 지키고 싶다.

한 명도 빠짐없이 웃으며 링글 왕국으로 돌아갈 수 있게 하고 싶다.

허리에서 소검을 뽑아 역수로 쥐었다.

"나는 힘을 써야 할 이유를 찾았어."

그렇다면 망설이지 않고 싸울 수 있다.

내성 주술이 걸림과 동시에 나는 모든 마력을 양손에 든 검에 쏟아 부었다.

"각오를 다졌나."

화염검은 지금까지보다 더 환하게 빛나며 열량을 뿜어냈다.

그러나 마법이 너무 강력해서 네아의 내성 주술에 금이 갔다.

하지만 물불 가리고 있을 수는 없었다.

아미라가 말한 대로 각오를 다진 나는 두 검을 들고 그녀에게 달려들었다.

"계통 강화라고 오인할 정도인 화염검. 그게 너의 본래 마력인가. 간혹 그런 능력을 가진 자가 있음을 알고는 있었지만 실제로 보니 무시무시하군."

"그쪽이 그렇게 평가해 주니 영광이다!"

손에 힘을 주어 검에 휘둘리지 않게 아미라와 맞부딪쳤다.

그래도 저력의 차이— 기술과 마력량의 차이가 점점 도드라졌지만 그걸 메꾸기 위해 나는 방어를 버렸다.

나는 그렇게 요령 좋은 인간이 아니었다. 그래서 마법을 처음 배웠을 때는 자주 마법을 폭주시켜서 주위에 폐를 끼쳤다.

"줄곧 이 힘을 미워했어."

성장하면서 힘을 제어하지 않으면 위험할 정도로 화염의 위력은 커져 갔다. 마침내 나 자신에게까지 화염의 영향이 미치게 되면서 나는 필사적으로 마법을 억제하기 위해 훈련했다.

"자신을 상처 입히고, 친구를 상처 입히고, 주위에 있는 소중한 것을 전부 태워 버릴지도 모르는 이 힘이 미웠어······!"

오른손에 든 검을 아미라를 향해 내리쳤다.

그럼에도 여전히 냉정하게 대처하는 아미라를 노리고서 역수로 든 소검을 쳐올렸다. 그녀는 아슬아슬하게 피했지만 시뻘겋게 달아오른 검은 화염 갑옷을 갈랐다.

"······윳!"

"하지만 이 힘을 필요로 하는 동료가 있어! 이런 나를 믿어 주는 사람들이 있어!"

검을 휘두를 때마다 뭔가가 부서지는 소리가 들렸다.

내성 주술이 깨지고 있는 소리였다.

타버릴 듯한 열기가 손으로 전해졌고, 마력 자체가 내 팔과 등을 타고 올라와서 마치 불을 뿜듯 방출되었다.

의식을 유지하기조차 힘든 격통 속에서, 그래도 나는 팔을 교차하여 아미라에게 돌격했다.

"나는, 이 힘으로 동료에게 가는 길을 열겠어!"

"와라!"

불과 불이 격돌했다.

"하아아아아아아앗!"

이렇게까지 했음에도 아미라는 내 공격을 막아냈다. 하지만 그래도 나는 앞으로 돌진했고, 스쳐 지나가면서 양손에 든 검을 끝까지 휘둘렀다.

그 순간, 검을 든 팔에서부터 등까지 번져 있던 불길과 아미라가 휘감은 화염 갑옷이 사라졌다.

"⋯⋯윽!"

손안에서 까맣게 타 버린 칼자루를 떨어뜨리고 무릎을 꿇었다.

필사적으로 호흡하며 뒤돌아보니, 여전히 멀쩡한 아미라가 한 손에 든 검을 내리고 있었다.

"⋯⋯인간의 집념은 어마어마하군. 목숨을 건 공격이었다고는 하지만 내 마법을 가르다니."

아미라가 검에 베인 뺨을 어루만졌다.

그녀의 몸을 휘감은 마법은 갈랐지만 칼날은 거의 몸에 닿지 않았다.

그만큼 그녀를 지키는 화염은 단단해서 벗겨 내는 게 고작이었다. 하지만 나는 절망하지 않았다.

"하지만, 닿았어⋯⋯."

"⋯⋯그래, 그런 것 같군."

아미라의 등 뒤, 불꽃으로 만들어진 벽이 십자로 갈라지며 흩어지자 안쪽의 광경이 선명해졌다.

의식이 몽롱하여 쓰러질 것 같았지만 직전에 블루링이 부축해 주었다.

그런 블루링의 등 위에서 네아가 우사토 님이 계실 방향을 걱정스럽게 바라보고 있었다.

"이 정도면 보낼 수밖에 없겠네……. 훌륭했다, 링글 왕국의 기사."

아미라는 그렇게 말하고 검을 거뒀다. 그 모습에서는 더 이상 전의가 느껴지지 않았다.

이번에야말로 사라진 화염벽 너머를 보았지만—.

"이럴 수가……!"

내 눈에 날아든 것은 몸 곳곳에서 피를 흘리는 우사토 님의 모습과…….

짐승 같은 괴물이 예리한 손톱을 휘두르려 하는 광경이었다.

제13화 작렬! 금단의 오의!

코가는 내게 더할 나위 없이 싸우기 어렵고 성가신 상대였다.

"이얍!"

"흥!"

코가가 날린 돌려차기를 건틀릿으로 막았다.

답례로 왼쪽 주먹을 배에 때려 박아 주려고 했지만 그러기 전에 그의 손날이 살을 도려낼 것처럼 육박해서 방어할 수밖에 없게 되었다.

코가의 움직임은 종잡을 수가 없었다. 달리고, 도약하고, 방어의 틈을 노려 날카롭게 공격해 왔다. 나도 그에 맞춰 움직이고 있지만 제대로 공격에 나서지 못했다.

"이대로는 끝이 안 나! 그렇다면!"

이런 식으로 싸워서 안 된다면 방식을 바꾸자.

그렇게 판단한 나는 자세를 풀고 과감하게 앞으로 파고들었다.

"아니?!"

머리를 굴려 카운터를 노리는 방식으로 공략할 수 없다면 머리 따위 쓰지 않고 힘으로 밀어붙이면 된다.

요리조리 뛰면서 공격할 수 있는 것도 이제 끝이다!

날아온 발차기를 옆구리에 끼워 붙잡고 코가의 몸을 단숨에 잡아당겨 그 배에 치유 펀치를 때려 박았다.

"하앗!"

페름의 어둠마법을 깨부쉈던 치유 펀치라면 같은 어둠마법을 가진 코가에게도 효과가 있을 터.

그렇게 생각해 발을 붙잡은 채 코가의 반응을 살피려고 하자 오싹한 목소리와 함께 그가 고개를 들었다.

"나한테 그건 안 통해."

불길한 예감을 느끼고 발을 놓으려고 한 순간, 그 발이 팽창하더니 마치 힘이 몇 배로 커진 것처럼 내 몸을 휘둘렀다.

"웃, 뭐야?!"

"유감스럽게도 내 어둠마법은 페름과 달라."

지면에 착지한 코가의 모습을 본 나는 말을 잇지 못했다.

조금 전까지 잡고 있었던 그의 발이 늑대를 연상시키는 짐승 같은 발로 바뀌어 있었기 때문이다.

"너는 내가 무엇으로 보여?"

이어서 양손에 예리한 손톱을 세운 그의 물음에 나는 떨리는 목소리로 대답했다.

"……짐승."

"그래, 맞아. 내 어둠마법을 나타내는 특성은 『짐승』. 페름의 『반전』과 비교하면 수수하지? 그 녀석만큼 무적인 것도 아니고 조금 궁리도 필요해. 하지만……."

코가가 네발짐승처럼 사지로 땅을 디뎠다.

그의 발밑 그림자에서 검은 띠가 뻗어 나오더니 그 예리한 끝이 나를 겨눴다.

"끔찍함으로는 지지 않아."

"⋯⋯윽!"

검은 띠가 광선처럼 일제히 날아왔다.

이에 방어가 아닌 회피를 선택한 나는 육박하는 띠를 피해 광장을 달리며 상대의 빈틈을 찾으려고 했지만—.

"나한테 집중해야지."

"억?!"

어느새 내 뒤로 이동했는지 띠에 감싸인 강인한 발이 내 등에 강렬한 발차기를 먹였다.

이를 악물고 의식을 붙든 나는 치유마법을 두르며 착지했다.

이어서 코가가 휘두른 손톱을 주먹으로 막았으나 반대쪽 손이 내 옆머리를 강타했다.

"윽!"

"으랏차!"

한 번 변신했으니 끝인 줄 알았는데 한층 더 모습이 바뀌다니 진짜 어떻게 된 거야?!

"이 자식, 혼자서만 변신해 대고⋯⋯!"

코가의 공격을 피하며 욕을 내씹었다.

"넌 이런 절차 없이도 변신하고 있는 거나 마찬가지잖아!"

"그럴 리가 있겠냐, 이 새끼야!"

전에 없는 상황에 초조해져서 반사적으로 지저분한 말이 나오고 말았다.

이렇게 된 거, 전부 방어하지 않고 간다! 다소 맞더라도 참고 반격이다!

공격을 무시하고 단숨에 파고든 나는 아까 맞은 것을 보복하듯 옆구리에 니킥을 날렸다.

하지만 무릎에서는 흐물거리는 감촉이 전해질 뿐이었다.

살펴보니 무릎이 꽂힌 부분에 검은 띠가 겹겹이 포개져 있었다.

"어딜 때리는지 알면 못 막을 게 없지."

"이래도 되는 거야?!"

맨 처음 내 주먹을 막았을 때도 꺼냈었지만, 정말로 아무런 특수 능력이 없는 평범한 방어구 같은 거였어?!

확실히 페름의 마법과는 다르네! 하지만 심플한 만큼 돌파하기 어려워!

즉각 거리를 벌리려고 했지만 띠가 내 무릎을 붙잡고 있음을 깨달았다.

코가는 띠를 두른 손톱을 밑에서 쳐올렸다.

"이런……!"

"하하! 막아 봐!"

손톱과 띠가 칼날처럼 내게 육박했다.

즉시 건틀릿으로 방어했지만 끼릭끼릭 하고 불쾌한 소리가 울리더니 튕겨 나간 띠가 내 관자놀이를 벴다.

"이 정도쯤!"

아픔을 기합으로 참고서 구속되지 않은 발로 코가의 몸을 걸어차 탈출했다. 그러면서 코가의 몸에 주먹을 세 방 때려 박았다.

"오오?!"

코가와 일정 거리를 벌린 나는 내가 얼마나 다쳤는지 확인했다.

관자놀이 부근을 베여 피가 나고 있었지만 치유마법으로 곧장 고칠 수 있었다.

"아아, 이래서 싸우기 싫었던 거야……."

싸움에 넌더리를 내는 나에게 사지의 형상을 원래대로 되돌린 코가가 말했다.

"설마 내 전투 방식을 이렇게 잘 쫓아올 줄은 몰랐어."

"뭐?"

"웬만한 녀석들은 내 힘을 보면 거리를 둔 채 싸우고 싶어 하거든. 그야 보기 좋은 생김새도 아니고, 다가오기 싫은 마음도 이해하지만, 날 상대하면서 거리를 두는 것 자체가 악수임을 몰라."

"나도 너랑 떨어져서 싸우고 싶어. 아예 그냥 돌아가!"

"하하, 너무하네."

코가의 어둠마법은 술자를 짐승 같은 이형의 존재로 바꾸는 어둠 갑옷을 형성했다.

그 몸을 구성하는 검은 띠는 공격에도, 방어에도 쓸 수 있었다.

그런 상대와 거리를 두고서 싸우려고 하면 코가가 신체 능력으로 거리를 좁히거나 나를 공격했던 것처럼 검은 띠로 꿰뚫어 버릴 것이다.

　……이런 상대를 내가 이길 수 있을까?

　"……읏, 이럼 안 되지."

　정신적으로 져 버리면 아무것도 할 수 없다.

　어떤 능력이든 약점이 있을 터…… 그랬으면 좋겠다.

　"그럼 계속할까."

　"……하아."

　한숨을 쉬고, 재차 사지를 짐승처럼 바꾼 코가와 마주했다.

　상처는 거의 고쳤지만 코가의 공격력이 무시무시하다는 점은 변함없었다. 되도록 띠에 붙잡히지 않게 처신할 수밖에 없었다.

　활로를 찾기 위해 나는 재차 한계에 가까운 싸움에 임했다.

　"이얍!"

　"덤벼!"

　집중력을 높여 오로지 코가의 공격에 대처했다.

　때로는 광장이라는 장소를 이용해 코가의 공격을 힘껏 피하고는 있지만 그래도 여전히 이 남자의 저력을 알 수 없었다.

　그보다 이 녀석, 체력이 얼마나 남아도는 거야?!

　치유마법을 쓸 수 있는 나야 그렇다 쳐도, 이 녀석의 알 수 없는 지구력은 뭐지? 아까부터 나와 비슷한 전력으로 움직이고 있는데 숨 하나 흐트러지지 않잖아.

　가면 때문에 안색은 알 수 없지만, 설마 무리하게 마법으로 몸을 움직이고 있는 건 아니겠지?

"그러고 보니 페름은 잘 지내?"

"허?!"

갑작스러운 말에 나는 얼떨떨한 목소리를 내고 말았다.

뭐지? 날 동요시키기 위한 함정인가?

좋아, 반대로 이쪽에서 동요시켜 주마!

"그 아이라면 지금쯤 악마 같은 단장 곁에서 얌전히 훈련하고 있을걸!"

"뭐?! 그 녀석이 얌전히 훈련?!"

"빈틈이다!"

"으억?!"

동요한 순간을 노려 코가의 안면에 드롭킥을 날렸다.

"너, 너! 동요를 유발해서 공격하다니 너무 비겁하잖아!"

"방금 한 말은 사실이야!"

"말도 안 돼!"

"날 볼 때마다 때리려 들 정도로 팔팔하지만 말이지!"

보복하듯 휘두른 코가의 손날에서 검은 띠가 나와 내 머리를 뚫으려고 했다.

그것을 아슬아슬하게 피하고 코가의 가면에 힘껏 박치기를 했다. 예상치 못한 일격이었는지 코가는 비틀거렸지만 그래도 즐겁게 웃었다.

공격받으면서 웃다니, 진짜 너무 위험한 녀석인데……?

질색하는 나를 무시하고서 코가는 이야기를 계속했다.

"하하하, 그런가! 그거 다행이야! 그 녀석은 누군가가 받아들여 주길 원했던 것뿐이니까!"

"뭘!"

"자기 자신을! 그 녀석의 어둠마법은 『반전』. 상대의 공격을 그대로 되돌려주는 기술이지. 마음만 먹으면 웬만한 녀석은 이길 수 있는 반칙적인 마법이지만, 그 특성이 어디서 왔을 것 같아?"

"내가 알 리가 없잖아!"

"**고독**이야! 그 녀석은 누구에게도 사랑받지 못하고 누구도 자신을 봐 주지 않았어. 누군가가 자신의 모습을 봐 줬으면 좋겠다, 이해해 줬으면 좋겠다, 사랑해 줬으면 좋겠다, 접촉해 줬으면 좋겠다! 그렇게 진심으로 바랐던 감정을 속에 가둬 버린 끝에 그 이질적인 마법이 완성됐지!"

"……!"

순간 내 뇌리에 감옥에서 눈물을 흘렸던 페름의 표정이 스쳤다.

어째서 그녀가 울었는지 그때는 몰랐지만……. 그런가, 페름도 나름대로 힘든 인생을 살았구나.

지금은 감상에 젖어 있을 상황이 아니지만!

"그 녀석의 마법은 거울이야. 적의에는 적의를, 악의에는 악의를 되돌려주지. 하지만 너는 치유마법이라는 상냥함으로 그 녀석을 후려쳤어. 그게 그 녀석에게 얼마나 충격적이었을지 상상도 안 되는군."

불현듯 코가가 긴장을 풀면서 생긴 찰나의 빈틈을 노려 나는 반격을 시도했다.

"그러는 너는 수다쟁이네!"

"어이쿠!"

턱을 맞힐 심산으로 발끝을 차올렸다.

그 공격을 백 텀블링하여 피한 코가는 가면을 쓴 채 땀을 닦는 시늉을 했다.

"겨우 안심했어. 그 녀석, 잘 지내고 있구나."

"너……."

가면이 막고 있어도 알 수 있는 안심한 목소리였다.

지금까지 들었던 전투를 즐기는 종류의 목소리가 아니었다.

"뭐, 그냥 동정이야. 안 그래도 어둠마법사는 수가 적으니까. 예전 상사로서 그 녀석이 마음에 걸렸을 뿐이야."

"……넌 어떤데?"

"뭐가?"

"네 어둠마법은 어떤 이유로 완성됐는데?"

이때 나는 처음으로 싸움과 관계없는 순수한 의문을 입에 담았다.

페름의 마법이 고독에서 유래했음은 알았다.

그렇다면 코가의 마법은 어떤 것에서 유래했을까.

"……난 그저 **짐승**이 되고 싶었을 뿐이야."

"짐승이 되고 싶었다고……?"

"본능에 충실하여 싸울 뿐인 생물. 진짜 나는 분명 누구도 상상할 수 없을 만큼 추한 짐승임을 깨달았을 때, 내 마법은 이 모습이 됐어."

코가는 변신한 자신을 가리켰다.

그 말을 듣고 다시 보니 그의 모습이 추하게 일그러져 보였다.

그의 민낯을 가리는 가면.

자신을 속박하듯 몸에 휘감은 검은 띠.

"거짓말."

나는 자연스럽게 그런 말을 내뱉었다.

그에 코가가 깜짝 놀라 얼굴을 들었다.

"넌 뭘 품고 있는 거지? 그 모습은 짐승 같은 게 아니야. 나한테
는 자신을 옭아매고 있는 구속구처럼 보여."

확신은 없었다.

하지만 코가의 말은 틀렸다는 생각이 들었다.

"하…… 하하하."

가면을 손으로 누른 코가가 웃기 시작했다.

갑자기 돌변한 그 모습에 나도 모르게 몸을 긴장시켰다.

"태어났을 때부터 혼자였어."

"……."

"어두운 숲속에 버려져 혼자 짐승처럼 산 나는 남들이 다 아는 감
정을 모른 채 성장했지. 그래서 몰라. 싸우는 것 말고는, 아무것도."

그렇게 말하면서 가면을 없앤 코가의 입은 웃고 있었지만 그뿐이
었다.

"아아, 그렇고말고. 나는 가면을 쓰고서 거짓말을 했어. 나는 짐

승이 되고 싶었던 게 아니야. 태어났을 때부터 짐승이었어. 이 마법
에 눈뜨기 전부터 나는 짐승처럼 살며 혼자 싸워 왔어."

만들어 낸 웃음이라고 하기에는 너무나도 애처로운 표정을 나는
직시할 수가 없었다.

"줄곧 짐승으로서의 자신을 숨겼어. 평범한 감성을 지닌 녀석들
에게 나는 이상한 놈이었으니까. 내 속에 감춰진 야성을 억누르고
평범한 일상을 보냈어. 그래도 나는 남들이 느끼는 즐거움을 이해
할 수 없었어."

짐승으로 산다.

그게 어떤 것인지 나는 이해할 수 없지만 무섭고 슬픈 일임은 알
수 있었다.

"지금 너랑 싸우는 게 즐거워. 뭐, 마왕군에도 나보다 강한 녀석
이 있긴 해. 하지만 그 녀석은 싸우는 상대를 안 봐. 거기 없는 누
군가를 보며 싸우지. 그래서 나를 제대로 보고 대등하게 싸워 주
는 녀석은 네가 처음이야."

나는 말없이 주먹을 들었다.

이 녀석은 내가 싸워서 쓰러뜨려야만 한다.

이 녀석은 정말로 싸우는 것밖에 모른다. 그리고 그 외의 것을
이해할 생각도 없다. 그러니 이 싸움을 끝내려면 이 녀석을 쓰러뜨
리는 수밖에 없다.

나는 아마코를 곁눈질했다.

안전한 곳에서 나를 걱정하고 있는 그녀를 보니 조금 용기가 났다.

"코가. 너랑 싸우는 건 정말로, 정~말로 싫지만…… 싸워 줄게. 그 대신 꽤 따끔한 맛을 보게 될지도 모르니까 각오해 둬."

"각오할 사람은 너일지도 몰라. 내 비밀을 파헤쳤잖아. 나도 마침 내 내 본래의 야성을 드러내고 싸울 수 있게 됐어."

"어? 뭐야, 그게?"

그렇게 중얼거린 순간, 코가의 몸통 부분에 감겨 있던 검은 띠가 풀려 하늘거렸다.

그 변화에 맞춰 코가의 얼굴을 다시 덮었던 가면의 입에 해당하는 부분이 찢어지고 예리한 이빨이 나타났다.

어어, 한 단계 더 변신한다는 이야기는 못 들었는데요. 그럴 수 있는 건가요.

본격적으로 괴물 같은 모습이 된 코가가 사지로 지면을 디뎠다.

"……어쩔 수 없지. 실전에서 쓰는 건 처음이지만 그 기술을 사용할 수밖에."

사실은 쓰고 싶지 않았다.

이 기술은 구명단의 법도에서 명백하게 벗어난 위험한 기술이기 때문이다.

하지만 이 남자를 상대하려면 써야만 했다.

"다음 공격으로 끝내겠어."

"……그래."

나와 코가가 동시에 앞으로 뛰쳐나갔고, 코가의 등에서 검은 띠가 빠르게 쏘아져 지그재그 궤도를 그리며 육박했다.

잔재주를 부리지 않고 똑바로 나아간 나는 치유마법 난탄을 던져 띠의 궤도를 강제로 바꾸고 돌격했다.

"막을 수 있으면 막아 봐!"

마치 회오리처럼 휘몰아치는 검은 띠와 손톱을 치유마법 파열장으로 받아넘기고 건틀릿으로 튕겨 냈다.

새롭게 힘을 해방한 코가의 움직임은 검은 띠와 사지를 합쳐 중거리에 특화된 것으로 바뀌었다. 어중간하게 물러나면 그 시점에서 내 패배는 확정된다.

그렇다면 다소 위험해도 파고들 수밖에 없다.

"우오오오오오!"

찔러 들어오는 손톱을 손으로 잡고 힘으로 휘둘러서 지면에 내동댕이쳤다.

역시 효과가 있었는지 코가는 숨을 토했지만 추격타로 내리찍은 발뒤꿈치는 지면을 굴러 피했다.

"칫! 피했네!"

"위험해! 나도 끔찍하지만 너도 충분히 끔찍해! 특히 얼굴!"

"시끄러워! 조금 아플 뿐이야! 얌전히 쳐맞아!"

"밟아 뭉개 버릴 생각이 가득했었잖아!"

띠로 몸을 받쳐 일어난 코가를 향해 오른쪽 주먹을 힘껏 날렸다.

그에 대항하여 코가도 띠를 두른 손톱을 내질렀다.

"우오오오!"

"하아아앗!"

주먹과 손톱이 격돌하자 공기가 찌르르 진동하고 새된 소리가
울려 퍼졌다.

"역시 터무니없네, 너."

"엉?"

"그래서 이기려면 이 방법밖에 없었어."

그 순간, 내 왼쪽 어깨와 배, 그리고 왼발에 격통이 일었다.

"윽……!"

즉각 아래를 내려다보니 코가의 발등에서 튀어나온 검은 띠 세
개가 내 몸을 꿰뚫고 있었다.

"으, 헉……."

"완전히 손에만 의식을 집중하고 있었지? 뭐, 그걸 노리긴 했지
만……."

당했어……?!

찔린 곳에서 띠가 뽑혔지만 그래도 상처가 아파서 움직임이 멈췄다.

내가 한순간 움직임을 멈춰 버린 사이, 코가는 띠를 손톱에 모
으고 치켜들었다.

큰일이다!

머리로는 필사적으로 움직이려고 했지만 통증에 의한 몸의 경직
이 그것을 허락하지 않았다.

"허무하지만 이걸로 끝이다!"

"……!"

틀렸다. 치유마법으로 고치면 회복되겠지만 다음 공격을 피할 수

없다.

이 공격을 맞으면 치명상은 확정이다. 하지만 피하고 싶어도 몸이 말을 듣지 않았다.

"여기까지, 인가……!"

포기하려던 그때, 측면에서 폭발 같은 것이 일어났다.

"뭐야?!"

그 광경에 놀란 코가 움직임을 멈췄다.

"벽이……."

고개를 돌려 살펴보니 우리 주변을 에워싸고 있던 화염벽 한쪽이 십자로 갈라져 있었다.

그리고 그 너머로 아르크 씨와 블루링, 그리고 네아의 모습이 똑똑히 보였다.

"우사토!"

"우사토 님!"

"크아앙!"

확실하게 내 이름을 부르는 목소리가 들렸다.

절대로 잊을 리 없는 동료들의 목소리를 들으니 이런 상황에서도 웃음이 났다.

"아아, 그랬지……."

나는 언제나 누군가의 도움을 받으며 앞으로 나아올 수 있었다.

그렇게 생각하자 말로 표현할 수 없는 힘이 내 몸을 움직였다.

가볍게 치유마법을 걸어 상처만 아물게 한 나는 몸의 우측을 코가에게 보인 채 왼손을 코가와는 반대쪽으로 내밀었다.

"치유마법…… 파열장!"

맨손으로 계통 강화를 폭발시킨 탓에 손에서 피가 튀었지만 그에 상관하지 않고 기세를 몰아 힘차게 발을 내디뎠다.

"그 자세로 가속했어……?!"

"우오오오!"

경악한 목소리를 낸 코가의 배에 혼신의 힘을 담아 오른쪽 주먹을 때려 박았다.

건틀릿에 덮인 주먹이 코가의 몸에 꽂혔지만 그 감촉에서는 탄력이 느껴졌다.

아슬아슬하게 띠에 막혀 버린 것이다.

그의 발밑을 보니 띠가 마치 말뚝처럼 지면에 박혀 타격의 충격 자체를 억제하고 있었다.

"이 정도 공격을 예상 못 할 리가 없잖아……! 설마 최후의 책략이 이거야? 너쯤 되는 녀석이 이런 조잡한 공격을 하다니……!"

그 말을 무시하고 나는 그의 몸을 억지로 밀어내려고 했다.

"이봐, 소용없—."

"알고 있었어……!"

너라면 띠를 겹쳐서 내 주먹을 방어하고 타격에 날아가지 않도록 자신의 몸을 고정하리라는 것을 말이야!

나는 그걸 노리고 있었다.

피투성이인 왼손으로 코가의 오른팔을 절대 놓치지 않게 움켜잡았다.

"제발 버텨 줘."

"뭐?"

부탁하듯 코가에게 충고했다.

코가가 멍청한 목소리를 내든 말든 나는 건틀릿에 마력을 담아 그대로 치유 비권을 날렸다.

"으윽?!"

쾅 소리와 함께 코가의 몸이 기역자로 꺾였지만 그래도 그는 놀란 모습으로 내게 반격을 가하려고 했다.

"윽, 효과는 있었지만, 이런 걸로 나는— 커헉?!"

"이제 너는 아무것도 못 해."

두 번째 치유 비권을 날리자 지면에 고정되었던 띠 몇 개가 끊어졌다.

주먹을 밀착시킨 상태라서 띠는 한계까지 팽팽해져 있었다.

세 번째 공격. 띠가 전부 끊어져서 코가의 몸을 주먹으로 밀어내며 그대로 달려 나갔다.

"크윽! 뭘 하려나 했더니, 뭐야, 이거어어어! 너, 이 자식! 놔!"

"싫어!"

코가는 탈출하기 위해 필사적으로 몸부림쳤지만 내게 오른팔을 단단히 붙잡힌 데다 거의 밀착 상태라서 제대로 움직이지 못했다.

"네 방어를 뚫으려면 이 방법밖에 없었거든! 이쪽도 마력 대부분을 쏟아 부었으니 피차 마찬가지야!"

"그런 불합리한 말이 가당키나 해?! 윽, 컥?!"

네 번째 공격으로 몸을 지키는 띠를 돌파함과 동시에 코가를 침묵시키고, 그대로 막무가내로 돌진하며 치유 비권을 계속 날렸다.

"오오오오오오!"

"억?! 으억?! 커헉?!"

일곱 번째 치유 비권으로 마침내 코가의 방어가 완전히 뚫렸다.

이로써 이 녀석을 지키는 것은 전부 사라졌다! 남은 것은 본체뿐!

"이대로 기절해라!"

"으헉?!"

코가의 본체에 주먹이 꽂힘과 동시에 나는 치유마법을 주먹에 전력으로 휘감고서 그를 광장 벽에 내동댕이쳤다.

"이름을 붙이자면…… 『치유 펀치 제2형, 연격권(連撃拳)』. 별명 『치유 연격권』이려나……. 코가 외에는 너무 위험해서 못 쓰겠어."

상대에게 주먹을 밀착한 상태로 치유 비권을 계속 때려 박아 방어를 허무는 치유 펀치.

지금 써 보고 그 위력을 알았는데, 이건 절대 두 번 다시 쓰고 싶지 않았다. 마력 소비가 극심한 점도 그렇지만, 무엇보다 인간에게 날리기에는 너무 위험했다.

"하아……."

안도의 숨을 내쉰 나는 거의 바닥난 마력으로 몸을 최소한 움직일 수 있게 치유하며 아르크 씨에게 향했다.

아까 봤을 때 아르크 씨도 크게 다친 상태였다.

"먼저 아르크 씨를, 고쳐야지……."

그렇게 중얼거리고 쓰러진 코가에게 등을 돌렸다.

"설마 네가 이렇게 당할 줄이야."

"웃!"

그 목소리에 돌아보니 코가와 함께 있었던 빨간 머리 마족 여성이 쓰러진 코가를 내려다보고 있었다.

이제 와서 또 다른 마족이 나타나다니…….

하지만 여성은 적의가 없는지 어이없어하며 한숨을 내쉬었다.

"뭐, 내가 할 말은 아니지만……. 이봐, 언제까지 쓰러져 있을 거야? 일어나!"

"으억?!"

여성에게 걷어차인 코가가 신음을 흘리며 데굴데굴 굴렀다.

그 모습을 멍하니 보고 있으니 코가는 미안해하며 머리를 긁적였다.

"미안. 잠깐 의식이 날아갔었어. 역시 세계는 넓네~. 이런 방식으로 당할 줄은 몰랐어. 하하하, 정말…… 터무니없는 녀석이었어, 너."

"……더 할 건가?"

이제 한계인데.

온몸이 아프고, 마력도 거의 없다.

일단 아물기는 했지만 배와 어깨와 발에 구멍이 뚫렸었다고.

하지만 코가는 만족스러운 표정으로 고개를 가로저었다.

"이번에는 내가 졌어. 하지만…… 즐거웠어. 다음 싸움을 기대할게."

"너와는 두 번 다시 만나고 싶지 않아."

"아니, 그럴 순 없어."

자리에서 일어난 코가는 웃음을 지우고 나와 시선을 마주했다.

"다음 침략에는 나도 나가거든."

"난 구명단원이야. 너와 싸우는 것보다 훨씬 중요한 일을 해야 해."

내가 확실하게 대답하자 코가는 재미있다는 듯 씩 웃었다.

"아~, 그렇지. 정말 마음대로 안 되는 녀석이네. 뭐, 좋아. 그때는 끄집어내면 되니까."

"하아……."

그냥 이 녀석이랑은 말을 말자.

귀찮은 녀석의 눈에 들고 말았다. 진짜 싫다.

"그럼 슬슬 돌아가야겠어. 밖에서 부하들이 기다리고 있거든. 그렇지? 아미라."

"그래. 내 지시에 따라 주는 좋은 부하들이지."

"엄청 비아냥거리는구나……. 그럼 다음에 만날 때는 더욱 강해져 있길 바라, 우사토."

그 말을 남기고 코가는 그대로 날아올라 그 자리에서 사라졌다.

빨간 머리 여성이 문득 이쪽을 돌아보았다.

"좋은 동료를 뒀더군, 치유마법사."

"어? 아, 아아. 네."

"……그것뿐이다."

맥이 탁 풀려서 얼빠진 대답을 하자 빨간 머리 여성은 코가의 뒤를 쫓아 그 자리에서 사라져 버렸다.

남겨진 나는 주위를 둘러보았고, 마침내 안전하다고 인식한 순간, 몸에서 힘이 빠져 주저앉고 말았다.

"끝났지? 이제 끝난 거지? 뭔가 사룡의 후계자가 갑자기 나오거나 그런 거 아니지? 실은 이 나라 지하에 잠들어 있던 저주가 깨어나고 그러는 거 아니지?"

스스로도 영문 모를 소리를 하고 말았지만, 그만큼 육체적으로도 정신적으로도 피로했다.

오늘은 정말 이런저런 일이 너무 많았다.

설마 마왕군의 군단장과 정면으로 싸울 줄 누가 예상이나 했겠는가.

"……하지만 아직 할 일이 있지. 영차~!"

몸을 채찍질해 일어선 나는 뒤돌아 걷기 시작했다.

시선 끝에는 이쪽으로 달려오는 동료들의 모습이 있었다.

"……정말로 믿음직한 동료들이야."

그때 싸울 수 있었던 것은 나만의 힘 덕분이 아니었다.

동료들의 모습을 보며 다시금 그렇게 생각한 나는 신뢰하는 그들 곁으로 걸음을 옮겼다.

🌸제14화 깨어날 때

긴 하루가 끝났다.

진야 씨를 때려눕히고 아마코를 구해 낸 뒤, 어쩌다 보니 싸우게 된 코가와 사투를 펼친 나는 다친 아르크 씨를 치유하고 쓰러졌다.

쓰러지기 직전에 나 스스로도 뻗을 만하다고 생각했다.

아르크 씨를 치유한 시점에서 마력이 다 떨어졌고 몸도 엉망진창이었다. 오히려 그때까지 의식을 유지한 것이 스스로도 놀라울 지경이었다.

다음날, 우리는 곧장 카노코 씨를 깨우기 위한 작업을 시작하기로 했다.

"그래서, 어떻게 카노코 씨를 돕는데? 토와의 완성을 기다린 걸 보면 토와가 필요한 거지?"

나와 아마코, 그리고 아르크 씨는 광장에 있는 토와 앞에서 네아의 설명에 귀를 기울였다.

"그래. 진야를 막을 때까지는 움직일 수 없었지만, 마침내 계획을 실행에 옮길 수 있게 됐어."

네아는 자신만만하게 가슴을 쭉 펴고 해설을 시작했다.

"지금의 토와를 조사하고 알아낸 점은, 이게 사용자의 마법을 마

255

력째 뽑아서 타인에게 갖다 붙이는 사양으로 만들어졌다는 거야. 하지만 이걸로 마법을 뽑힌 사용자는 몸의 일부가 없어지는 거니까 필연적으로 혼수상태에 빠지게 돼. 아마코네 엄마가 당초 상정했던 토와의 사용법과는 다르겠지만, 폭주해서 이렇게 되어 버린 건지 아니면 진야의 비틀린 연구 때문인지는 알 수 없어."

마법을 마력째 뽑아 타인에게 갖다 붙이다니, 무서운 이야기다.

"그래서 어떻게 하면 돼?"

"진야는 토와로 카노코의 힘을 손에 넣었어. 그렇다면 반대 방법으로 진야에게 들러붙은 예지마법과 마력을 카노코에게 돌려주면 돼."

"그렇게 단순한 이야기입니까?"

아르크 씨가 애매한 표정으로 말하자 네아는 고개를 끄덕였다.

"그래. 최면을 건 연구원에게 상세한 내용을 전부 듣고서 조정을 돕게 했어. 우사토에게 능력 사용을 허락받은 날부터 카노코를 구하기 위해 토와의 조정을 진행했지."

"네아……."

내가 놀란 눈으로 네아를 보자 그녀는 자신만만한 표정을 지었다.

"응? 뭐야~, 마침내 내가 얼마나 대단한지 알았어? 더 칭찬해도 돼."

"네아가 덜렁거리지 않다니……!"

"그거 무슨 뜻이야?!"

솔직하게 칭찬하려고 했지만 왠지 기고만장해질 것 같았기에 그만뒀다.

하지만 「정말로 노력해 줬구나」 하고 속으로는 감탄했다.

나중에 은근슬쩍 칭찬해 주자. 은근슬쩍.

"그럼 이제 시작할 수 있어?"

씩씩거리며 화내는 네아에게 아마코가 물었다.

"준비는 다 됐어. 저쪽에 있는 하야테한테도 허가는 받았고."

토와 근처에서 부하들에게 지시하고 있는 하야테 씨에게 시선을 보냈다.

하야테 씨도 사후 처리로 바쁠 텐데 솔선하여 작업을 처리해 주고 있었다. 그에게는 정말 도움만 받는다.

"이걸로, 마침내……."

아마코의 엄마를 살릴 수 있다.

그날, 아마코의 부탁으로 시작된 이 여행이 이제 곧 끝난다.

아마코를 살펴보니 안색이 별로 좋지 않았다.

카노코 씨가 무사히 깨어날지 불안하겠지.

"응, 준비가 끝난 모양이네."

광장 안쪽으로 이동된 토와로 시선을 돌리니 2년간 깨어나지 않았던 카노코 씨가 그 근처로 옮겨졌다.

"카노코 씨를 토와에 넣는 거야?"

"그래. 침대를 증설해야 했지만, 사전에 준비할 시간이 충분히 있었기에 그 점은 괜찮아."

네아의 말에 안도하며 카노코 씨가 토와 안으로 옮겨지는 것을 지켜보았다.

카노코 씨를 돌보던 수인들이 토와 안에 새로 증설된 침대 위에 그녀를 눕혔고, 연구원이 카노코 씨의 사지와 머리에 코드로 연결된 구속구 같은 고리를 채웠다.

그리고 카노코 씨 옆에는 약으로 재운 상태인 진야 씨가 옮겨졌다.

"진야……."

하야테 씨는 그런 그를 슬프게 바라보았지만 우리는 굳이 아무 말도 하지 않았다.

"……."

아마코는 조용히 고른 숨을 내쉬는 카노코 씨를 불안하게 지켜보았다.

나는 그런 그녀의 어깨에 손을 올리고서 되도록 안심할 수 있게 말했다.

"분명 괜찮을 거야."

"하지만…… 나는 예지하는 것도 무서워져서……. 못 깨어나면 어쩌나 싶어서……."

자신 혼자만 결과를 알게 되는 것은 무섭겠지…….

괜찮은 말 따위 한마디도 못 하는 나는 그저 그녀 곁에서 준비가 끝나기를 기다릴 수밖에 없었다.

"시작할게. 문제는 일어나지 않겠지만 주의는 해둬."

우리가 고개를 끄덕인 것을 확인한 네아는 연구원들에게 토와를 기동하라고 했다.

잠시 뒤, 토와의 외벽 틈에서 황금빛이 났다. 진야 씨와 연결된 선을 통해 황금빛이 토와로 흘러갔고, 그것이 카노코 씨에게 이동했다.

마른침을 삼키며 그 광경을 지켜보고 있는데 아마코가 내 손을 잡아 왔다.

떨고 있는 작은 손을 꽉 맞잡았다.

"……빛이, 사그라들고 있어."

5분쯤 지나자 토와의 빛이 사그라들었다.

완전히 빛이 사라진 것을 지켜본 네아는 말없이 카노코 씨에게 다가가 그 몸을 살펴보았다.

"마력은 제대로 돌아왔어. 남은 건 깨어나느냐 마느냐야."

"진야 쪽은?"

하야테 씨의 질문에 네아는 진야 씨를 힐끗 보았다.

"진야 쪽도 본래 마력으로 돌아온 것 같아. 이쪽은 원래대로 돌아왔을 뿐이니 괜찮겠지."

"……!"

"앗, 아마코!"

참을 수 없었는지 아마코가 카노코 씨에게 달려갔다.

"엄마, 엄마……!"

울 것 같은 얼굴로 카노코 씨의 손을 움켜쥔 아마코는 쥐어짠 듯한 목소리로 엄마를 불렀다.

할 수 있는 일은 전부 했다.

이제 깨어나 주기만 하면…….

"……으응."

"아!"

그때, 카노코 씨가 신음을 흘렸다.

아마코가 즉각 말을 걸자 카노코 씨는 희미하게 눈을 떴다.

"아, 음, 나는……."

"엄마!"

"아마코? 아직 새벽인데…… 응? 아니, 아니야……. 나는 분명 토와를…… 그럼 혹시! 아윽?!"

카노코 씨가 몸을 일으키기 위해 상체에 힘을 줬지만, 2년이나 움직이지 않았기 때문인지 몹시 힘들어 보였다.

그런 카노코 씨를 향해 아마코가 두 팔을 활짝 벌리고 안겨 들었다.

"엄마, 더는 깨어나지 않는 줄 알았어……. 정말로 다행이야……!"

울면서 그렇게 말한 아마코를 보고 카노코 씨는 놀란 표정을 지었지만, 이내 온화하게 웃으며 그녀의 머리에 손을 올리고 자상하게 쓰다듬었다.

"아마코……. 그랬구나, 네가…… 애썼구나."

그 말을 계기로 아마코는 소리 높여 울었다.

힘들 때도 슬플 때도 결코 눈물을 보이지 않았던 소녀.

나이에 걸맞지 않게 어른스러웠던 그녀가 마침내 제 나이 때의 감정을 드러내며 울 수 있었다.

＊＊＊

그 후, 곧장 히노모토의 의사가 카노코 씨를 진찰했다.

생명 유지 기능을 하는 마도구와 수인들의 극진한 간호가 있었다고는 하지만 그녀는 2년이나 몸을 움직이지 않았다. 그 탓에 근력이 현저하게 저하되어 평범하게 걷는 것조차 쉽지 않았다.

그러나 검사 결과, 토와로 인한 마력 상실에 따른 후유증은 없는 모양이었다.

카노코 씨가 깨어난 날 밤.

우리는 카노코 씨가 누워 있는 방에 찾아왔다.

"여러분, 정말로 감사합니다. 아직 몸이 불편해서 제대로 인사드리지 못하지만 너그럽게 봐주세요."

이불 위에서 상체만 일으킨 채 카노코 씨가 머리를 숙였다.

"아, 아니에요. 그보다 너무 무리하지 마세요."

"엄마, 우사토 말이 맞아."

아마코가 카노코 씨 옆에 앉아 그녀를 걱정스럽게 힐끔거리고 있었다.

"대략적인 이야기는 들었어요. 하야테에게 고생을 많이 시키고 말았네요. 제가 좀 더 빨리 진야의 본성을 눈치챘었더라면 이렇게까지 사태가 커지지 않았을 텐데……."

"마음 써도 어쩔 수 없는 일이야. 나는 엄마가 무사히 깨어나 준

것만으로도 기뻐."

"아마코······!"

아마코의 말에 감격한 카노코 씨가 눈가를 훔쳤다.

"여러분께는 정말로 감사드리고 있어요. 아마코에게 들었지만 정식으로 이름을 여쭤도 될까요?"

"아, 네. 링글 왕국 구명단의 우사토 켄이라고 합니다."

"저는 링글 왕국 소속 기사, 아르크라고 합니다."

"사역마인 네아야. 지금은 올빼미 모습이지만 원래는 인간형 마물이야."

각각의 자기소개를 들은 카노코 씨는 마지막으로 나를 보고 생긋 웃었다.

"네가 내게 치유마법을 걸어 줬구나."

어라? 왠지 느낌이 친근해졌는데······.

"엇, 네, 맞아요. 그때는 의식이 있으셨나요?"

"자는 동안 순간적이나마 나를 필사적으로 살리려 하는 너와 아마코가 보였어. 근처에 진야가 있었기에 위험을 알리는 것 말고는 할 수 없었지만······. 그랬구나, 네가······ 흐응~."

카노코 씨는 상체를 옆으로 흔들며 나를 관찰했다.

의미심장한 시선을 받고 어떻게 반응하면 좋을지 알 수 없어졌다.

뭔가 굉장히 불길한 예감이 드는데 기분 탓일까?

"그래서 아마코와는 언제부터 사귀기 시작했니?"

"네?"

"뭐어?!"

나는 얼떨떨해했고 아마코는 얼빠진 목소리로 외쳤다.

그런 우리의 반응에 카노코 씨는 의기양양한 표정을 지었다.

"아마코. 설마 내가 모를 줄 알았니? 2년간 혼수상태에 빠져 있었어도 내 여우의 직감은 건재하단다. 이 귀에 파박 꽂혀서 딱 알아차렸지."

카노코 씨가 자신만만하게 팔짱을 꼈다. 그녀의 머리에 난 여우 귀도 의기양양하게 움직이고 있었다.

혹시 딸이 함께 노는 남자 사람 친구를 애인이라고 생각하는 아빠처럼 착각한 걸까?

예상치 못한 카노코 씨의 말에 한껏 동요한 아마코가 말했다.

"엄마? 무슨 소리를, 하는 거야?"

"흐흥, 엄마한테 숨겨도 소용없어~."

아, 이 사람, 허당 같은데……

조심조심 아마코를 보자 그녀는 얼굴이 새빨개져서 고개를 숙이고 있었다.

"다들, 지금 당장, 이 방에서, 나가 줘."

띄엄띄엄 말했지만 그 한 마디, 한 마디에서 수치와 분노가 배어났다.

너무나도 낮은 목소리라 무서웠다.

네아도 아마코의 모습을 보고 어깨 위에서 부르르 떨었다.

"어, 하지만……."

"나가 줘."

"네, 알겠습니다!"

단언하겠어.

지금 아마코는 코가보다 무서워!

그런 사정은 전혀 모른 채 카노코 씨는 우리를 불러 세우려고 했다.

"어머, 왜들 그러세요? 아마코도 왜 귀여운 얼굴로 그렇게 무서운 표정을 짓고 있니. 어라? 슬금슬금 다가와서 그 손으로 뭘…… 아, 잠깐, 꼬리는……."

장지문이 탁 닫히자 안에서 닭의 목을 조르는 듯한…… 아니, 여우의 꼬리를 붙잡은 듯한 소리가 울렸다. 여우가 꼬리를 잡혔을 때 무슨 소리를 내는지 들은 적이 없어서 모르지만, 아마 틀린 표현은 아닐 것이다.

"그래도 기운차 보여서 다행이야."

장지문 너머에서 우리에게 도움을 구하는 카노코 씨의 목소리를 들으며 안도했다.

다소 시간이 걸릴지도 모르지만 재활 치료를 계속하면 일상생활로 돌아올 수 있을 것이다. 카노코 씨처럼 마음이 굳건한 여성이라면 분명 괜찮을 터다.

하지만 나는 한 가지 마음에 걸리는 점이 있었다.

"……."

카노코 씨를 살렸다.

지금의 히노모토라면 하야테 씨가 카노코 씨와 아마코를 지켜주리라.

　그렇다면…… 아마코는 이곳에 남는 걸까.

　아니면 링글 왕국으로 돌아갈까.

　그 답은 아마코만이 낼 수 있었다.

🌸 제15화 많은 이들의 따뜻한 배려를 받으며······

카노코 씨가 깨어나고 사흘이 지났다.

아마코는 히노모토에 온 린카와 함께 행동하는 모습이 자주 보였다.

네아와 블루링은 늘어지게 자면서 시간을 보냈다.

어깨 위에서 행복하게 자는 올빼미를 보고 때때로 울컥하며, 나는 아르크 씨와 함께 히노모토의 부흥 작업을 도왔다.

하야테 씨의 노력 끝에 히노모토는 마침내 평화로운 일상을 되찾고 있었다.

"결국 가는 건가."

"네."

나는 자고 있는 네아를 어깨에 올린 채 아르크 씨와 함께 하야테 씨가 있는 방에 찾아왔다.

히노모토를 떠나 링글 왕국으로 돌아가겠다고 하자 하야테 씨는 섭섭한 표정을 지었다.

"병사들의 시선은 신경 쓰지 않아도 돼."

"그건 이미 익숙해졌어요."

내가 던져 버렸던 것 같은 진야 씨 측이었던 병사가 새파래진 얼굴로 거리를 두거나, 심할 때는 「더는 나쁜 짓 하지 않겠습니다!」라고 울먹이며 고개를 숙이기도 했다. 내가 했지만 좀 과했다는 생각이 들었다.

소동이 있고 나서 히노모토에서는 『나쁜 짓을 하면 오거가 던져버린다』라며 어린아이를 훈계하는 일이 생겼다고 한다.

내가 무슨 망태기 할아버지인가.

"그래…… 언제쯤 출발할 거지?"

"많이 쉬었고, 내일 점심쯤에 출발하면 좋겠다고 생각하고 있어요."

이 이상 오래 머물러도 민폐고, 무엇보다 링글 왕국으로 돌아가겠다는 취지를 빨리 알리고 싶었다.

히노모토에는 인간의 영역에 보낼 수 있는 후버드가 존재하지 않아서 우리의 안부를 아직 알리지 못한 상태였다.

"하야테 님은 괜찮으십니까? 지금은 임시 족장을 맡고 계신다고 들었습니다."

아르크 씨의 질문에 하야테 씨는 난처한 얼굴로 볼을 긁적였다.

"보좌였던 내가 현재 임시 족장을 맡고 있지만, 이대로 추대되는 사람이 없으면 당분간은 내가 족장이 될 거야."

"하야테 씨라면 안심이네요."

"하하하, 그럴까. 내가 생각하기에는 분수에 안 맞는 직무 같은데…… 하지만 가능한 한 노력은 하고 싶어."

이 사람이라면 괜찮겠지.

겸손하게 말하고는 있지만 히노모토를 곧장 바로 세울 수 있었던 것은 이 사람이 힘쓴 덕분이었다. 그의 행동을 확실하게 본 사람들이 불평할 리 없을 것이다.

곤란하다는 듯 웃던 하야테 씨가 이내 표정을 흐렸다.

"진야 말인데……."

"구속되어 있다고 들었어요."

"응. 카노코에게서 마법을 빼앗고 위험한 사상으로 싸움을 일으키려 했으니까 지금도 구속하고 있지만……."

"……무슨 일 있었나요?"

말을 머뭇거리는 하야테 씨를 보니 심상치 않은 느낌이 들었다.

"예지마법이 사라지자 진야는 심한 착란 상태에 빠져 버렸어. 2년간 줄곧 예지마법에 의존한 탓이겠지만, 앞이 보이지 않는 미래를 두려워하게 됐어."

"그런 당연한 일로……."

"당연하기 때문일 거야. 미래는 보통 알 수 없는 것인데 진야는 그것을 욕심냈어. 너무한 말이지만, 미래라는 보이지 않는 것에 대한 두려움이 지금의 진야에게 내린 벌일지도 몰라."

나는 예지마법을 쓰지 못하기에 진야 씨의 기분에 공감할 수 없다.

하지만 지금까지 보였던 것이 안 보이게 되는 것은 정말 무서울 것 같다. 그가 저지른 짓은 너무 도가 지나쳐서 용서하기 어렵지만 그 부분은 동정했다.

"이야기가 어두워져 버렸네. ……아, 그렇지. 깜빡했다. 너희와 만나면 이걸 하려고 했었는데."

뭔가를 떠올렸는지 창문 쪽으로 몸을 돌린 하야테 씨가 팔을 들었다. 그러자 열린 창문으로 파란 새 두 마리가 날아와 그의 팔에 내려앉았다.

"후버드?"

"우사토, 아르크. 나는 친구로서 너희와 교류를 계속하고 싶어. 아, 어려우면 거절해도 돼. 이건 족장이라는 입장과는 관계없이 어디까지나 개인적인 제안이니까."

"물론 좋아요!"

바랄 나위 없는 제안이었다.

나도 하야테 씨가 힘을 빌려줘서 아마코를 도울 수 있었다.

그런 그의 제안을 거절하다니 말도 안 되는 일이었다.

"아, 이 아이들은 아마코랑 린카와도 계약했으니까 린카의 편지가 전달될 수도 있어. 하하하!"

"그거 기대되네요."

그렇게 말하며 내가 팔을 들자 후버드 두 마리가 이쪽으로 폴짝 자리를 옮겼다. 다시금 보니 동그란 눈이 귀여웠다.

……어깨에 올리면 어떤 느낌일까.

"……앗! 내 위치가 위태로워질 것 같은 예감이 드는데?!"

"넌 무슨 소릴 하는 거야."

눈을 뜸과 동시에 의미 불명인 말을 내뱉는 네아를 의아하게 여기며 후버드와 간단한 사역마 계약을 맺었다.

계약이라고 해도 네아 때처럼 피를 매개로 하는 것이 아니라 후버드의 머리에 손끝을 대고 정해진 말을 중얼거리기만 하면 돼서 매우 편했다.

계약을 끝내자 네아가 필사적인 모습으로 날개를 퍼덕여 후버드를 쫓아냈다.

"여긴 내 자리야! 훠이, 훠이!"

언제부터 내 어깨가 네 것이 됐어? 확실히 정위치이긴 하지만.

뒤이어 아르크 씨도 후버드와 계약을 끝냈다.

후버드가 창문으로 날아가는 모습을 보던 하야테 씨가 문득 뭔가를 떠올린 표정으로 이쪽을 바라보았다.

"그러고 보니 아마코에게 출발한다고 말했어?"

"예, 하긴 했어요. 그 아이는 시간이 필요하다고 했지만, 어쩌면 엄마가 있는 이곳에 남을지도 몰라요. 그때는 그 아이를 잘 부탁드려요."

"그건 상관없지만…… 괜찮겠어?"

하야테 씨의 말에 나는 조금 망설였으나 곧 대답했다.

"아마코의 선택에 맡길 거예요."

"……응. 그렇다면 이 이상은 아무 말 안 할게. 그럼 다른 이야기를 할까. 오늘은 너희를 송별하는 연회를 열 생각인데 어때?"

"예? 연회라니, 그런 거창한……."

하야테 씨, 아주 멋지게 웃고 계신데요.

"최근에는 어두운 분위기가 계속됐으니까. 그걸 불식하는 행사이기도 하니 부담 가지지 않아도 돼. 그리고 우리 수인족은 잔치를

아주 좋아하거든. 다들 기꺼이 참가할 테니까 너희가 사양할 필요
는 없어."

그러고 보니 외딴 마을에서 열렸던 연회도 그런 느낌이었지.

새삼 생각해 보니 수인은 쾌활하고 즐거운 사람들이란 말이야.

나는 아르크 씨에게 확인을 받고 나서 하야테 씨에게 고개를 돌
렸다.

"그럼 기꺼이 참가할게요."

"좋아, 결정됐군! 그럼 모두에게 알리라고 할게!"

웃으며 부하에게 지시하는 하야테 씨를 보면서 아까 내가 했던
말을 떠올렸다.

아마코가 링글 왕국으로 갈지, 아니면 엄마가 있는 히노모토에
남을지.

평범하게 생각하면 역시 깨어난 엄마가 있는 히노모토에 남을 것
이다. 이별은 아쉽지만, 영영 못 만나는 것도 아니고 후버드로 연
락도 가능하다.

그러나 줄곧 함께 여행한 동료와의 이별은 각오해 둬야만 했다.

＊＊＊

나는 망설이고 있었다.

우사토와 함께 링글 왕국으로 돌아갈지, 엄마가 있는 히노모토
에 남을지.

예전 같았으면 나는 고민하지 않고 이곳에 남겠다고 했을 것이다.

하지만 긴 여행을 끝낸 지금의 나에게 우사토와 동료들은 엄마와 비슷하게 소중한 존재가 되어 있었다.

우사토가 링글 왕국으로 돌아가게 되면서 하야테 씨가 송별회를 열었다. 외딴 마을보다 규모가 더 큰 연회였는데, 모두가 먹고 마시며 웃었다.

병석에서 갓 일어난 엄마는 간이 센 음식은 먹을 수 없었기에 연회를 바라볼 수 있는 곳에 앉았고, 나는 린카와 함께 연회를 구경하며 다녔다.

그 와중에 본 우사토는 달관한 얼굴로 또다시 팔씨름 대결을 벌여 차례차례 히노모토의 남자들을 해치웠고, 이로 인해 히노모토 아이들에게 『인간=우사토=괴물』이라는 인상을 주고 말았지만 나는 바로 잊어버리기로 했다.

아무튼 떠들썩하고 즐거운 연회였다.

소동은 그다음 날 일어났다.

"우, 우사토 군, 고마워, 고마워요……."

"아, 아하하……."

"엄마, 왜 참질 못한 거야?"

엄마가 배탈이 났다.

황급히 우사토를 부른 후 이유를 물어보니…….

"힝, 그치만 맛있어 보였는걸."

「힝」 같은 소리 하네, 하고 소리 내어 말하지 않은 나를 칭찬해 줬으면 좋겠다.

서른네 살이나 먹었으면서 이 사람은 무슨 말을 하는 거야. 이때만큼은 이 사람의 딸이라는 사실이 부끄러웠다.

사건의 발단은 연회를 가만히 보고 있을 수 없었던 엄마가 요리를 먹어 버린 것이었다.

2년이나 제대로 고형물을 먹지 않았으니 엄마의 뱃속이 깜짝 놀라 버렸을 것이다.

우사토의 치유마법으로 어떻게든 치료받은 엄마는 울며 머리를 숙였으나 정작 우사토는 어이없어했다.

창피해, 진짜 창피해…….

"우사토, 미안. 출발 준비도 해야 하는데……. 엄마는 저래 보여도 천진하고 어린애 같은 구석이 있어서……."

엄마가 있는 방을 나와 문 앞에서 우사토에게 사과하자 그는 쓰게 웃으며 손사래를 쳤다.

"괜찮아, 괜찮아. 카노코 씨의 건강이 중요하니까. 그리고, 아마코……."

"……곧 결정할 거야."

내 말에 그는 천천히 고개를 끄덕였다.

확실히 정하지 못하는 스스로에게 내심 염증을 느끼며 출발 준비를 하러 가는 우사토를 배웅한 나는 엄마의 방으로 돌아왔다.

한숨과 함께 방으로 들어가자 이불 위에 정좌로 앉은 엄마가 나를 지그시 바라보았다.

"아마코."

"왜?"

"난 걱정하지 않아도 돼."

"조금 전에 그런 추태를 부려 놓고?"

"추, 추태라니……."

내 신랄한 말에 엄마는 손으로 입을 가리며 충격을 받았다.

하지만 이런 말을 꺼낸 것을 보면 우사토와 한 이야기가 들린 것이리라.

그래도 역시 엄마가 걱정됐다. 아직 제대로 걸을 수 없으니 내가 옆에 붙어 있어야 했다.

"성장했구나, 아마코."

그때, 그 한마디에 정신을 차리고 엄마를 보았다.

엄마의 표정은 아까 같은 어벙한 표정이 아니라 온화한 표정으로 바뀌어 있었다.

"키는 별로 안 컸지만, 마음이 어른이 됐어."

"……쓸데없이 키 얘기는 왜 해."

"후후, 미안."

토라진 내 머리를 엄마가 쓰다듬었다.

연약한 손, 하지만 안심이 되는 따뜻한 그 손길이 기분 좋았다.

"하지만 너는 아직 어린아이여도 돼."

"어……?"

생각지도 못한 말에 갑자기 멍해졌다.

내가 그러든 말든 엄마는 말을 이었다.

"나는 네가 자유롭게 살길 원했어. 때를 읽는 자의 숙명이니 뭐니 전부 잊고서, 행복한 인생을 살아 준다면 그걸로 좋았어."

"……."

"토와를 폭주시켰을 때, 진야에게 내 예지마법이 넘어가고 내가 깨지 않는 잠에 빠져 버릴 거라는 건 예지마법으로 미리 알고 있었어."

"읏, 무슨 뜻이야?"

설마 엄마는 전부 알고서 토와를 폭주시켰던 거야?

내가 깜짝 놀라자 엄마는 생각에 잠겨 고개를 숙였다.

"내게 무슨 일이 일어났음을 알게 된 너는 진야에게서 도망쳐 바깥세상으로 여행을 떠났어. 하야테의 아버지, 카가리 씨가 널 숨겨 주시면 좋겠다고 생각했었지만, 실제 미래는 달랐지."

"왜 함께 도망치지 않은 거야……?"

"나는 진야의 감시를 벗어나 히노모토를 나갈 수 없었어. 가능하더라도 아주 잠시뿐이었기에 이럴 수밖에 없었단다……."

"그럼 엄마는 스스로 미끼가 되어 내게 자유를 준 거야……?"

"……."

엄마는 내 물음에 답하지 않고 후회하는 얼굴로 눈을 감았다.

"……하지만 내 말이 오히려 널 구속하고 말았어. 평온한 삶을 바라는 게 아니라 날 살리기 위해 애쓰도록 만들고 말았어. 물론 정말로 고맙게 생각해. 하지만…… 2년간 널 힘들고 외롭게 만들어 버린 나는 엄마로서 실격이야."

"아니야. 그렇지 않아."

나는 엄마의 말을 단호하게 부정하고 똑바로 눈을 맞췄다.

"2년간 확실히 힘들기도 했지만 외롭진 않았어. 왜냐하면 날 받아들여 준 사람들이 잔뜩 있었으니까."

링글 왕국에 사는 선량한 사람들.

셀 수 없이 많은 사람들이 나를 받아들여 줬다.

내 말에 엄마는 눈을 동그랗게 떴다가, 나를 다정하게 안아 주었다.

"사실은 우사토 군과 함께 가고 싶지?"

"……응."

"무리하지 않아도 돼. 어린아이답게 떼써서 날 잔뜩 애먹여 주렴."

엄마는 그렇게 말하고 생긋 웃었다.

어린아이답게…….

지금까지 그런 건 생각해보지 않았다.

살기 위해서는 언제까지고 어린애로 있을 수 없었고, 그렇게까지 남에게 응석 부리는 성격도 아니었다.

하지만 엄마의 말을 듣고 나도 마침내 결심이 섰다.

"엄마, 나…… 우사토와 함께 링글 왕국으로 갈래."

나는 아직 우사토와 함께 있고 싶다.

설령 마왕군의 위협에 노출되더라도 링글 왕국이 나의 제2의 고향이었다.

"그러렴. 나 때문에 남는다고 하면 어쩌나 싶었어. 한창때 딸을 줄곧 붙잡아 두다니, 어떻게 그래."

안았던 팔을 푼 엄마는 안도하며 가슴을 쓸어내렸다.

하지만 곧 마음을 다잡고 진지한 얼굴로 돌아와 검지를 세우고서 엄중하게 입을 열었다.

"여행을 떠나기 전에 엄마가 조언 하나 할게."

"응."

"사냥감은 놓치면 안 돼."

"……뭐?"

엄마가 말하는 「사냥감」이 누구를 가리키는지는 분하지만 바로 알았다.

하지만 보통은 이 흐름에서 그런 화제 안 꺼내잖아……!

"보아하니 그는 누군가가 자신에게 호감을 가지고 있으리라고는 생각하지 않는 것 같아. 가장 성가신 타입이지만, 이쪽의 호감을 눈치채게 만들면 그 후는 간단할 거야. 하지만 승부는 단기전이 바람직해. 아마 그를 노리고 있는 자객이 더 있을 테니까."

"무, 무슨……!"

잇달아 나오는 말에 벌어진 입을 다물 수 없었다.

이 사람은 진짜……!

"즉, 미인계—."

"에잇!"

엄마가 말을 끝내기 전에 가볍게 손날로 정수리를 때렸다.

"켕?!"

기묘한 외침과 함께 해롱거리며 쓰러진 엄마에게 등을 돌린 나는 조용히 방을 나가려고 했다.

하지만—.

"아마코, 잘 다녀오렴."

그 말에 발을 멈췄다.

여러 가지 감정이 북받쳤지만 어떻게든 억누르고 대답했다.

"응. 다녀오겠습니다."

두 번째 이별.

첫 번째 때는 절망 속을 나아갔었지만 지금은 다르다.

여기서 내가 돌아오기를 기다려 주는 사람이 있다. 그것만으로 도 이 나라는 내게 돌아올 장소가 되었다.

***

아마코는 우리와 함께 링글 왕국으로 가는 것을 택했다.

카노코 씨와 어떤 이야기를 했는지는 모르지만, 그것이 아마코 의 선택이라면 나는 군말 없이 받아들일 뿐이다.

여행 준비를 마친 우리는 히노모토의 출구에서 하야테 씨와 작 별 인사를 나눴다.

"이별은 슬프지만 너희와 만나서 정말 다행이라고 생각해. 너희가 안전하게 링글 왕국으로 돌아갈 수 있기를 진심으로 기도할게."

"감사합니다. 하야테 씨."

"신세 졌습니다."

나와 아르크 씨는 하야테 씨와 악수하며 작별 인사를 마쳤다.

이어서 하야테 씨의 뒤에서 린카가 얼굴을 내밀더니 고개를 숙인 채 아마코에게 다가왔다.

입을 달싹이며 머뭇거리는 린카를 보고 아마코는 살짝 까치발을 들어 그녀의 머리에 손을 얹었다.

"저번에는 말하지 못했지만 이번에는 제대로 말할게. 또 보자, 린카."

"……응. 편지 잔뜩 쓸게. 후버드가 쓰러져 버릴 만큼 보낼게!"

"불쌍하니까 그렇게까진 하지 말자."

아마코가 쓴웃음을 지었고, 린카는 눈가를 벅벅 닦았다.

얼굴을 든 린카는 눈가가 빨갛게 부어 있었지만 그래도 웃고 있었다.

그 후 아르크 씨, 네아, 블루링에게도 각각 작별 인사를 건넨 린카는 마지막으로 내게 말했다.

"아마코를 도와줘서 고마워! 나, 우사토와 만나서 좋았어!"

"나야말로 고마워. 린카."

"우사토한테도 편지 쓸게! 꼭 답장 보내줘야 해!"

"그래. 하지만 후버드도 신경 써 주자."

"응!"

린카는 환하게 웃으며 고개를 끄덕였다.

그런 그녀를 따라 나도 미소를 지었다.

"그럼 슬슬 출발할게요. 하야테 씨, 린카, 정말 감사했습니다."

"또 보자!"

손을 흔들어 주는 하야테 씨와 린카에게 마주 손을 흔들며, 우리는 숲속을 걷기 시작했다.

멀어지는 히노모토를 보고 감개무량한 기분을 느끼며, 말을 끌고 있는 아르크 씨에게 다음 예정에 관해 물었다.

"아르크 씨, 이제 미아라크로 갈 거죠?"

"예. 원래는 루크비스를 경유해서 귀환할 예정이었지만, 미아라크에서 배를 내준다고 하니 그 호의를 받아들이기로 하죠. 그 전에 예정을 변경한다는 서신을 링글 왕국에 보내야겠습니다."

그러고 보니 돌아갈 때 다시 한 번 루크비스를 경유할 예정이었던가.

예정이 바뀌긴 했지만 돌아가는 길은 배로 느긋하게 귀환할 수 있을 것 같다.

배는 별로 타본 적이 없어서 기대됐다. 지금까지 줄곧 육로를 이용했으니 이전과는 다른 경치를 볼 수 있겠지.

"……이누카미 선배와 카즈키는 무사히 돌아왔으려나."

슬슬 여행을 끝냈을 선배와 카즈키가 문득 신경 쓰였다.

"스즈네는 이러니저러니 해도 잘 있을 것 같아."

"하하하, 확실히 그러네."

아마코의 말을 듣고 기운찬 선배의 모습을 떠올렸다.

뭐, 재회하면 눈물 쏙 빠지게 보복할 생각이지만.

희희낙락대며 선배를 가지고 놀 계획을 세우고 있으니 옆에서 걷던 아마코가 난데없이 단복 자락을 가볍게 잡았다.

"왜 그래?"

"여행은 끝나지만 좀 더 같이 있을 거야."

"……당연하지. 설마 그렇게 바로 끊을 수 있는 인연이라고 생각했어?"

우리는 함께 여행한 동료다.

그러니 아마코와 한 약속이 이루어졌어도 나와 아마코의 인연은 끊어지지 않는다.

어째선지 아마코가 어깨를 살짝 떨궜지만, 이내 얼굴을 들고 어이없다는 듯 웃었다.

"그래야 우사토지."

"……무슨 뜻이야?"

"아, 그러고 보니 엄마가 그랬는데, 자객이 우사토를 노리고 있다나 봐."

"무슨 뜻이야?!"

"걱정하지 않아도 돼. 자객이 노리고 있는 건 목숨이 아니니까."

의미를 알 수 없는 아마코의 충고에 당황스러웠다.

목숨을 노리지 않는 자객이라니 그게 뭐야?!

여행 도중에 또 뭔가가 일어나는 건가?! 돌아갈 때는 좀 봐줬으면 좋겠는데…….

"아~, 과연, 그런 뜻이구나."

"우사토 님은 앞으로가 큰일인 것 같군요."

"크앙~."

네아도 아르크 씨도, 그리고 어째선지 블루링도 알 만하다는 얼굴로 고개를 끄덕였다.

아무래도 아마코의 진의를 모르는 사람은 나뿐인 것 같았다.

🌸제16화 생각지 못한 재회?!

배를 타기 위해 며칠을 걸어 다시 수상도시 미아라크로 돌아온 우리는 미아라크의 여왕인 노른 님과 신룡 파르가 님과 재회한 후, 미아라크의 용사인 레오나 씨의 호위를 받으며 배를 타고 링글 왕국으로 향하게 되었다.

카론 씨와는 만나지 못했지만, 그는 아내분과 함께 미아라크 부흥을 위해 힘쓰고 있는 듯했다.

카론 씨 본인은 무거운 처벌을 받고 싶어 했으나 노른 님이 모두에게 사정을 설명해서 다소 처분이 가벼워졌다고 한다.

"조금 있으면 목적지에 도착하겠군."

배의 갑판에서 흘러가는 경치를 멍하니 바라보고 있으니 레오나 씨가 말을 걸어왔다.

미아라크를 출발한 지 이틀.

갈 때보다도 압도적으로 빠르게 링글 왕국과 가까워지고 있었다.

"역시 빠르네요."

"미아라크가 자랑하는 최고의 배니까. 링글 왕국으로 돌아가면 넌 어쩔 거지?"

"글쎄요. 우선은 이누카미 선배와 카즈키를 만나러 갈 거예요."

"이누카미라면…… 네가 친구라고 했던 용사인가."

"네. 루크비스에서 헤어질 때, 반드시 다시 만나자고 약속했으니까요."

그때 선배에게 받은 부적은 아직도 갖고 있었다.

파란만장한 여행을 한 탓인지 너덜너덜해졌지만, 이 부적이 몇 번이나 내게 힘을 줬다.

"……그, 그그그, 그러고 보니, 물어보고 싶은 게 있는데……."

"네, 뭔가요?"

약간 부자연스럽게 묻는 레오나 씨의 모습에 의아해하며 고개를 끄덕이자, 그녀는 깔끔하게 접힌 종이 같은 것을 주머니에서 꺼내 내게 보여 줬다.

"성에서 일하는 메이드에게 이걸 받아서 말이야……. 너와 용사 이누카미가, 그…… 사랑하는 사이라고……."

그 종이는 예전에 봤었던, 선배가 저지른 일이 적힌 기사였다.

내가 말없이 당황하자 레오나 씨는 조금 어색하게 시선을 강 쪽으로 돌렸다.

"그 반응을 보고 알았어. 우사토, 나는 너희를 축복하겠─."

"레오나 씨! 일단은 사정을, 사정을 들어 주세요!"

"으, 응?"

어째선지 심상치 않은 결의와 함께 말을 쥐어짠 레오나 씨에게 필사적으로 설명했다.

대략적인 사정을 들은 그녀는 안도한 듯한 표정으로 팔짱을 꼈다.

"그랬군. 타국 왕자의 고백을 거절하기 위한 방편인가. 대중 앞에서 그런 말을 한 그쪽도 문제가 있지만, 용사 이누카미도 대담한 짓을 하는군."

"그 탓에 저는 혼란스러워요. 왜 내 이름을 꺼냈는지……."

"우사토, 그건……."

"네?"

"……아니, 아무것도 아니야."

뭔가를 말하려던 레오나 씨에게 반문했지만 레오나 씨는 얼버무려 버렸다.

"용사 이누카미는 어떤 사람이지?"

"글쎄요. 호기심이 왕성해서 이런저런 일에 달려들고…… 아, 조금만 다정하게 굴어도 금방 까불거려요."

"……용사 이누카미는 인간이지? 개나 고양이를 소개하는 것처럼 들리는데……."

"……?"

"조금의 의문도 못 느꼈어?!"

……아! 저질렀다! 하지만 이누카미 선배의 성격을 솔직히 이야기하면 이렇게 설명할 수밖에 없는데…….

선배의 명예와도 관련된 일이니 역시 좀 더 제대로 설명해야 하려나?

"선배를 말로 표현하는 건 어렵지만…… 나쁜 사람은 아니에요. 오히려 좋은 사람이죠. 이 세계에 오기 전에는 정말로 완벽한 사람이라고 생각했었지만, 실제로는 누구보다 인간미가 있는 사람이에요.”

“아아, 그런가. 너와 두 용사는 다른 세계에서 왔지.”

우리 세 사람은 링글 왕국의 용사 소환으로 이 세계에 왔다. 뭐, 용사로 소환된 선배랑 카즈키와 달리 나는 휘말렸을 뿐이지만.

처음에는 짐작이 되지 않게 막무가내로 달려왔지만, 지금은 분명하게 내가 걸어야 할 길을 정하고 이 세계에서 살고 있었다.

“선배에게 있어 원래 세계는 자유롭지 못한 곳이었겠죠. 진정한 의미에서 하고 싶은 일을 하지 못하고, 주위 사람들이 생각하는 이미지대로 자신을 꾸미며 그렇게 행동해야만 했어요.”

원래 세계에서 처음 선배와 이야기했을 때도 그녀는 뭐든 잘 소화하는 대단한 사람이라는 이미지를 가지고 있었다.

하지만 이 세계에 오고 난 후, 그 이미지는 좋은 의미로 무너졌다.

『우~사~토~군~!』

그런 생각을 하고 있어서 그런지 선배가 날 부르는 소리가 들린 것 같았다.

“선배는 너무 자유로운 구석이 있긴 하지만 어느 때나 밝아서 저도 기운을 받게 돼요. 그런 기분이 들어요.”

『어~이!』

“가끔 폭주해 버리지만, 그것도 익숙해졌어요.”

“우, 우사토. 아까부터 강기슭에서 널 부르고 있는 사람이 있는데……”

“응?”

레오나 씨의 시선을 좇아 눈을 돌리자, 이쪽을 향해 손을 흔들고 있는 소녀의 모습이 보였다.

인근 마을 사람인가? 배가 이곳을 지나는 건 오랜만인 모양이니, 그래서 손을 흔들고 있는 것인지도 모른다.

"아, 딱 저기서 손을 흔들고 있는 흑발 소녀와 닮았…… 응?"

『어~이! 우~사~토~군~!』

"으응?"

눈을 비빈 나는 다시 한 번 소녀를 바라보았다.

예쁜 흑발과 쾌활하게 웃는 얼굴.

그리고 평소처럼 톡톡 튀는 목소리로 내 이름을 부르고 있는 저 사람은…….

"선배?!"

놀랍게도 조금 전까지 레오나 씨에게 이야기하던 이누카미 선배 본인이었다.

나는 멍하니 손을 마주 흔들 수밖에 없었다.

***

"레오나 씨, 선장님. 중간에 내리게 됐지만 여기까지 태워 주셔서 감사합니다."

선배와 합류한 우리는 거기서 하선하여 그대로 링글 왕국으로 가게 되었다.

원래는 선배도 배에 태워도 되나 고민했었는데, 선배를 따르는 호위 기사들의 말을 배에 태울 수가 없다고 해서 우리가 내리게 된 것이다.

"신경 쓰지 마. 짧은 기간이었지만 너희와 함께한 선박 여행은 무척 즐거웠어. 그리고······."

"······?"

레오나 씨의 시선이 선배에게 향했다.

혹시 선배가 레오나 씨를 보자마자 「쿨 계열! 쿨 계열 기사야, 우사토 군!」하고 엄청난 발언을 한 것을 신경 쓰고 있는 걸까?

그런 걱정을 하고 있으니 예상과 달리 레오나 씨는 미소를 지어 보였다.

"네 친구인 용사 이누카미와 만나게 돼서 다행이야."

"레오나 씨······."

"나도 더 노력해야겠어. 미아라크의······ 그리고 너의 용사이기 위해."

"예? 그 말은······."

"웃, 그, 그럼 이만!"

레오나 씨에게 말의 진의를 물어보려고 하자 그녀는 그대로 작별 인사를 하고서 빠르게 배로 돌아가 버렸다.

이윽고 레오나 씨를 태운 배가 강기슭에서 멀어졌다.

"있지, 우사토 군."

"네?"

갑판에서 이쪽을 향해 손을 흔드는 레오나 씨에게 마주 손을 흔들고 있으니, 이제껏 조용하던 선배가 나를 불렀다.

"생각해 봤는데 넌 플래그를 너무 많이 세우는 것 같지 않아?"

"오랜만에 만나서 이런 말 하긴 좀 그런데, 선배는 대체 무슨 소릴 하는 거예요?"

아마코도 선배의 말에 고개 끄덕이지 마.

초장부터 액셀을 밟아 대는 선배에게 당황하며, 레오나 씨가 탄 배가 보이지 않게 되었을 즈음 짐을 정리하는 작업으로 넘어갔다.

그러고 보니 아까부터 네아가 조용하네. 배에서 내릴 때는 올빼미 상태로 내 어깨에 앉아 있었는데…… 아, 자고 있잖아.

아르크 씨는 선배의 호위 기사들과 이후 일정을 이야기하고 있었다. 아무래도 선배 역시 루크비스에 들르지 않고 이대로 우리와 함께 링글 왕국으로 돌아가게 될 것 같았다.

"이야~, 설마 이런 곳에서 합류하게 될 줄은 몰랐어."

"저도 깜짝 놀랐어요……."

나와 대화를 나누던 선배의 시선이 내 옆에 있는 아마코에게 이동했다.

"아마코도 오랜만이야! 쓰다듬어도 될까?"

"오랜만이야. 스즈네가 변함없어서 안심했어."

아마코가 냉큼 거리를 벌리자 선배는 은근히 충격을 받았지만 이내 내게 시선을 되돌렸다.

"너와는 이것저것 얘기를 나누고 싶지만 그건 나중에 하자. 앞으로 시간은 많이 있으니까. 우선은……."

그렇게 말한 선배는 이쪽으로 몸을 돌렸다.

"다시 무사히 만나게 돼서 기뻐, 우사토 군!"

밝게 웃는 그 얼굴을 무심코 넋 놓고 쳐다본 나는 가까스로 시선을 돌리며 고개를 끄덕였다.

"……네."

"음? 혹시 쑥스러워하는 거야?"

"아니요."

"그럼 좀 더 얼굴을 보여줘. 응? 살짝만이라도 좋으니까!"

"제 얼굴 봐 봤자 별거 없는데요……!"

기쁘게 웃으며 내 표정을 보려고 하는 선배에게 등을 돌렸다.

역시 선배는 선배였다.

하지만 나만 일방적으로 쑥스러운 것은 납득할 수 없으니 반격하자.

"아, 그건 그렇고. 선배와 다시 만나면 하고 싶은 말이 있었어요."

"엥? ……아!"

바로 알아차렸는지 선배의 얼굴이 파래졌다.

나는 이때를 위해 들고 다녔던 것— 선배와 나에 관해 적힌 기사를 짐에서 꺼내 선배에게 보여줬다.

"이건 뭐죠?"

"으, 아…… 그, 그건……."

캄헤리오 왕국의 왕자에게 고백받았을 때, 선배가 내 이름을 대며 상대를 뻥 차버렸다는 기사였다.

"자, 변명해 보세요."

"미, 미안! 그때는 나도 홧김에 이것저것 말해 버렸지만, 설마 이렇게까지 일이 커질 줄은 몰랐어!"

"······."

"말없이 웃고 있어?! 하지만 눈이 웃고 있지 않아?!"

생긋 웃는 나를 보고 선배가 뒷걸음질 쳤다.

······뭐, 선배만의 잘못이 아님은 이해하고 있었다. 그럴 만한 상황이었고, 캄헤리오 왕자도 내 이름을 꺼내지 않았다면 포기하지 않았을지도 모른다.

"선배, 저는 화나지 않았어요."

"어? 저, 정말?"

"네. 선배는 그 순간의 기분에 따라 행동한 뒤에 나중에 떠올리며 부끄러워하는 사람이잖아요."

"화났지?! 곳곳에 가시가 돋쳐 있어!"

내 말에 선배가 당황했다.

그런 그녀를 보며 짐짓 한숨을 쉰 나는 어쩔 수 없다는 듯 고개를 가로저었다.

"알겠어요. 그럼 딱밤 일격으로 용서할게요. 그걸로 청산해요."

"일격?! 한 대가 아니라?!"

"스즈네, 지금까지 즐거웠어."

"아마코?! 우리 이제 막 재회했잖아!"

딱밤 자세를 취하고 때리는 흉내를 내자 윙윙거리며 시원하게 바람을 가르는 소리가 났다.

"우, 우사토 군…… 그거, 인간이 딱밤으로 낼 수 있는 소리가 아닌데……"

"괜찮아요. 딱콩, 하고 끝날 거예요."

"그렇게 귀엽지 않을 것 같은데?!"

선배는 잠시 고민하는 모습을 보였지만 이내 각오를 다졌는지 눈을 감았다.

"이, 이걸로 용서해 준다면……! 때려, 우사토 군!"

"……"

농담이었는데 말이지.

언제 날아올지 알 수 없는 딱밤에 벌벌 떠는 선배를 보니 여전하다는 생각이 들었다.

……그래, 딱밤은 안 날릴 거지만 선배에게 그걸 보여 주자.

그 생각에 이른 나는 늘 지니고 다니던 부적을 주머니에서 꺼내 그걸로 선배의 이마를 툭 쳤다.

"아야! 응……? 안 아파?"

"아까 말했듯이 애초에 화 안 났어요. 그리고 여기, 선배에게 받은 이것도 보여 주고 싶었고요."

"어? 아, 그거……"

그제야 선배는 내 손에 있는 부적을 알아차렸다.

"너덜너덜해져 버렸지만 잘 가지고 있었어요."

"거, 걸리적거리면 버려도 됐는데……."

"설마요, 안 버려요. 이건 제게도 소중한 물건이니까요."

깜짝 놀란 목소리를 낸 선배의 얼굴이 새빨개졌다.

아마 루크비스에서 내게 부적을 줬을 때 울어 버렸던 일이 생각났으리라.

나는 별로 신경 쓰지 않는다……기보다 그만큼 선배가 나와 카즈키를 생각해 줬음을 알고 기뻤었지만.

아무튼 선배에게 줄 벌로는 이 정도가 딱 좋은─.

"잘 가지고 있어 줘서 고마워……!"

……어라?! 뭔가 내가 상상했던 방식의 쑥스러움이 아닌데?!

뭐야, 이 어색한 침묵…….

어쩌면 좋을지 알 수 없어서 서로 입을 다물어 버린 그때, 옆에서 보고 있던 아마코가 다소 작위적으로 헛기침을 해서 둘 다 제정신을 차렸다.

"슬슬 출발할 것 같아. 둘 다 짐 안 챙겨?"

"……그러네. 선배도 짐 챙겨야 하지 않아요?"

"그, 그래! 아마코 말이 맞아!"

어색함을 무마하듯 나와 선배도 짐 챙기는 작업에 착수했다.

얼추 다 챙기고 어깨에 메니 익숙한 그 무게에 조금 감개무량한 기분이 들었다.

"……우리의 여행도 끝인가."

마도도시 루크비스에서는 괴롭힘 당하던 나크를 단련시켰다.

도중에 좀비와 사룡과 싸우고 네아가 동료가 됐다.

기도의 나라 사마리알에서는 마술에 속박당했던 영혼을 해방시키고 에바의 존재를 되찾았다.

수상도시 미아라크에서는 용사 레오나 씨와 함께 용의 피를 이은 카론 씨와 싸웠다.

히노모토에서는 아마코의 모친, 카노코 씨를 구했다.

그리고 모든 목적을 끝낸 우리는 마침내 링글 왕국으로 돌아갈 수 있게 되었다.

"다들 잘 지내고 있을까."

카즈키와 성 사람들, 그리고 구명단원들.

험상궂은 그 인간들은 평소와 똑같겠지.

올가 씨와 우루루 씨는 사이좋게 지내고 있을까.

나크와 페름은 열심히 훈련하고 있을까.

그리고 내 스승이자 상사인 로즈는…….

"……무섭지만 기대되기도 해."

그렇게 중얼거리며 짐을 고쳐 메고 일어났다.

그러자 근처에서 마찬가지로 짐을 챙긴 선배가 퍼뜩 놀란 표정으로 내게 바싹 다가왔다.

"그러고 보니 우사토 군! 아까부터 열심히 무시했지만, 네 어깨에 있는 그 멋지고 귀여운 올빼미는 뭐야?!"

"아, 그게, 이 녀석은……."

"마, 마마마, 만져 봐도 돼?!"

손가락을 꼼지락거리며 다가오는 선배를 보고 뒷걸음질 치자, 어깨에서 자던 네아가 눈을 비비며 깨어났다.

"아아, 진짜! 시끄럽네. 잘 자고 있는데!"

"마, 말했어?!"

사람 말을 하는 올빼미를 보고 경악하는 선배의 모습에 나도 모르게 머리를 싸맸다.

선배가 네아에게 관심을 보일 줄은 예상했지만, 설마 이렇게까지 당황할 줄은 몰랐다.

"단박에 엉망진창이 되어 버렸어……."

"역시 스즈네는 변함없이 이상한 사람이야."

"하하, 그러게."

아마코와 함께 웃으며 나는 링글 왕국으로 이어진 길을 응시했다.

우리의 여행은 끝을 맞이했다.

하지만 용사인 선배와 카즈키, 그리고 구명단원인 나의 사명은 아직 끝나지 않았다.

이 앞에는 전보다 더한 고난이 기다리고 있을지도 모른다.

살을 에는 듯한 괴로운 일이 일어날지도 모른다.

하지만 그렇더라도 태양처럼 밝은 이 사람과 함께라면 웃음을 잃지 않고 걸어갈 수 있을 것 같다는 생각이 들었다.

막간 다가올 위협

　마왕님의 시녀에 불과한 내게 군단장님은 아득한 윗사람이었다.

　마왕군 내에서도 걸출한 실력과 카리스마를 갖추고 마왕님의 수족이 되어 싸우는 최고 전력.

　그런 분들 중 한 명인 제2군단장 코가 님과 제3군단장이었던 아미라 님이 수인의 나라에서 귀환하여 마왕님 앞에 무릎을 꿇고 있었다.

　"코가여. 그래서 수인족은 함께 싸우기에 걸맞지 않다고 판단한 건가?"

　"네. 그들은 전쟁터에 나가면 확실하게 우리의 발목을 잡을 테니까요. 무엇보다 싸움을 바라지 않는 자를 억지로 동원하는 행위는 우리 마족의 품위를 깎아내릴 수도 있다고 생각하여 그렇게 판단했습니다."

　"음."

　코가 님의 발언에 마왕님은 고개를 끄덕이셨다.

　……코가 님은 마왕님께 조금 스스럼없는 말투를 쓰시는구나.

　"나의 시대에는 인간 측이 수인족을 강제로 징병했었는데 그 꼴이 참으로 참담했지. 싸움을 바라지 않는 자는 그 자리에서 인간에게 베여 죽거나 미끼로 쓰여 적과 함께 죽거나 둘 중 하나였다.

너의 판단은 틀리지 않았다. 코가, 아미라. 임무를 잘 완수했다."

"칭찬의 말씀 감사합니다."

"웃, 더없는 영광입니다!"

그것으로 보고는 끝난 줄 알았는데, 아미라 님이 조금 떨리는 목소리로 입을 열었다.

"하나 더 보고드릴 것이 있습니다."

"잠깐?! 아미라, 너……!"

"뭐지?"

코가 님이 허둥거리며 아미라 님을 막으려고 했지만 마왕님께서 이야기를 듣고자 했기에 결국 입을 다물었다.

아미라 님이 보고한 내용은 링글 왕국에서 온 인간들과 수인의 나라에서 전투했다는 것이었다.

현재 마족과 인간족은 전쟁 상태이니 그렇게 문제될 일은 아닌 것 같았지만, 아미라 님은 당장에라도 자결할 것처럼 절박한 표정이었다.

"마왕님께서 명령하지 않으신 일을 한 것은 사실입니다. 마왕님께서 바라신다면 저와 제2군단장은 지금 당장 마왕님께 이 목을 바치겠습니다."

"야! 멋대로 나까지 죽이려고 하지 마! 마왕님도 그런 건 바라지 않으셔!"

코가 님이 경악한 표정으로 태연자약하게 자신까지 끌어들이는 아미라 님을 말렸다.

그 모습을 멍하니 보고 있으니, 작게 한숨을 내쉰 마왕님께서 말씀하셨다.

"그렇게 책임을 느낄 필요는 없다. 그래서 결국 어떻게 됐지?"

"이야~, 그게 말이죠. 져 버렸습니다."

코가 님이 태평하게 그리 대답하자 마왕님도 조금 놀라신 것 같았다.

나도 얼굴에 드러나지 않게 노력하고 있지만 내심 엄청나게 놀랐다.

코가 님은 젊은 나이에 제2군단장이 된 어둠마법 사용자다. 그런 분이 졌다는데 놀라지 않는 것이 더 이상했다.

"호오, 네가 말인가. 대체 누구와 싸웠기에?"

"제가 싸운 건 링글 왕국의 치유마법사로 로즈의 제자입니다. 승부가 났을 때 아직 여력은 있었지만, 제가 전력으로 방어했음에도 기절했으니 진 것이나 마찬가지죠."

"치, 치유마법사?!"

아차, 소리 내어 말해 버렸다. 시녀라면 조용히 마왕님 뒤에서 대기해야 하는데…….

무심코 목소리를 낸 나에게 코가 님이 시선을 줬지만, 내 놀람을 헤아린 그는 즐겁게 웃었다.

"그래. 틀림없는 치유마법사다. 하지만 단순히 고치기만 하는 존재는 아니야. 어둠마법으로 강화된 나와 동등하게, 어쩌면 그 이상으로 싸우는 신체 능력을 가진 데다, 마력이 있는 한 절대로 쓰러지지 않는 괴물 같은 녀석이야."

그게 뭐야, 무진장 무서운데요. 아무 보조 없이 마족의 신체 능력을 웃돈다니, 인간이 아닌 것 아닌가?

어라? 혹시 그 치유마법사, 예전에 마왕님께서 이야기해 주셨던……

"마왕님, 코가 님이 말씀하신 치유마법사가 혹시……."

"크큭, 그렇겠지. 이 시대도 못 써먹을 정도는 아니군. 녀석 같은 재미있는 인간이 있어."

내 말에 고개를 끄덕인 마왕님은 즐겁게 웃으시며 코가 님과 아미라 님에게 시선을 되돌렸다.

"너희도 피곤하겠지. 쉬어라."

""예.""

"휴식한 후에는 침공을 준비해라. 지금까지는 향후를 생각하여 물자를 절약했지만, 다음 침공은 총력전이다. 모든 것을 투입하여 싸움을 준비해라."

마왕님의 말씀에 다시 한 번 대답한 두 사람은 그대로 알현실을 뒤로했다.

그 뒤, 남겨진 내가 평소처럼 마왕님께 드릴 음료를 준비하고 있는데 불현듯 마왕님께서 나를 부르셨다.

"시엘, 너는 싸움이 싫으냐?"

"……솔직히 좋아하진 않습니다."

"그렇겠지."

내 대답을 알고 계셨던 것처럼 그렇게 중얼거리신 마왕님은 이어 말씀하셨다.

"초목이 자라기 힘든 땅에서 태어나 버린 지금의 마족들은 살기 위해 싸워야만 해. 시간을 두지 않고 계속 침략한 것도 한정된 자원밖에 없기 때문이다."

"……네."

마왕령에서 자라는 작물은 인간들이 사는 영역과 비교하면 성장 속도도 수확량도 압도적으로 뒤떨어졌다.

먼 옛날에는 이 토지에도 녹음이 우거졌었던 모양이지만, 과거 인간들과의 전쟁 이후로 점차 환경이 나빠졌다고 마왕님께서 말씀 하셨다.

그런 땅에서 우리는 하루하루를 넘기며 곤궁한 생활을 보내고 있다.

우리 마족이 인간들과 싸울 수 있는 것도 부활한 마왕님께서 그 강대한 힘으로 메마른 대지에 은총을 내려 주고 계신 덕분이었다.

하지만 그것은 동시에 마왕님이 이 성을 떠날 수 없는 이유가 되기도 했다.

"그렇기에 나는 너희가 이기도록 해야만 해. 옛 전쟁은 순수한 침략이었으나 이번에는 전혀 다르다. 인간과 마족의 생존을 건 싸움이다."

생존 경쟁.

그야말로 마왕님께서 말씀하신 대로였다.

옛 전쟁으로 마족과 인간의 불화는 커졌다. 그것은 몇백 년이 지

나도 변하지 않는다.

그저 내 억측이지만, 어쩌면 마왕님은 자신이 일으킨 싸움으로 지금의 마족이 곤궁에 빠져 있는 현실에 책임을 느끼고 계실지도 모른다.

이런 말을 꺼내면 가차 없이 벌을 받아도 이상하지 않지만…….

내 눈앞에서 옥좌 등받이에 몸을 기댄 마왕님의 모습은 어딘가…… 쓸쓸해 보였다.

치유마법_의
잘못_된 사용법
~전장_을 달리는 회복 요원~

린카

Character Design

카노코

하야테

진야

코가

아미라

치유마법의 잘못된 사용법 8
~전장을 달리는 회복 요원~

초판 1쇄 발행 2020년 1월 20일

지은이_ KUROKATA
일러스트_ KeG
옮긴이_ 송재희

발행인_ 신현호
편집장_ 김은주
편집진행_ 최은진 · 김기준 · 김승신 · 원현선 · 권세라
편집디자인_ 양우연
국제업무_ 정아라 · 전은지
관리 · 영업_ 김민원 · 조은걸 · 조인희

펴낸곳_ (주)디앤씨미디어
등록_ 2002년 4월 25일 제20-260호
주소_ 서울시 구로구 디지털로 26길 111 JnK디지털타워 503호
전화_ 02-333-2513(대표)
팩시밀리_ 02-333-2514
이메일_ lnovelpiya@naver.com
ㄴ노벨 공식 카페_ http://cafe.naver.com/lnovel11

CHIYUMAHO NO MACHIGATTA TSUKAIKATA ~SENJO WO KAKERU KAIHUKUYOIN ~Vol.8
©KUROKATA 2018
First published in Japan in 2018 by KADOKAWA CORPORATION, Tokyo.
Korean translation rights arranged with KADOKAWA CORPORATION, Tokyo.

ISBN 979-11-278-5401-0 04830
ISBN 979-11-278-4277-2 (세트)

값 9,800원

© CHIROLU
Illustration Kei
Originally published by HOBBY JAPAN

우리 딸을 위해서라면,
나는 마왕도 쓰러뜨릴 수 있을지 몰라. 1~9권(완결)

CHIROLU 지음 | Kei 일러스트 | 송재희 옮김

주워 온 마족 소녀의 보호자, 시작했습니다.
높은 전투 기술과 냉정한 판단력을 무기로
젊은 나이에 두각을 드러내며 인근에 그 이름을 알린 모험가 청년 데일.
어느 의뢰로 깊은 숲 속에 발을 들인 그는
그곳에서 바짝 마른 어린 마족 소녀와 만난다.
죄인의 낙인을 짊어진 그 소녀 라티나를 그대로 숲에 버려두지 못하고
이것도 인연이라며 데일은 그녀의 보호자가 되기로 결심하지만―.
"라티나가 너무 예뻐서 일하러 가기 싫어."
"또 바보 같은 소리야?"
―정신 차리고 보니 완전히 딸바보가 되어 있다?!
실력 있는 모험가 청년과 사정 있는 마족 소녀의 가족 판타지!!

그 가슴 따뜻해지는 이야기가 지금 시작됩니다!!

라이트노벨의 새로운 빛! L북스의 신간은 매월 20일에 발매됩니다. http://cafe.naver.com/lnovel11

이세계 식당 1~5권

이누즈카 준페이 지음 | 에나미.카츠미 일러스트 | 박정원 옮김

직장가와 인접한 상점가 한구석.
문에 고양이가 그려진 가게 「양식당 네코야」.
그곳은 창업한 이래 50년간 직장인들의 배고픔을 달래 온 곳으로,
양식당이라지만 이외의 메뉴도 풍부하다는 점이 특징인 지극히 평범한 식당이다.
그러나 「어떤 세계」 사람들에게는 특별하고 유일무이한 공간으로 탈바꿈한다.
「네코야」에는 한 가지 비밀이 있다.
정기 휴일인 매주 토요일, 「네코야」는 「특별한 손님」들로 북적거린다.
딸랑딸랑 방울 소리와 함께 찾아오는, 출신, 배경, 종족조차도 제각각인 손님들.
그들이 원하는 것은 세상 어디에서도 찾아보기 힘든 신기하고 맛있는 음식들.
사실 직장인들에게는 자주 먹어 익숙한 메뉴지만
「토요일의 손님」 = 「어떤 세계 사람들」에게는 듣도 보도 못한 음식들뿐.
경이롭고 특별한 요리를 내놓는 「네코야」는 「어떤 세계」 사람들에게 이렇게 불린다.
─「이세계 식당」.

**그리고 딸랑딸랑 방울 소리는
이번 주에도 변함없이 울려 퍼진다.**

라이트노벨의 새로운 빛! L북스의 신간은 매월 20일에 발매됩니다. http://cafe.naver.com/lnovel11

© Kizuka Nero 2019
Illustration : Shinsora
KADOKAWA CORPORATION

두 번째 용사는 복수의 길을 웃으며 걷는다 1~7권

키즈카 네로 지음 | 신소라 일러스트 | 김성래 옮김

무엇을 잘못했을까.
용사로 이세계에 소환되었던 나― 우케이 카이토는 자문자답한다.
아무쪼록 도와 달라고 간청하는 말을 따라서 용사가 된 나는
마왕을 쓰러뜨림으로써 이 세계를 구원했지만…….
이제 볼일은 끝났다는 듯이 파티원 모두가 배반했다.
고락을 함께했고 동료라고 여겼던 놈들에게 누명을 씌워진 채
나는 끝내 살해당했다.
죽음을 맞이하는 순간, 나는 구원을 바라는 대신
이것들을 괴롭히고 괴롭힌 끝에 죽여버리겠다고 저주했다.
―정신을 차렸을 때, 나는 이세계에 소환되었던 때로 돌아와 있었다.
배반자에게 살해당했던 기억을 지닌 채.
이놈들 전부 기필코 다 죽여버리겠다!
가장 잔혹한 방법으로, 한 조각의 구원도 없는
고통과 비명의 피 구렁텅이에 빠뜨려서 죽여주겠다!!

―자, 복수를 시작하자.

라이트노벨의 새로운 빛! L북스의 신간은 매월 20일에 발매됩니다. http://cafe.naver.com/lnovel11

Copyright © 2019 Kumo Kagyu
Illustrations copyright © 2019 Noboru Kannatuki
SB Creative Corp.

고블린 슬레이어 1~11권

카규 쿠모 지음 | 칸나츠키 노보루 일러스트 | 박경용 옮김

"나는 세상을 구하지 않아. 고블린을 죽일 뿐이다."
그 변경의 길드에는 고블린 토벌만 해서
은 등급까지 올라간 희귀한 모험가가 있다…….
모험가가 되어 처음 짠 파티가 괴멸하고 위기에 빠진 여신관.
그때 그녀를 구해준 자가 바로 고블린 슬레이어라 불리는 남자였다.
그는 수단을 가리지 않고, 수고도 마다치 않으며 고블린만을 퇴치한다.
그런 그에게 여신관은 휘둘려 다니고, 접수원 아가씨는 감사하며,
소꿉친구인 소치기 소녀는 기다린다.
그런 가운데 그의 소문을 듣고서 엘프 소녀가 의뢰를 하러 나타났다—.

압도적 인기의 Web 작품이 드디어 서적화!
카규 쿠모 × 칸나츠키 노보루가 선물하는 다크 판타지, 개막!
TV 애니메이션 방영작!

라이트노벨의 새로운 빛! L북스의 신간은 매월 20일에 발매됩니다. http://cafe.naver.com/lnovel11